Tiffany Jones

Schmerz (Obsessed 3)

Bibliografische Information der Deutschen Nationalbibliothek:
Die Deutsche Nationalbibliothek verzeichnet diese Publikation in der Deutschen Nationalbibliografie; detaillierte bibliografische Daten sind im Internet über http://dnb.dnb.de abrufbar.

© 2016 Ava Jordan, Tiffany Jones

Illustration: **Coverart by jdesign.at**
Korrektorat: **Anika Beer, Nicole Radtke**

Herstellung und Verlag: BoD – Books on Demand, Norderstedt

ISBN: 978-3-7412-7083-3

1. Kapitel

»Willkommen bei Pattie's Garage, was kann ich für Sie tun?«
Ich blicke mein Gegenüber erwartungsvoll an. Der Typ stinkt nach Geld, und das ist hier selten. Pattie's Garage ist eine preiswerte Hinterhofwerkstatt, in der all die unzähligen Arbeitsbienen, die Tag und Nacht das Leben in dieser Stadt am Laufen halten, ihre Autos reparieren lassen. Zu unseren Kunden gehören Croupiers, Callgirls, Elvis-Imitatoren, Zimmermädchen und Kellner.

Und keine Multimillionäre, denen das Geld förmlich aus der Zahnleiste springt, weil sie sich in einem Moment geistiger Umnachtung einen Brillanten auf den Schneidezahn haben zementieren lassen.

»Mein Wagen ist kaputt, er macht immer so ein schleifendes Geräusch, wenn ich die Kupplung trete. Mein Mädchen sagt, ihr seid die Besten und kostet nicht so viel.«

»Hmhm.« Ich angle ein rosafarbenes Formular aus der Ablage, klippe es auf ein Klemmbrett und reiche ihm Brett und Stift über den Tresen. »Dann füllen Sie das hier aus. George schaut sich den Wagen gleich an.«

Er steht etwas belämmert vor mir. Sein Anzug stinkt nicht nur nach Geld, er sieht auch nach der Art Reichtum aus, die ich besonders abstoßend finde. Glänzend und dunkelblau, mit schwarzem Hemd und einer passenden Krawatte. Die goldene Krawattennadel hat auch ein paar Brillanten abbekommen.

»Äh, also ... Ich dachte, Sie machen das.« Er hält mir das Klemmbrett mit einem – wie er vermutlich glaubt – entwaffnenden Lächeln hin.

Ich schüttle den Kopf.

»Aber ...«

»Hören Sie«, unterbreche ich ihn. »Sie wollen doch Ihr Auto repariert haben, richtig? Und Sie sind hier, weil Ihr ›Mädchen‹ sagt, wir sind die Besten und Billigsten. Das klappt aber nur, wenn Sie mitarbeiten. Also: Formular ausfüllen und warten, bis George für Sie Zeit hat.«

Ich zeige auf den Wartebereich, in dem bereits andere

Kunden über ihren Klemmbrettern brüten. Montagmorgen ist bei uns besonders viel los.

»Können wir das nicht anders regeln?« Er kramt in der Hosentasche und zieht eine Geldklammer hervor, die kaum die Hunderter zu bändigen vermag, die sich unter das vergoldete Metall drücken.

Ich seufze. Klar, für Geld kann man alles kaufen. Auch die bevorzugte Behandlung bei einer der billigsten Werkstätten von Las Vegas.

Er schiebt einen Hunderter über den Tresen, zusammen mit dem Klemmbrett.

Ich nehme beides und schaue mich nach George um, der gerade aus der Werkstatt in den Verkaufsraum kommt. Sofort bemerkt er meinen Blick und steuert auf uns zu.

»Mr. ...«

»White. Eddie«, fügt er hinzu.

»Okay, also Mr. White ist als nächstes dran, er hat es heute eilig.«

Um die Eiligkeit zu unterstreichen, drehe ich das Klemmbrett so, dass George den Geldschein sieht. Er nickt.

Wir machen immer halbe-halbe, wenn jemand sich die Wartezeit durch eine gewisse Zuwendung sparen will. Welchen Sinn es dann noch hat, eine billige Werkstatt aufzusuchen, ist mir ein Rätsel. Aber okay – es ist ja auch nicht mein Geld, das da unter der Klammer klemmt.

Obwohl ich es gern hätte, ehrlich gesagt ...

Ich schiebe den Gedanken beiseite. Pattie ist eine gute Chefin. Sie zahlt ihren Leuten keinen Hungerlohn, wie man es bei den Preisen vermuten würde. Reich wird natürlich auch keiner, aber sie drückt ein Auge zu, wenn wir uns nebenbei was dazuverdienen. Dass George und ich Mr. White um ein bisschen Geld erleichtern, wird sie nicht stören.

Ich fülle sogar für ihn das Klemmbrett aus und reiche es dann an George weiter, der Mr. White bittet, ihm in die Werkstatt zu folgen. Die anderen Kunden blicken nur kurz auf, als die beiden verschwinden. Für sie ist es normal, dass man sich für Geld alles kaufen kann – schließlich sind wir hier in Vegas, Baby! Es gibt nichts, was es nicht gibt!

Ich setze mich auf den wackligen Bürostuhl hinter dem halbrunden Tresen. Das Telefon klingelt, und ich nehme den Anruf an. Ein Stammkunde, der die Heckscheibe seines Autos austauschen lassen will und nach einem »diskreten Termin« fragt. Wahrscheinlich gab's wieder mal irgendwo eine Schießerei und er ist mit knapper Not entkommen. Soll nur keiner wissen, dass seine Karre durchsiebt wurde. Vor allem nicht die Polizei. Ich notiere sein Anliegen und gebe ihm einen Nachmittagstermin.

Auch das ist Vegas. Die Unterwelt hat mich nicht losgelassen, so sehr ich es auch versucht habe ...

Mittags überquere ich die Straße und betrete die kleine Wohnung im Hinterhof, in der ich seit acht Monaten wohne. Ich habe eine Stunde Zeit, bevor ich wieder am Schreibtisch sitzen muss, wo ich Telefonanrufe annehme, Kunden betreue, Verträge aufsetze, Rechnungen schreibe und all die unzähligen administrativen Aufgaben erfülle, die so eine Autowerkstatt mit Gebrauchtwagenhandel mit sich bringt.

Ich habe den Job nicht gelernt. Wie schon damals in New York bei Jimmy wurde ich ins kalte Wasser geworfen und musste schnell schwimmen lernen. Aber Pattie hat es mir zugetraut, und siehe da – nach ein paar Wochen »training on the job« fiel mir diese Arbeit sehr viel leichter als das Kellnern im Diner.

Endlich habe ich das Gefühl, einen Job gefunden zu haben, den ich länger als nur ein paar Monate ausüben kann. In einer Stadt, die ich hasse und zugleich irgendwie auch liebe.

Ich führe ein einsames Leben. Sechs Tage die Woche arbeite ich drüben bei Pattie's Garage. Sonntags bleibe ich zu Hause, liege bis mittags im Bett, bevor ich mich in Joggingklamotten werfe und fünf Meilen renne. Alle drei Wochen färbe ich den Ansatz meiner Haare nach – Tarnung ist alles – und ich verbringe die Abende vor dem Fernseher oder mit billigen Taschenbüchern, die ich für 99 Cent das Stück aus der Wühlkiste bei Wal-Mart ziehe.

Ich habe keine Freunde. Die Versuche meiner Kollegen, mich in ihr soziales Gefüge einzupassen, habe ich fast alle abgeschmettert. Erst trauten sie sich ohnehin nicht an mich heran, weil ich so deprimiert und blass war. Und als sie dann anfingen, mit mir zu reden, mich einzuladen oder sich mir aufzudrängen, hatte ich mich so weit im Griff, dass sie kaum eine Chance hatten, meinen Panzer zu durchdringen.

George ist die Ausnahme. Aber George respektiert auch die Grenzen meiner Freundschaft. Und er hat mich gerettet, als sonst niemand da war.

Während ich in der Mikrowelle die Reste vom gestrigen Abendessen warmmache, gieße ich mir ein Glas Milch ein und starre müde aus dem Fenster. Die Mülltonnen im Innenhof quellen wieder mal über vom Müll der umliegenden Häuser. Das ist das Einzige, was man von den Nachbarn mitbekommt – wie sie ihren Müll entsorgen.

Und mehr wissen sie über mich vermutlich auch nicht.

Willkommen in der Unterschicht. Dort, wo sich das Heer aus Arbeitsbienen eingerichtet hat, wo das Leben so anders ist als in der Welt, aus der ich komme. Früher hatte ich alles – und ich hätte es behalten können, wenn ich gewollt hätte. Wenn ich die Augen vor der Wahrheit verschlossen hätte, dass mein Vater eines der größten Drogenkartelle des Landes leitete, das inzwischen in den Händen meines Bruders Dean liegt. Los Angeles gehört der Familie Tevez – so ist es seit Jahrzehnten gewesen und so wird es, wenn es nach meinem Bruder geht, auch in Zukunft bleiben.

Ich bin vor diesem Leben geflohen, als ich es nicht länger aushielt. Und ich habe alles aufgegeben – den Reichtum, die Sicherheit, die Liebe meines Lebens. Seit knapp einem Jahr bin ich in Las Vegas. Manchmal macht mich die Einsamkeit schier verrückt.

Es ist nicht so, dass es mir an Gelegenheiten mangeln würde, Freunde zu finden. Oder einen Mann, der mit mir ausgehen möchte. Man kann auch nicht behaupten, dass ich irgendwie besonders schüchtern wäre. Oder dass es mir leichtfällt, so isoliert zu leben.

Die Mikrowelle plingt, und ich nehme den Teller mit Lasagne heraus und trage ihn zum Tisch. Während ich esse, lese ich einen Schmachtfetzen. Lady Helena und ihr unglaublich attraktiver Duke haben noch 70 Seiten, um zueinander zu finden. Das interessiert mich natürlich brennend.

Nach dem Essen wasche ich Teller, Glas und Gabel ab, räume das Geschirr weg und gehe noch mal durch alle Räume meines Apartments: Wohnzimmer, offene Küche, Schlafzimmer, Badezimmer. Die Rollläden sind überall fest verschlossen gegen die drohende Nachmittagshitze.

Es ist eine andere Wohnung als die, in die ich bei meiner Ankunft in Las Vegas eingezogen bin. Jene hatte zwei Schlafzimmer. Doch nach zwei Monaten kehrte ich dem Apartment den Rücken – und mit ihm all den winzigkleinen Babysachen, die ich zwischendurch im Ausverkauf erstanden hatte.

Ich ertrug es dort keinen Tag länger als unbedingt nötig, nachdem ich Jacksons Baby verloren hatte.

Der Gedanke schmerzt auch jetzt noch, zehn Monate nach dem Verlust. Jeden Tag weiß ich ganz genau, wie alt das Baby jetzt wäre, wenn es gesund am Stichtag zur Welt gekommen wäre. Doch das Schicksal schien sich eines Besseren besonnen zu haben.

Oder das Schicksal hat eingesehen, dass ich als Mutter nichts tauge. Vielleicht ist es so besser ...

Trotzdem tut es weh. Immer noch und immer wieder.

Ich reiße mich von diesem Gedanken los, verlasse die Wohnung und schließe hinter mir ab. In fünf Minuten muss ich wieder am Schreibtisch hinter dem Tresen sitzen, Formulare ausfüllen, Rechnungen tippen und einen Papierberg bezwingen, der jeden Tag aufs Neue die Größe des Mount Everest erreicht.

Am Nachmittag kann ich ziemlich unbehelligt das meiste wegarbeiten. Nach Feierabend überquere ich die Straße und betrete den kleinen Drugstore. Dort kaufe ich fürs Abendessen ein – einen Sixpack Bier, eine Flasche Cola, zwei Hotdogs und ein Wegwerfhandy.

Mit dem Sixpack und der Tüte beladen kehre ich zur Werkstatt zurück. Hinter dem großen Gebäudekomplex gibt es einen erstaunlich hübschen, ruhigen Garten, in dem die Natur wie durch ein Wunder – und dank regelmäßiger Bewässerung durch die Jungs aus der Werkstatt – ein wild wucherndes Paradies erschaffen hat.

George wartet bereits auf mich.

Ich habe mir geschworen, keine Freundschaften zu schließen. Oder auch nur jemanden an mich heranzulassen, damit derjenige irgendwas über mich erfahren könnte, das über das äußerlich Ersichtliche hinausging.

Die einzige Ausnahme ist George.

Er ist ein riesiger Kerl, ein Schrank, muskelbepackt und braungebrannt. Der Schädel glattrasiert. Nach Feierabend kommt er immer mit einem sauberen, karierten Hemd und Cargohose aus der Werkstatt und bietet mir als erstes eine Zigarette an, obwohl er weiß, dass ich nicht rauche.

Und jedes Mal versetzt mir dieses Ritual einen kleinen Stich, weil es mich daran erinnert, wie mir ein anderer Kollege damals in New York eine Zigarette anbot – Zuko, der Mann vom FBI.

Doch ich vertraue George. Er ist das, was einem Freund am nächsten kommt.

»Harten Tag gehabt?«, fragt er. Ich gebe ihm einen Hot Dog und eine Flasche Bier. Er hockt sich neben mich auf die kleine Steinbank, steckt die Zigarette in den Mundwinkel und legt den Hot Dog auf die Knie. Zischend öffnet er die Bierflasche und trinkt einen großen Schluck.

»Nicht mehr als sonst«, sage ich und genehmige mir ebenfalls einen Schluck Bier.

Er knufft mich in die Seite. »Mr. White?«

»Ach ja, klar.« Ich ziehe ein paar zerknitterte Dollarnoten aus der Gesäßtasche und gebe ihm seinen Anteil. Er brummt zufrieden und versenkt das Geld in der Hemdbrusttasche.

George hat zwei uneheliche Kinder. Ohne ein bisschen Extrageld hätte er kaum genug zum Leben, weil er sich in den Kopf gesetzt hat, für beide Kids und deren Mütter anständig zu sorgen.

Er ist schwer in Ordnung. Und er hat mich gerettet.

»Du hast wieder ein Handy gekauft.« Er zeigt mit der Bierflasche auf die Plastiktüte.

Ich nicke. »Ja, es ist wieder so weit.«

»Man merkt nur daran, wie die Zeit vergeht. Alle zwei Wochen kaufst du so ein Wegwerfding.«

Ich lächle traurig. So durchschaubar bin ich also geworden. Alle zwei Wochen, meist am Dienstag, manchmal auch schon am Montag, kaufe ich gegenüber ein Wegwerfhandy.

»Willst du's nicht hinter dich bringen? Danach bist du immer so scheiße drauf, ich dachte, wir machen's heute mal sofort, damit ich dich trösten kann.«

Ich seufze und ziehe die Verpackung aus der Plastiktüte. Längst brauche ich keine Anleitung mehr, um die SIM-Karte aus der Halterung zu brechen, ins Handy einzulegen und die PIN einzugeben. Das alles läuft schon fast automatisch ab.

Ich wähle die Nummer aus dem Gedächtnis. Nach zweimaligem Klingeln wird auf der anderen Seite abgehoben, und ich höre eine Stimme, die mir das Herz zerreißt.

»Lea? Bist du das?«

Mein Herz rast. Ich presse das Handy ans Ohr, versuche die Stille von meiner Seite, das Schweigen, das ich mir auferlegt habe, mit Gedanken zu füllen.

Ja, ich bin's, Liebster. Ich bin hier. Ich lebe. Unser Baby ist tot, aber ich lebe und ich vermisse dich noch immer so sehr, dass ich nicht anders kann. Alle zwei Wochen muss ich dich anrufen, und sei es nur, um deine Stimme zu hören. Alle zwei Wochen wird die Sehnsucht zu groß. Wie ein Junkie, der auf den nächsten Schuss hinfiebert, sehne ich mich nach diesen Abenden, an denen ich deine Stimme hören darf ...

»Lea, du musst mit mir reden.«

Wir haben nicht viel Zeit, das weiß ich. Sechzig Sekunden, maximal neunzig. Danach könnte man mein Handy theoretisch orten. Vielleicht hat er das auch schon versucht. Was ich tue, ist gefährlich – vor allem für mich.

Aber ich kann nicht anders.

»Ich vermisse dich. Vermisst du mich auch?«

Ich fange an zu weinen. George bemerkt es und legt mir tröstend den Arm um die Schultern. Ich lehne mich bei ihm an, sein beruhigendes, leises Brummen treibt mich fort und lässt Jax' Stimme nur noch wie ein fernes Flüstern zu mir durchdringen ...

»Sag mir, wo du bist, Lea. Ich komme zu dir. Ich rette dich. Wenn du nur mit mir sprichst ...«

Seine Verzweiflung ist so greifbar, dass ich irgendwas dagegen tun will. Aber das geht nicht. Es ist unmöglich, und das wissen wir beide.

Ich lege auf, nehme die SIM-Karte aus dem Handy und zertrümmere sie mit der Bierflasche auf der Betonplatte. Dann gebe ich das Handy George, der es zu den fünfzig Dollars in seine Hemdbrusttasche steckt. Er wird es übers Internet verticken. Noch ein bisschen Geld für seine Kids.

Wie betäubt sitze ich da, trinke mein Bier und versuche, mir Jax' Worte in Erinnerung zu rufen.

Ich rette dich ...

Das kann er sich ja wohl mal gepflegt in die Haare schmieren. Denn als ich ihn tatsächlich gebraucht hätte, mehr als alles andere auf der Welt, war er nicht da.

Natürlich hat er damals nicht gewusst, dass ich ihn brauchte. Trotzdem blieb dieser Schmerz, dass ich manches ohne ihn habe durchstehen müssen.

Das kann ich ihm nie verzeihen.

Und wenn er wüsste, dass ich seinen Freund Marcus erschossen habe – dann könnte auch er mir nicht verzeihen, davon bin ich überzeugt.

»Geht's wieder?«, fragt George. Er reicht mir ein Papiertaschentuch, ich putze mir umständlich die Nase und nicke. Klar, alles bestens. Ich habe meine Familie verlassen, den Mann, den ich liebe, ich habe mein Baby verloren und keine Freunde auf der Welt. Mir geht's prima.

Immerhin lebe ich.

»Dein Typ wird verlangt.«

Ich blicke auf. Vor dem Tresen steht Pattie und vergräbt die abgearbeiteten, öligen Hände tief in den Hosentaschen des roten Overalls, den sie jeden Tag trägt. Sie ist klein und drahtig, die Haare sind zu Dreads geflochten und reichen bis zu ihrem Po. Die schokoladenbraune Haut, die wachen, dunklen Augen und der Goldzahn, der einen Schneidezahn ersetzt, wirken blank und sauber.

Sie ist die beste Chefin, die ich mir wünschen könnte. Ihr Alter kann ich nur schwer schätzen, aber aus den Gesprächen mit Kollegen habe ich rausgehört, dass sie die Werkstatt seit über fünfundzwanzig Jahren führt. Darum muss sie mindestens Mitte vierzig sein, sieht aber eher aus wie eine junggebliebene Mittdreißigerin.
»Von wem?«
Sie zeigt mit dem Daumen über die Schulter. Mr. White – Eddie – steht in einiger Entfernung und begutachtet ein zitronengelbes New-Beetle-Cabrio, das wir vor drei Wochen in Zahlung genommen und wieder fit gemacht haben.
Ich seufze und krame in der Ablage nach der Rechnung für ihn. Dann gehe ich auf ihn zu.
»Mr. White.«
»Ah!« Er strahlt mich an. »Miss ...«
»Miller.« Ich lächle unverbindlich.
»Miss Miller, genau. Ich wollte mich noch mal für den hervorragenden Service von gestern bedanken. Und ich habe noch eine Frage an Sie.«
Ich händige ihm die Rechnung aus. Ehe er weiterspricht, zieht er sie aus dem Umschlag und überfliegt die einzelnen Positionen. Dann nickt er zufrieden.
»Kann ich bar zahlen?«
»Klar.«
Ich kehre hinter den Tresen zurück und öffne mit einem Schlüssel die Schublade mit der Kasse. Mr. White schiebt mir einen Stapel Hunderter zu, ich gebe ihm das Wechselgeld und quittiere den Empfang der Summe.
»Also, was ich fragen wollte ...«
Ich stehe wieder auf. Einen Korb verteilt man besser auf Augenhöhe.
»Würden Sie mit mir mal essen gehen?«
Klar. Ich habe nichts Besseres vor, du Trottel.
»Was wird denn Ihr Mädchen dazu sagen?«
Er macht eine wegwerfende Handbewegung. »Die muss heute mal im Stall bleiben und was für ihren Lebensunterhalt tun.«
Wow, das nenne ich mal direkt. So richtig habe ich mich

13

noch nicht daran gewöhnt, dass die Klientel von Pattie auch aus Zuhältern, Nutten und anderem zwielichtigen Gesocks besteht. Manchmal bereitet mir der Umstand Sorgen; mir wäre es lieber, wenn ich keinen Kontakt mehr zur Unterwelt hätte. Weder mein Bruder Dean noch Jax wissen, wo ich stecke. Nachdem ich den Deal mit dem FBI nicht eingehalten habe, bin ich untergetaucht. Damals konnte ich nur hoffen, dass Dean mich nicht jagt oder seiner Frau Juno etwas antut, um sich an mir zu rächen. Aber ich habe ihn nicht verraten. Nach wie vor ist er der Herr über die Unterwelt von Los Angeles. Wäre es anders, hätte ich davon gehört.

Und Jax?

Er ist ebenso verschwunden wie ich. Vermutlich sitzt er wieder in New York und arbeitet für Black Swan. Raimund Swan kontrolliert die Ostküste, und bevor er mich traf, war Jax für ihn der erste Mann. Derjenige, der die Drecksarbeit delegierte, der die Fäden im Hintergrund zog und das Kartell nach außen bei Verhandlungen repräsentierte.

»Also? Wie sieht's aus? Sie und ich, heute Abend? Ich kenne ein paar hervorragende Restaurants, französisch, italienisch ... Wonach auch immer Ihnen der Sinn steht.«

Ich mustere Mr. White. Das dunkelbraune Haar ist gefärbt, dafür habe ich einen Blick. Er hat es sorgfältig nach hinten gegelt, um die beginnende Glatze zu kaschieren. Um die Körpermitte hat er einen Rettungsring, den er vermutlich ohne Erfolg mit Sport zu bekämpfen versucht. Seine kleinen Schweinsäuglein sind verschlagen, aber das muss nichts heißen. Viel mehr Sorgen bereitet mir die Ausbeulung unter seinem glänzenden Jackett. Er trägt eine Waffe.

Männer mit Waffen sind gefährlich.

»Tut mir leid, aber ich gehe nicht mit Ihnen aus.«

»Oh«, sagt er, als käme das für ihn völlig überraschend. Doch dann beugt er sich verschwörerisch vor und bedeutet mir, es ihm gleichzutun. »Und wenn ich Ihnen sage, dass ich eine Nachricht von Jackson Bennett für Sie habe?«

Mein Herz bleibt stehen. Wie ein Motor, den man in voller Fahrt abwürgt. Peng. Da ist in meiner Brust für diesen winzigen Sekundenbruchteil eine Leere, ein Schmerz, den nichts zu ersetzen vermag. Wortlos starre ich ihn an und warte, dass der Herzschlag zurückkommt. Eins, zwei, drei, *tok. To-tok.* Es beginnt zögerlich, als könnte es sich nicht darauf verlassen, dass der Körper, in dem es wohnt, überhaupt noch Verwendung für sein regelmäßiges Pulsieren hat.

»Mr. White, Sie verwechseln mich«, sage ich leise und eindringlich. »Ich kenne keinen Jackson Bennett.«

»Ich hole Sie heute Abend um acht ab.« Er strahlt mich an, als hätte ich ihm gerade das größte Geschenk gemacht. Dann klopft er mit der Geldscheinklammer auf den Tresen, nimmt die Rechnung an sich und marschiert aus dem Verkaufsraum.

Ich sinke auf den Bürostuhl. Das Blut rauscht mir in den Ohren, mein Mund ist staubtrocken und ich habe das Gefühl, keine Luft mehr zu bekommen.

Panik.

Ich spüre, wie die Panikattacke heranrauscht. Es ist nicht die erste, die ich erlebe, darum weiß ich, dass ich das, was nun kommt, nicht verhindern kann. Es wird passieren, egal ob ich mich dagegen wehre oder nicht. Das einzige, was jetzt noch hilft, ist: atmen. Einatmen, ausatmen, atmen, irgendwie!

Jeder Atemzug schmerzt. Vor meinen Augen tanzen schwarze Punkte. Ich bin nicht ich selbst, das spüre ich allein daran, wie mein Sichtfeld sich einengt, bis ich nur noch auf einen winzigen Punkt auf dem Schreibtisch starre.

Schnipp-schnipp.

»Sally? Alles in Ordnung bei dir?«

Ich blicke auf. Pattie steht vor mir und schnipst ungeduldig mit den Fingern direkt vor meinen Augen.

»Ja, alles okay.« Ich stehe auf und stütze mich am Schreibtisch ab. Mir ist schwindelig, und ich brauche dringend einen Schluck Wasser. Oder Wodka, das wäre natürlich noch besser. Eine ganze Flasche Wodka. Auf ex. Danach geht's mir vielleicht etwas besser ...

Ich stürme an Pattie vorbei nach draußen und blicke mich suchend um. Wenn Eddie White eine Nachricht von Jax hat, kann er mir die genauso gut jetzt mitteilen, dann brauche ich nicht mit ihm zu Abend essen. Doch der Kundenparkplatz ist bis auf einen alten Ford leer.

George kommt von der Werkstatt über den Hof. »Hey Sal!«, ruft er. »Wie sieht's mit dem Feierabendbier aus?«

Ich hebe die Hand, was so ziemlich alles bedeuten kann zwischen Zustimmung und Ablehnung. Ich laufe an ihm vorbei und verschwinde auf der Mitarbeitertoilette.

Dort muss ich mich übergeben.

Habe ich wirklich geglaubt, irgendwann in Sicherheit zu sein? Von der Bildfläche verschwinden zu können, ohne dass mich jemand wieder aufspürt?

War ich zu unvorsichtig? Hätte ich lieber einen Job in einer Konservenfabrik annehmen sollen, wo ich acht Stunden am Band stehe und bestimmt nicht mit der Unterwelt in Berührung komme?

Ich habe gedacht, hier wäre ich in Sicherheit. In Reichweite, aber unter dem Radar.

Ich war so dumm ...

2. Kapitel

Am Abend um zwei Minuten nach acht klopft jemand an die Wohnungstür. Ich hocke auf dem Sofa, die Knie angezogen, meine verschwitzten Finger umschließen die Pistole, die ich immer neben dem Bett liegen habe. Mir steht der Schweiß auf der Stirn, weil ich die Klimaanlage heute Abend nicht eingeschaltet habe. Es ist stickig, und mir rinnt der Schweiß über das Gesicht. Ich traue mich nicht, ihn mit dem Ärmel abzuwischen, weil jede Bewegung mich verraten könnte.

Die Panik ist immer noch da.

Ich warte. Es klopft nach einer Minute erneut, dann höre ich Eddie Whites Stimme durch das dünne Sperrholz.

»Sally, ich weiß, dass Sie da sind. Machen Sie auf. Ich komme unbewaffnet und in guter Absicht.« Er lacht affektiert, als könnte er sich selbst nicht trauen. Ich bleibe, wo ich bin. Mein Blick heftet sich auf die Tür. Ich bin auf der Hut, denn sobald sich der Türknauf bewegt, schieße ich.

Das habe ich mir fest vorgenommen. Sobald er versucht, in meine Wohnung einzudringen, erschieße ich diesen widerlichen Zuhälter.

»Jackson schickt mich.« Er verstummt, als ob er mir Zeit geben will, diese Information zu verarbeiten. »Hören Sie, Sally? Lea?«

Ich schließe die Augen.

Lea.

So hat mich niemand mehr genannt, seit ...

Seit mein neues Leben begann. In einer finsteren, vollgemüllten Gasse in New Orleans.

Die Sommerhitze von New Orleans. Ich hatte sie mir nicht so klebrig und durchdringend vorgestellt. So lähmend. Tagsüber lag ich in meinem Hotelzimmer, und im Restaurant unter meinem Fenster lief eine ständige Party mit Musik von frühmorgens bis spät in der Nacht. Das Zimmer war so billig, dass ich diesen Lärm einfach akzeptierte. Schlafen konnte ich ohnehin immer und überall. Ich brauchte nur ein Bett oder irgendwas,

worauf mein Kopf ruhen konnte.
Ich wartete. Auf den Anruf meines Kontaktmanns, auf meine neuen Papiere. Darauf, eine horrende Summe für eine neue Identität auszugeben. Noch mehr Spuren verwischen, noch unsichtbarer werden.
Vielleicht war sogar New Orleans schon ein Fehler. Denn hatten Jax und ich das nicht immer geplant? New Orleans als letzter Ausweg, weder Osten noch Westen, einfach nur der Süden ... Alaska wäre das andere Extrem gewesen, aber wir glaubten wohl beide, nicht für ein Leben in Schnee und Kälte geschaffen zu sein.
Irgendwann hatte er auch mal Argentinien ins Spiel gebracht. Ins Ausland, wo weder das FBI noch die Kartelle uns finden konnten ... Aber ich hatte dann nur gelacht. Die USA verlassen? Das war doch verrückt.
Darum hatten wir uns auf New Orleans versteift. Und hier war ich nun, in der Stadt, die uns beiden hätte Unterschlupf bieten sollen. Wenn wir gemeinsam untergetaucht wären.
Aber ich war allein.
Morgens stürzte ich aus dem Bett, sobald ich die Augen aufschlug und übergab mich so heftig, dass mein Hals und Rachen sich danach wund anfühlten. Nichts half gegen die Morgenübelkeit außer ausgiebiges Kotzen.
Am dritten Tag dachte ich, mein Kontaktmann sei einfach wieder abgetaucht, verschwunden mit den zwei Riesen, die ich ihm als Anzahlung hatte geben müssen, damit er überhaupt seinen Arsch in Bewegung setzte. Ich fing an zu überlegen. Sollte ich zurück nach Las Vegas fahren, mich dort weiterhin verstecken und mit irgendwelchen illegalen Jobs durchschlagen? Oder wäre es besser, wenn ich auch Las Vegas hinter mir ließ und irgendwo in den Weiten des Mittleren Westens versuchte, mich mit meinem richtigen Namen und den echten Papieren über Wasser zu halten? Was war richtig?
Ich wusste es nicht.
Und darum blieb ich, wo ich war. Ich lag auf dem schmalen Bett mit der Tagesdecke, die Brandflecke hatte (und einige andere, über deren Ursprung ich lieber nicht zu genau

nachdenken wollte, weil mir davon sofort wieder kotzschlecht wurde), versuchte durch den Mund zu atmen, wenn die Übelkeit von den Küchendämpfen aus dem Restaurant hervorgelockt wurde und lutschte Eiswürfel, die ich am Ende des Flurs aus der Eiswassermaschine holte. Ich wusste, dass ich was essen sollte, dass ich mehr trinken sollte, aber jeder Versuch in die Richtung endete über der Kloschüssel.
Also ließ ich es bleiben. Ich hielt das billige Wegwerfhandy fest umklammert, döste vor mich hin und wartete auf den Anruf.
»Ich habe Papiere für dich.«
Als mein Kontaktmann anrief und die erlösenden Worte sagte, war ich für einen Moment wie betäubt. Ich hatte ihn und die zweitausend Dollar schon abgeschrieben. Eine letzte Nacht wollte ich in diesem Hotel bleiben, bevor ich auscheckte und abtauchte. Aber jetzt rief er an und versprach mir etwas, das mir völlig neue Wege eröffnete.
»Wir treffen uns in einer Stunde.« Er nannte mir eine Adresse, und bevor ich nachfragen konnte, wie ich dorthin kam, legte er auf.
Ich verließ das Hotelzimmer und stieg die Treppe hinunter. Zwei Nutten kamen mir mit ihren Freiern entgegen, und ich versteckte mein Gesicht hinter einer riesigen Sonnenbrille. In der finsteren Lobby stand ein alter Computerschreibtisch, wie man sie vor zwanzig Jahren in Wohnzimmerecken gequetscht hatte. Der alte Röhrenmonitor fiepte, als ich die Maus antippte und online ging, um die Adresse über Google Maps herauszusuchen.
Zum Glück war es nicht weit dorthin. Ich wagte mich in die nachmittägliche Hitze und lief den kurzen Weg zu Fuß. Vor der Gasse, in der Müllcontainer neben Bergen schwarzer Müllsäcke standen, drückte ich mich herum und wartete.
»Du bist zu früh.«
Ich drehte mich um. Mein Kontaktmann verbarg seine Augen ebenfalls hinter einer Sonnenbrille, riesig und verspiegelt. Er war in jenem undefinierbaren Alter zwischen fünfunddreißig und fünfzig, die Haut wirkte aschen und der dunkle Dreitagebart irgendwie unsauber. Er trug ein

Jeanshemd mit abgeschnittenen Ärmeln und eine Jeans, dazu staubige Cowboystiefel.

»*Ich will nicht länger als unbedingt nötig in der Stadt bleiben.*«

Er nickte nur. »*Dann wollen wir mal.*«

Wir betraten die Gasse. Meine Hände umklammerten die Umhängetasche, als hätte ich Angst, dass aus einem der Müllberge ein Taschendieb auftauchen und sie mir entreißen könnte. Mein Kontaktmann grinste. Er schob sich ein Zimtkaugummi in den Mund und rief dann: »*Kannst rauskommen, Sal.*«

Ich drehte mich um.

Die belebte Einkaufsstraße war nur fünfzig Meter hinter mir, und doch war es, als hätte ich eine andere Welt betreten. Das dunkle New Orleans. Den Teil der Stadt, der bei keiner Reiseführung den Touristen vorgeführt wurde. Nach Katrina, so erzählte man sich, waren diese dunklen Ecken größer geworden. Sie hatten sich wie ein Geschwür ausgebreitet.

Ich hoffte plötzlich, dass es keine Falle war. Dass ich nicht plötzlich von hinten niedergeknüppelt wurde. Es wäre auch für meinen Kontaktmann einfach, er müsste gar nicht so viel Gewalt anwenden.

Meine Hand fuhr in die Tasche. Der Schlagring war noch da. Mein ständiger Begleiter in den kalten New Yorker Winternächten, der mir Sicherheit geschenkt und mich einmal sogar vor einem Raubüberfall bewahrt hatte ...

»*Hast du das Geld?*«

Ich nickte. Neben dem Schlagring ertastete ich das dicke Geldbündel, das in einem braunen Umschlag steckte.

»*Gib's her.*«

Nur zögernd zog ich den Umschlag hervor. Ich misstraute meinem Kontaktmann. Aber ebenso schien es um die Person bestellt zu sein, die uns meine neuen Papiere liefern sollte, denn noch rührte sich nichts in der Gasse.

»*Deine Papiere brauche ich auch.*« *Er zählte das Geld im Umschlag nicht durch, als wüsste er, dass ich ihn nicht aufs Kreuz legen würde.*

»*Nein*«, *erwiderte ich.* »*Erst die Ware.*«

»Sal!«, rief er leise. »Verdammt, du blöde Kuh, komm raus.«
Von unserem Standpunkt konnte ich die Gasse recht gut überblicken. Links und rechts die Kartons, Müllsäcke und Container. Vorne eine massive Ziegelwand. Wo sollte sich hier ein Mensch verbergen? Im Müll etwa?
Wer tat denn sowas?
Jemand, der genauso paranoid ist wie du, dachte ich.
»Hier ist niemand«, erklärte ich, nachdem wir weitere zwei Minuten gewartet hatten.
Mein Kontaktmann hielt mich am Arm fest. »Einen Moment noch.« Er trat zu einem Berg Pappen und trat dagegen. »Sal! Komm raus.«
Und dann passierte es. Die Pappen bewegten sich. Zwei Kartons wurden beiseitegeschoben. Eine verdreckte, dürre Hand schob sich nach draußen, und mein Kontaktmann packte sie ohne Scheu und zog ein schmales, völlig verwahrlostes Ding heraus. Ein Wesen, ein ... Tier?
Die Augen waren die eines Tiers. Gehetzt und voller Angst. Sie starrten mich sekundenlang an, und als ich den Blick nicht senkte oder woanders hinschaute, wollte sich diese Wesen-Tier-Mädchen schon losreißen.
Mein Kontaktmann hielt sie fest. »Whohoho, hiergeblieben«, sagte er beruhigend. Seine Stimme war überraschend sanft, fast die eines Vaters, der sein Kind tröstet, wenn es nachts aus Alpträumen erwacht. »Du wusstest, dass ich nicht allein komme.«
Sie starrte mich immer noch stumm an. Ich zog die Hand aus der Umhängetasche. Von dieser Frau ging keine Gefahr aus. Sie war viel zu sehr mit sich selbst beschäftigt, um andere zu bedrohen. Außerdem bezweifelte ich, dass in diesem Körper besonders viel Kraft steckte, die sie gegen mich einsetzen konnte.
»Ist sie das?«
Ihre Stimme war die einer alten Frau. Ich sah sie mir genauer an. Die Haare waren grau, aber das mochte am Staub und Dreck liegen, in dem sie lebte. Ihr Gesicht war von der Sonne gebräunt, aber es wirkte unter der Schicht aus Schmutz

und Bräune irgendwie alterslos. *Sie hatte große, helle Augen, die mich musterten, als müsste sie erst herausfinden, ob ich es würdig war, mit ihr Geschäfte zu machen.*
»Das ist sie.«
»Sie sieht mir nicht ähnlich.«
»Aber sie sieht deinen Papieren ähnlich.«
Sie schluckte, leckte sich über die Lippen. Ihre Hand fuhr zum Bauch, wo sie eine lila Kängurutasche aus billigem Nylon trug. Ihre Finger fummelten an dem Reißverschluss herum, bis sie ihn aufbekam und darin kramte.
Sie tat mir leid. Alles an ihr erzählte von der Verwahrlosung, dem Leben auf der Straße als Obdachlose. Ich hatte selbst nicht viel im Moment, und die Existenzangst saß mir fest im Nacken. Trotzdem wollte ich ihr plötzlich helfen. Sie aus diesem Elend herausholen.
Ich machte einen Schritt zurück. »Ich weiß nicht, ob das richtig ist.«
Mein Kontaktmann warf mir einen finsteren Blick zu. Die Obdachlose verharrte mitten in der Bewegung und starrte mich an. Dann machte sie sich ganz klein, kleiner als sie ohnehin schon war, und sie umschlang ihren Oberkörper mit den Armen.
»Du hast versprochen, dass sie okay ist. Du hast gesagt, ich krieg zweihundert Dollar von ihr«, klagte sie.
Ich starrte den Kontaktmann an. Zweihundert Dollar? Mehr bekam sie nicht? Den Rest steckte er sich in die Tasche, oder wie?
Aber ich stellte die Frage nicht. Ich geriet ins Schwitzen, und mir wurde wieder schlecht.
»Wollt ihr jetzt beide rumzicken, oder was?« Der Kontaktmann trat vor und riss Sal die Papiere aus der Kängurutasche. Er fächerte sie auf, damit wir beide sehen konnten, dass sie komplett waren: Sozialversicherungskarte, Führerschein, Reisepass.
»Hier.« Er drückte mir die Sachen in die Hand. »Und jetzt her mit deinen Papieren und dem restlichen Geld.«
Ich zögerte. Sal stand mit hängenden Armen vor mir. Sie hatte jeden Widerstand aufgegeben. Zweihundert Dollar. Mehr

war ihr Leben nicht wert. Der Kontaktmann, der sie in dieser finsteren Gasse zwischen Müllbergen aufgetrieben hatte, bekam mehr als das Zwanzigfache.
War das gerecht? Andererseits: Konnte ich es mir überhaupt leisten, die Frage nach Gerechtigkeit zu stellen?
Ich gab ihm meine Ausweispapiere. Er stopfte sie zusammen mit ein paar zerknüllten Dollarnoten, von denen ich bezweifelte, dass es tatsächlich die vereinbarten zweihundert Dollar waren, in Sals Kängurubeutel. Dann streckte er fordernd die Hand aus, und ich gab ihm auch den Umschlag mit dem Geld. Dafür bekam ich Sals Papiere.
Der Deal war abgeschlossen. Mein Kontaktmann grinste zufrieden und drehte sich um. Er hatte, was er wollte. 4.800 Dollar mehr in der Tasche für gerade mal fünf Minuten Arbeit. Länger konnte die Transaktion kaum gedauert haben.
Während er die Gasse bereits verließ, blickte ich Sal an.
»Du ...«
Sie starrte mich ausdruckslos an. Schließlich sagte sie: »Danke.« Als hätte ich ihr einen Gefallen getan und nicht umgekehrt. Als wäre diese alterslose Kindfrau mit den dreckigen, sackartigen Klamotten froh über eine neue Identität. Dabei sollte ich mich lieber bei ihr bedanken.
Ich nickte nur und ging zwei Schritte rückwärts. Noch immer hielt ich die neuen Papiere einfach in der Hand. Sie waren wie ein Fremdkörper, den ich schleunigst wieder loswerden wollte.
Doch es gab kein Zurück. Jetzt war ich Sal.
»Ich habe zu danken«, sagte ich leise und verließ die Gasse. Ich schaute nicht zurück. Vermutlich war Sal längst wieder in ihrem Kartonberg untergetaucht.
Oder Lea, wie sie sich jetzt nennen würde. Lea Tevez.
Ich war in dieser Gasse gestorben und neu geboren.
Seit jenem Tag hatte niemand mehr meinen Namen gesagt. Ich war nicht mehr Lea, sondern Sally Miller.
Die perfekte Tarnung. Wer kontrollierte schon die Identität einer Obdachlosen? Und selbst wenn sich jemand die Mühe machte – würde derjenige überhaupt eine Verbindung

zwischen ihr und mir herstellen?
Nein. Ich war sicher.
Als ich ins Hotel kam, musste ich trotzdem kotzen. Als könnte ich damit dieses unerträgliche Gefühl abstreifen, dass ich Sal um ihre Vergangenheit betrogen hatte.

»Lea, machen Sie auf. Bitte.«
»Bleiben Sie, wo Sie sind! Ich habe eine Waffe!« Ich richte die Pistole auf die Tür. Es ist ganz einfach, denke ich. Abdrücken, nicht nachdenken. Das habe ich schon einmal gemacht, und da war es viel schwerer, weil ich den Mann kannte und ihn nicht umbringen wollte. Ich musste ihm in die Augen sehen, als ich ihn erschoss.

Eddie White ist mir egal. Er hat sich in mein Leben geschlichen, hat mich aufgeschreckt und mir damit unmissverständlich klargemacht, dass ich nicht länger sicher bin.

Wenn ich ihn erschieße, muss ich verschwinden. Wieder mal abtauchen. Mein Geld wird nicht für einen erneuten Identitätswechsel reichen, und darum wird die Polizei schon bald Sally Miller durch alle fünfzig Bundesstaaten jagen.

Keine Option.
Aber mit ihm reden kann und will ich genauso wenig.
»Sie brauchen mich nicht erschießen. Wenn ich gesagt habe, was ich Ihnen von Jackson Bennett ausrichten soll, verschwinde ich.« Und weil ich darauf nicht reagiere, fügt Eddie White hinzu: »Versprochen.«

Ich überlege fieberhaft. Dann stehe ich auf und nähere mich der Wohnungstür.

»Sie können es mir auch so sagen. Durch die Tür.«
»Ich glaube nicht. Die Nachbarn müssen ja nicht alles mitbekommen, oder?«

Auch wieder wahr. Meine Nachbarn sind genauso scheue Geister wie ich, viele sind eher nachtaktiv, und ich glaube, einige sind auch in was Illegales verstrickt.

»Ich würd's drauf ankommen lassen.«
Diesmal schweigt Eddie White erstaunlich lange.
»Er weiß von Marcus.«

»Was?«

Fast wäre mir die Pistole aus der Hand gerutscht.

»Er weiß, was Ihr Bruder getan haben. Dass er ihn ...«

Eddie spricht nicht weiter. Aber das muss er auch gar nicht. Ich drehe den Türknauf und lasse die Tür einen Spaltbreit offen stehen, während ich zurück zum Sofa wanke. Eddie White betritt mein Apartment, das plötzlich so puppenwinzig wirkt, weil er mich um mindestens anderthalb Köpfe überragt. Er schließt die Tür beinahe behutsam hinter sich und bleibt an der Schwelle stehen.

Ich kann es ihm nicht verdenken. Das letzte Mal, als ein Mann ohne vorherige Einladung in meiner Wohnung stand, habe ich ihn erschossen. Und dass ich wieder eine Pistole in der Hand halte, dürfte kaum zu seiner Beruhigung beitragen.

»Er sucht Sie, Lea. Seit einem Jahr.«

»Er weiß das von Marcus?«

Ich kann es nicht glauben. Wieso schickt er mir nicht gleich einen Killer auf den Hals, wenn er davon weiß?

Oder soll Eddie White genau das tun?

Ich richte die Pistole wieder auf ihn und spanne den Abzugshahn. Er hebt beide Hände.

»Wow, nicht so eilig. Lassen Sie uns einfach reden, okay?«

»Was haben Sie mir zu sagen?«

Er blickt mich lange an. »Eine ganze Menge«, sagt er schließlich. »Jackson will Sie retten.«

Ich bin immer noch wie betäubt. Dass Jax weiß, was ich letztes Jahr getan habe, macht mir Angst. Kein Mann kann verzeihen, wenn sein Freund ermordet wird. Auch dann nicht, wenn die Mörderin die Frau ist, die er liebt. Wenn sie in Notwehr gehandelt hat, weil es nur diese eine Möglichkeit gab: er oder ich ...

»Wollen wir jetzt reden? Oder wollen Sie mich weiter bedrohen?«

Ich lasse die Pistole nicht sinken und zeige damit auf den Sessel. Eddie White setzt sich vorsichtig, als hätte er Angst, das Polstermöbel könnte unter seinem Hintern explodieren. Oder als wäre jede hektische Bewegung für mich Grund genug, ihn abzuknallen.

Ich denke fieberhaft nach. Wenn Jax nach mir sucht, weil ich Marcus ermordet habe, könnte er mich auch einfach jetzt der Polizei ausliefern. Oder er könnte selbst kommen und Rache üben. Stattdessen sitzt dieser Zuhälter mit Glanzanzug und Goldkettchen auf der Sesselkante und wischt sich den Schweiß von der Stirn.

»Verdammt heiß hier.«

»Die Klimaanlage funktioniert nicht besonders zuverlässig.«

»Hören Sie ... Lea. Oder soll ich Sie Sally nennen?«

Ich zucke mit den Schultern. Im Grunde ist es egal. Für mich sind beide Namen okay.

»Also, hören Sie ... Er hat Sie gesucht. Die letzten zwölf Monate hat er nichts anderes getan.«

»Das bezweifle ich.«

Er zuckt mit den Schultern, als wollte er sagen, das sei meine Meinung.

»Jedenfalls hat er vor kurzem gedacht, er hätte Sie gefunden. In einem Leichenschauhaus in New Orleans.«

»Sal ...«

»Eine Obdachlose, ziemlich übel zugerichtet von einem Verrückten, der wohl einfach Spaß dran hatte, sie zu quälen. Bei ihr wurden Ihre Papiere gefunden.«

Arme Sal! Doch ich habe es insgeheim befürchtet, dass sie eines Tages so enden würde ... Ich lasse die Pistole sinken. Eddie White beugt sich vor, und sofort hebe ich die Waffe wieder.

»Er hat sich wohl ziemlich lange mit ihr vergnügt. Wer auch immer das war. Ist wohl ein Serienkiller, der da unten im Moment umgeht und die Mädchen reihenweise umbringt.«

»Hören Sie auf«, sage ich tonlos.

»Die Fingernägel hat er ihr einzeln rausgezogen. Die Lippen abgeschnitten. Die Zunge herausgeschnitten. Das alles, während sie noch lebte ...«

»Hören Sie auf, verdammt noch mal!«

Er hebt die Hände. »Okay, okay. Dachte, es interessiert Sie vielleicht. Sie war jedenfalls nicht wiederzuerkennen. Trotzdem hatte Jackson sofort Zweifel. Er war überzeugt, dass

Sie das nicht waren. Ich hielt ihn für einen Schwachkopf. Für einen armen Irren, der einfach die Wahrheit nicht sehen wollte. Aber da Sie jetzt vor mir sitzen ...«

Außerdem habe ich ihn angerufen. Er wusste, dass ich es nicht war, weil mein Anruf zuverlässig nach zwei Wochen kam. Doch die Vorstellung, wie er sich bis zu meinem Anruf gequält haben muss, schmerzt mich.

»Was ist mit Sal passiert? Ich meine, ihre Leiche ...«

»Jackson hat für ein anständiges Begräbnis gesorgt.«

»Und meine Familie ...?«

»Die denken im Moment noch, dass Sie die Tote waren.«

Ich schlucke hart. Wie das für meinen Vater sein muss, kann ich nicht annähernd ermessen.

»Ich habe Ihren Vater besucht. Inzwischen ist er ganz in seiner eigenen Welt und ahnt nichts von Ihrem Tod. Oder er hat einfach vergessen, was Ihr Bruder ihm erzählt hat.«

»Mein Bruder ...?«

»Das soll Ihnen Jackson erzählen. Ich habe schon zu viel verraten.«

Ich starre ihn wütend an. Irgendwie fühle ich mich von ihm betrogen. Er wirft mir einzelne Häppchen hin, und sobald es um die Dinge geht, die für mich wirklich wichtig sind, macht er einen Rückzieher?

»Machen Sie sich keine Sorgen. Sie sind sicher, wenn Sie mitkommen.«

»Ich bleibe hier.«

Denn in meinem Apartment war ich die letzten Monate auch sicher.

Und während der Unterhaltung spüre ich, dass meine Zeit hier in Las Vegas abläuft. Ich werde meine Sachen packen und verschwinden. Jax weiß, wo ich bin. Das allein ist Grund genug. Aber mein Bruder Dean könnte bald herausfinden, dass nicht meine Leiche bestattet wurde, sondern die des armen Mädchens, das mir vor einem Jahr für zweihundert Dollar seine Identität verkauft hat.

»Dann bleibe ich auch hier.«

Eddie lehnt sich zurück und verschränkt die Arme vor der Brust. Ich starre ihn an. Meint er das ernst? Was will er hier?

Meinen Aufpasser spielen?

»Ich denke nicht.« Ich richte wieder die Waffe auf ihn, doch diesmal lässt er sich davon nicht beeindrucken.

»Wissen Sie, Lea ... das war ja einen Moment lang ganz eindrucksvoll, dass Sie mit einer Pistole vor meiner Nase herumfuchteln. Aber dann haben Sie mir zugehört, und ich habe gesehen, wie Sie jedes meiner Worte gierig aufgesogen haben. Sie wollen gar nicht schießen. Sie wollen auch nicht, dass ich gehe, weil Jackson mich geschickt hat. Also wie wäre es, wenn wir beide aufhören, uns irgendwas vorzumachen? Sie können mich nicht erschießen. Wenn Sie das tun, müssten Sie eine Menge erklären.«

»Ich weiß«, erwidere ich und drücke ab.

Die Kugel trifft seine Schulter. Nicht so weit unten, dass ich das Herz oder eine wichtige Arterie treffen könnte, aber auch nicht so weit oben, dass durch die Kugel sein Schlüsselbein zerfetzt wird. Der Schuss wirft ihn zurück in den Sessel, seine linke Hand fährt zur Schulter. Er starrt mich ungläubig an. Wütend. Als ob er nicht begreift, was ich gerade getan habe.

Ich stehe auf und trete zu ihm. Mit vorgehaltener Waffe durchsuche ich ihn und finde neben der Geldklammer und seiner Waffe, die er im Holster unter der Achsel trägt, auch sein Handy und die Autoschlüssel. Ich nehme alles an mich.

»Und du hast gedacht, ich schieße nicht«, murmle ich.

Er sagt keinen Ton. Ich weiß nicht, ob das die Angst ist, ich könnte beim nächsten Mal besser zielen. Ich lasse ihn auf dem Sessel sitzen und gehe in mein Schlafzimmer. Im Schrank steht eine schwarze Sporttasche, in der alles steckt, was ich für eine schnelle Flucht brauche: Klamotten, Bargeld, meine Papiere als Sally Miller, zusätzliche Munition für meine Waffe. Ich nehme die Tasche, schaue mich noch einmal im Schlafzimmer um und finde auf die Schnelle nichts, das ich nicht vergessen darf.

Zurück im Wohnzimmer scrolle ich in Eddie Whites Handy durch die Liste seiner Kontakte. Er beobachtet mich. Auf seiner Stirn ist kalter Schweiß ausgebrochen.

Ich finde Jax' Nummer und wähle. Er hebt nach dem zweiten Klingeln ab.

»Hast du sie?«

Seine Stimme ... Ich gebe mir einen Ruck. Keine Zeit für Sentimentalität.

»Nein, hat er nicht«, sage ich. »Wenn du mir schon jemanden schickst, dann doch bitte einen Typen, der's ein bisschen schlauer anstellt, Jax.«

»Lea ...«

Bevor er mehr sagen kann, lege ich auf. Weil ich Angst habe, dass er mehr sagt. Dass er sagt, ich soll zu ihm zurückkommen.

Denn das kann ich nicht. Niemals. Diese Tür habe ich für alle Zeiten verschlossen.

Ich werfe das Handy in Eddies Schoß und verlasse die Wohnung. Den Schlüssel lege ich unter die Fußmatte und laufe den Laubengang entlang, springe die Treppe hinunter und renne zu Eddies Zuhälterkarre, die am Straßenrand parkt. Besser als mein Wagen, denke ich. Zumindest für die ersten Meilen.

Ich werfe die Reisetasche auf den Beifahrersitz und stelle den Fahrersitz richtig ein. Dann starte ich den Motor und fahre vom Hof. Ich blicke nicht zurück.

Ich weiß nicht, wohin. Aber länger bleiben kann ich auf keinen Fall.

3. Kapitel

Auf eine Flucht bereitet dich niemand vor. Du denkst manchmal, dass es vielleicht dazu kommt, doch wenn es so weit ist, wenn du ganz auf dich gestellt bist, weißt du nicht, worauf du dich gerade einlässt. Du kannst dich noch so gut darauf vorbereitet haben, kannst dir einige Dinge zurechtlegen – letztlich bist du mit jeder Entscheidung allein.
So geht es mir in dieser Nacht.
Ich habe Eddie White in meiner Wohnung zurückgelassen. Das ist so ziemlich der größte Fehler, den ich hätte machen können. Erstens: er blutet meinen Sessel voll. Zweitens: er weiß, mit welchem Wagen ich unterwegs bin. Drittens: zu viele Spuren.

Ich fahre hundert Meilen, bevor ich das erste Mal rechts ranfahre und aus der Reisetasche ein frisches Wegwerfhandy nehme. Zweimal fällt mir die Simkarte aus den zitternden Händen, bevor ich sie einlegen kann. Ich wähle aus dem Kopf eine Nummer.

»George, ich bin's.«
Er klingt verschlafen. »Was'n los?«
»Erinnerst du dich, was wir ausgemacht haben? Letztes Jahr?«
Sofort ist er munter. »Schieß los.«
Fast muss ich lachen. *Geschossen wurde schon ...*
»Es ist soweit. Ich brauche dich.«
»Was soll ich machen?«
»In meiner Wohnung ist so ein Typ. Eddie White, du kennst ihn. Er hat seinen Wagen bei uns reparieren lassen. Vielleicht ist er auch schon verschwunden, aber bestimmt hat er haufenweise Spuren hinterlassen. Besonders auf dem Sessel.«

Ich gehe nicht ins Detail. George braucht keine Details, er kümmert sich ums Grobe.

»Der Schlüssel liegt wie besprochen unter der Fußmatte.«
»Heißt das, du bist weg?«
Ich starre auf das schwarze Asphaltband, das sich vor mir erstreckt. Schließlich sage ich leise: »Ja.«

»Und du kommst nicht wieder.«
»Ich weiß nicht, wie ...«
»Okay, ich sage Pattie Bescheid. Mach dir um uns keine Sorgen. Rückt uns die Polizei wegen der Sache mit diesem Eddie auf den Leib?«
»Nein, ich denke nicht.«
Das ist ja das Praktische, wenn man sich mit den schweren Jungs aus der Unterwelt anlegt – sie wollen genauso wenig mit der Polizei zu tun haben wie ich.
»Meldest du dich, wenn du in Sicherheit bist?«
Ich schüttle den Kopf. Alles in mir widerstrebt dem Gedanken, noch mehr Spuren zu hinterlassen. Schon jetzt ist dieser Anruf ein Brotkrumen unter vielen, die ich auf meinem Weg ins Irgendwo fallen lasse.
»Ich melde mich«, sage ich, obwohl ich es besser weiß.
»Okay, ich kümmere mich um alles. Und Lea: Pass auf dich auf, ja?«
»Versprochen.«
Ich lege auf. Dann entferne ich die Simkarte und werfe sie aus dem Fenster. Irgendwo jenseits der Straße landet sie im Staub der Wüste von Nevada.
Ich bin wieder unterwegs. Lasse Las Vegas hinter mir, und mit dieser dreckigen, wilden und ausgelassenen Wüstenstadt auch die Erinnerung an mein Kind.
Ich lasse mein Kind zurück, geboren im Staub. Das nie den ersten Schrei tat, sondern nur in einem Meer aus Blut und Tränen versank.

Ich war so glücklich.
Zurück aus New Orleans gönnte ich mir ein paar Tage Ruhe. Immerhin war ich schwanger ... Dass diese Schwangerschaft ebenso ungeplant war wie so vieles in meinem Leben, störte mich nicht weiter. Dieses Kind war ein Geschenk, das mir das Schicksal gemacht hatte, als ich mich für immer von Jax verabschieden musste.
Sally Miller hatte natürlich keine Krankenversicherung, und einen Job hatte sie auch noch nicht. Darum wollte ich mich bald kümmern. Also musste ich die Rechnung in der

Praxis, die ich mir ausgeguckt hatte, selbst begleichen. Es tat jedes Mal weh, wenn ich ein großes Bündel Geldscheine aus der Tasche holte, aber ich wollte auch wissen, ob mit dem Baby alles in Ordnung war.

Zum Glück bekam ich früh morgens einen Termin in der Praxis. Die Ärztin war sehr nett; sie machte den ersten Ultraschall und druckte mir ein Foto aus.»Ich nenne es das Gummibärchenstadium«, sagte sie, als sie mir das Foto überreichte.»Sie sind jetzt in der neunten Woche. Ich schreibe Ihnen noch Vitamine auf, aber es sieht alles gut aus. Machen Sie sich keine Sorgen, Miss Miller.«

Miss Miller.

Noch fiel es mir schwer, mich an den Namen zu gewöhnen.

Aber ich hatte mein Baby gesehen, wie es gemütlich in der Gebärmutter vor sich hinschwamm, und die Ärztin sagte, alles sei in bester Ordnung. Ich atmete auf.

Ich versprach der Ärztin, in zwei oder drei Monaten für den nächsten großen Ultraschall vorbeizukommen. Falls vorher irgendwas sei, sollte ich mich melden. Am Empfang bekam ich das Rezept und die Rechnung, die ich sofort bar beglich.

Sally Miller hatte nämlich auch noch kein Konto.

Auf dem Rückweg ging ich einkaufen. Es war ein wunderschöner Tag im Juli; vermutlich würde es heute wieder unerträglich heiß werden, doch das machte mir nichts aus. In einem Drugstore holte ich die Schwangerschaftsvitamine und ging anschließend in einem kleinen Supermarkt einkaufen. Mein Magen knurrte ziemlich laut.

Im Supermarkt nahm ich auch die Zeitung mit, weil ich hoffte, darin eine Stellenanzeige zu finden, auf die ich mich bewerben konnte. Ich wusste, wie heikel die ganze Sache war – ich war schwanger und würde schon in wenigen Monaten nur mit halber Kraft arbeiten können. Aber ich brauchte auch genauso dringend Geld, um weiter meine Miete, die Arztrechnungen und Lebensmittel zu finanzieren.

Zu Hause machte ich mir ein zweites Frühstück, und während ich den Obstsalat löffelte, ging ich die Stellenanzeigen durch.

Vielleicht war es Schicksal, dass mir an diesem Morgen nur

Patties Anzeige einigermaßen vernünftig erschien.
GESUCHT: Organisationstalent für Rezeption, Telefon & Büroarbeit in einer Werkstatt. Bezahlung über Tarif, Krankenversicherung. PATTIE'S GARAGE, Las Vegas.

Dazu eine Telefonnummer. Ich aß auf und wählte die angegebene Nummer.
Keine zehn Minuten später hatte ich einen Termin für ein Vorstellungsgespräch bei Pattie. Sie klang am Telefon gereizt, aber davon ließ ich mich nicht beirren. Ich brauchte einfach superdringend diesen Job.
Unsere erste Begegnung hätte vielleicht besser verlaufen können. Sie hatte an diesem Nachmittag nicht nur mich, sondern ein halbes Dutzend andere Frauen zum Vorstellungsgespräch eingeladen, und wir saßen alle im Wartebereich der Werkstatt und sahen zu, wie unsere Vorgängerin Martha mit einer erschreckenden Effizienz die Kunden, den Papierkram und Pattie managte. Ich wusste, was die anderen dachten, weil ich es auch nicht aus dem Kopf bekam: Ich kann unmöglich so gut arbeiten! Ich habe keine Chance auf diesen Job!
Zwei der anderen Bewerberinnen gingen vor dem Gespräch. Vielleicht scheuten sie weniger die Herausforderung als vielmehr die Arbeit. Ich hätte das verstanden. Aber ich konnte mir diesen Stolz nicht leisten. In Gedanken versuchte ich, mir Mut zu machen. Ich dachte an New York. Daran, wie ich in Jimmy's Diner anfing und mir am ersten Abend zwei vollbeladene Tabletts aus der Hand rutschten, an das Scheppern, die Blicke der Gäste und Noras gutmütigen Tadel. Sie zeigte mir, wie man's richtig machte, und schon bald gehörte ich dazu. Ich lernte schnell. Wenn es sein musste, konnte ich echt anpacken.
Aber ein paar Tabletts herumtragen, Bestellungen notieren und Geld abzählen war was anderes als das hier. Martha schien überall gleichzeitig zu sein, und auf jede Frage wusste sie eine Antwort. Ich hätte mir gern eingeredet, dass ich in nur wenigen Wochen genauso gut sein würde wie sie. Und Pattie

davon überzeugt.
Nach und nach holte Pattie alle Bewerberinnen in ihr Büro. Die Gespräche dauerten alle höchstens zehn Minuten, danach kam die Nächste dran. Natürlich war ich die Letzte. Als ich aufgerufen wurde und zu ihr ging, war Patties Händedruck fest. Sie musterte mich von oben bis unten.
»Sie gefallen mir«, war das erste, was sie sagte. Keine Begrüßungsfloskel, keine Frage, wie's mir geht. Sie sagte, was sie dachte.
Irgendwie gefiel mir das.
Leider war das Vorstellungsgespräch dann eine Katastrophe. Pattie stellte mir Fragen, auf die ich keine Antworten wusste. Oder die ich, was noch schlimmer war, verneinen musste. Ich hatte noch nie in einem Büro gearbeitet. Ich hatte auch noch nie mit Rechnungen, Buchführung und Ähnlichem zu tun gehabt. Das gab ich ehrlich zu, denn ich mochte Pattie. Und irgendwie hoffte ich, dass sie mich auch mögen würde. Dass ich wieder Glück haben würde wie damals mit Jimmy in New York.
Sie hörte aufmerksam zu. Sie stellte mir Fragen nach meinem Privatleben, die ich eher ausweichend beantwortete. Erst da fiel mir auf, dass ich mir eine Legende hätte zurechtlegen sollen – eine Vergangenheit, die ich allen erzählen konnte. Sally Miller war ein Niemand. Keine Geschichte, keine Familie, keine Vergangenheit.
»Okay, Sally.« Pattie lehnte sich auf dem Schreibtischstuhl zurück und schob ihre Hände unter den Latz ihrer Arbeitshose. »Sehe ich das richtig? Sie haben noch nie im Büro gearbeitet, wollen es aber gern mal versuchen. Stress schreckt Sie nicht ab, Sie stehen mir im nächsten halben Jahr ohne Urlaub zur Verfügung, und mit der Bezahlung sind Sie auch einverstanden?«
Ich nickte zögerlich. Die Bezahlung war nicht besonders hoch, aber irgendwie würde ich es schon schaffen, ein bisschen Geld beiseite zu legen. Oder zumindest nicht länger von den Ersparnissen in meiner Reisetasche zu zehren.
»Was machen Sie, wenn das Baby kommt?«
Ich riss die Augen auf.

Pattie zeigte auf meinen Bauch. »Ihre Hände.«
Ich hatte sie unwillkürlich auf den Bauch gelegt. Beschützend.
»Das macht keine Frau, wenn sie nicht schwanger ist.«
»Ich bin erst im dritten Monat. Also das nächste halbe Jahr wäre ich hier. Und danach auch«, fügte ich hastig hinzu. »Ich will arbeiten. Ich hab keine Lust, mich von irgendwem aushalten zu lassen.«
»Sie müssten gerade am Anfang eine Menge lernen. Martha ist noch drei Wochen hier. Sie könnte Ihnen alles zeigen. Da würden einige Überstunden abfallen.«
»Ich bin neu in der Stadt. Keine Freunde.« In einer hilflosen Geste hob ich die Hände, als wollte ich sagen: Wenn ich nicht arbeite, habe ich eh nichts Besseres zu tun.
»Sie sind die letzte Bewerberin, mit der ich heute gesprochen habe. Ehrlich gesagt waren die anderen eine Enttäuschung.« Sie zeigte auf meine Hände, die nun wieder im Schoß ruhten. »Wissen Sie auch, warum?«
Ich schüttelte den Kopf. Nein, das wusste ich nun wirklich nicht.
»Hübsche Fingernägel.«
»Wie bitte?«
»Sie hatten alle hübsche Fingernägel. Gelnägel, hübsch gefeilt, bestimmt in den meisten Fällen nicht selbst gemacht, sondern in einem Nagelstudio. Hier in Pattie's Garage wird nicht so viel Wert auf Äußerlichkeiten gelegt. Saubere Hände, kurze Fingernägel. Das genügt mir schon. Mädchen, die Zeit haben, sich die Nägel zu machen, haben auch Zeit, sich morgens zu schminken. Und das sind dann – so meine Erfahrung – auch die Mädchen, die stundenlang mit irgendwelchen Kunden flirten.«
Ich lächelte verhalten. Wenn Pattie wüsste, dass ich vor nicht allzu langer Zeit eine Kosmetikerin hatte, die mir jederzeit einen Termin einräumte, und dass mein Friseur daheim in L.A. für jeden Haarschnitt mindestens dreihundert Dollar nahm ... Aber ich sagte nichts dazu.
»Ich mag Sie. Es fehlt Ihnen an Erfahrung, aber ich möchte es trotzdem mit Ihnen versuchen. Irgendwas sagt mir, dass Sie

eine Chance verdient haben.« Sie schüttelte den Kopf, als könnte sie das selbst nicht glauben. »Irgendwann bringt meine sentimentale Art mich noch um den Verstand«, erklärte sie.
So sentimental kam sie mir gar nicht vor. Aber sie gab mir einen Job, und das war die Hauptsache.
Ich konnte am nächsten Tag bei ihr anfangen.

Bis zum Morgen habe ich zwischen Las Vegas und mich vierhundert Meilen gebracht. Ich halte mich Richtung Westen auf der Interstate 70 Richtung Denver.
Ich bin fast die ganze Nacht wach geblieben. Nur um halb vier, als ich fürchtete, vor Müdigkeit von der Straße abzukommen, habe ich für eine halbe Stunde am Straßenrand gehalten und ein Nickerchen gemacht. Seitdem bin ich wieder unterwegs.
In Denver will ich mir ein Motelzimmer suchen und den Tag verschlafen. Die nächste Nacht durchfahren.
Ich weiß noch nicht, wohin ich letztlich will. Chicago? Weiter an die Ostküste? Boston, New York?
Nein. Bloß nicht New York. Dort ist Jax.
Und vor Jax habe ich Angst.
Ich bin Eddie White entkommen, weil ich im entscheidenden Moment nicht davor zurückschreckte, auf ihn zu schießen.
Aber würde ich dasselbe tun, wenn Jax vor mir steht?
Sicher nicht ...
Darum habe ich Angst. Und darum kommt New York nicht in Frage. Ich habe Angst, mich zu verlieren. Wenn nur sein Blick genügt, dass ich bereit bin, mich wieder ganz auf ihn einzulassen ...
So weit kommt's ja nicht. Erstens weiß er nicht, wo du bist. Und zweitens hast du Marcus erschossen. Das wird er dir nie verzeihen.
Wenn man allein unterwegs ist, haben die Gedanken viel Zeit, sich im Kreis zu drehen, und ich habe langsam das Gefühl, verrückt zu werden. Ich schalte das Autoradio ein und suche nach einem Musiksender, auf dem kein Country gespielt wird. Country macht mich aggressiv.

Eine Stunde später taucht am Straßenrand ein einsames Motel auf. Ich bin müde, sehne mich nach einem bequemen Bett und mindestens acht Stunden Schlaf. Also fahre ich auf den Parkplatz hinter dem Gebäude, nehme meine Tasche mit zur Rezeption und miete ein Zimmer.

Das Zimmer ist schlicht und erstaunlich modern eingerichtet. Das Bett ist bequem, die Laken sauber. Ich gehe duschen, bevor ich unter die Bettdecke krieche und die Augen schließe. Keine zehn Sekunden später bin ich völlig erschöpft eingeschlafen.

»Lea... Hörst du mich? Lea?«

Ich murmle etwas. Spüre eine Hand, die meine Schulter streichelt. Im Halbschlaf schiebe ich sie unwillig beiseite und drehe mich auf die andere Seite. Kann man denn nicht mal in einem Motelzimmer seine Ruhe haben?

Mit einem Ruck fahre ich hoch. Das Zimmer liegt in einem angenehmen Dunkel, die Vorhänge schließen das Tageslicht fast völlig aus.

Auf der Bettkante sitzt jemand. Seine Gestalt ist mir vertraut, und bevor ich einen klaren Gedanken fassen kann, übernimmt mein Instinkt die Kontrolle. Mit der rechten Hand taste ich unter dem Kopfkissen nach meiner Pistole. Doch da ist sie nicht; ich habe vergessen, sie dort wie jede Nacht zu deponieren.

Ich rolle mich auf der anderen Seite aus dem Bett und versuche, zu der Tasche zu gelangen, die in der Zimmerecke auf dem Sessel steht.

Er ist schneller. Seine Hand packt mein Fußgelenk, und ich stürze halb aus dem Bett, halb hänge ich noch darin. Die Beine verheddern sich mit der Bettdecke, als ich wild um mich trete. Ich höre einen unterdrückten Schmerzensschrei, dann bin ich frei und ich hechte zur Reisetasche, reiße den Deckel hoch und packe die Pistole.

Es ist unglaublich, wie viel Sicherheit einem so ein Stück Metall gibt. Wie viel Macht man plötzlich hat.

Ich richte den Lauf der Waffe auf den Mann, der auf meinem Bett sitzt. Mit der anderen Hand taste ich nach dem Schalter der Nachttischlampe und mache Licht.

Fast wäre mir die Waffe aus der Hand gefallen.
»Jax ...«, flüstere ich.
»Hallo Lea«, sagt er.

4. Kapitel

Wir starren uns an. Lange. Ich halte die Waffe krampfhaft fest, weil sie das Einzige ist, was mir in dieser Situation wenigstens ein Mindestmaß Sicherheit schenkt.
Jax bleibt einfach ruhig sitzen. Er beobachtet mich. Sein Blick geht von meinem Gesicht zu meinem Oberkörper, verharrt dort aber nicht, sondern wandert bis hinab zu meinem Unterleib, meinen Beinen, die unter dem großen Schlaf-T-Shirt hervorschauen. Ich stelle mich etwas breitbeiniger hin, um einen eventuellen Rückstoß beim Schießen aufzufangen.
Ihn will ich nicht töten. Auf keinen Fall ... Doch wenn es um mein Leben geht, will ich mich wehren können.
Er sagt immer noch nichts, und ich werde nervös.
»Was hast du hier zu suchen?«, frage ich schließlich.
Wie kommt er überhaupt hierher?!
Er lächelt traurig. »Ich suche dich«, sagt er. »Seit über einem Jahr.«
Ich widerstehe dem Drang, einen Schritt nach hinten zu machen. Er lässt mich nicht aus den Augen, und was mich eigentlich beunruhigen sollte, gefällt mir. Da ist es wieder. Das Knistern. Dieses zarte Seifenblasenplatzen in der Luft zwischen uns. Die Erinnerung an ihn. Ich habe sie allzu lange von mir geschoben. Habe sie gut weggeschlossen, damit sie mich nicht nachts im Traum heimsuchte. Damit ich meinen Alltag bewältigen konnte.
Und dann genügt dieses eine Lächeln. Der Blick in seine braunen Augen. Schon erwachen die Erinnerungen zum Leben, und ich zittere.
Ich will ihn. Mehr als alles andere. Ja, vielleicht will ich ihn mehr als mein Leben, obwohl ich genau weiß, wie ungesund das für mich sein wird.
»Du hast mich gefunden.«
»Leicht hast du es mir nicht gemacht.« Er lächelt immer noch. Doch er wirkt ernster. Beinahe nachdenklich. »Meinst du, wir können uns ohne diese Pistole zwischen uns unterhalten? Geht das vielleicht?«

Ich schüttle nur den Kopf.
»Bitte, Lea. Ich will dir nichts tun. Das wollte ich nie. Wenn ich dich hätte töten wollen, hätte ich das vorhin getan, als du geschlafen hast, denkst du nicht?«
Meine Entschlossenheit gerät ins Wanken. Nicht nur wegen seiner Worte. Sondern wegen seiner schieren Anwesenheit. Seinem Duft. Den zahlreichen Erinnerungen daran, wie es früher war.
In seinen Armen.
Wenn wir uns liebten. Wenn sein Körper meinen in die Kissen drückte. Wenn er meine Hände mit einer Hand über dem Kopf fixierte, sodass ich ihm völlig ausgeliefert war. Wenn er mit der anderen Hand meine Flanke streichelte. Meine Beine, die sich um seine Lenden legten. Meine Schenkel, die sich so weit wie möglich für ihn öffneten, um ihn tiefer in mir zu spüren ...
Die Pistole fällt mir aus der Hand. Einfach so. Ich gebe jeden Widerstand auf. Er ist gekommen, um für Marcus' Tod Rache zu üben? Und wenn schon. Soll er mich doch umbringen.
Aber vorher will ich ihn.
Küssen. Schmecken. Lieben.
Ich will es, jetzt sofort. Ohne zu warten, ohne zu reden. Worte können nicht ausdrücken, was dieser Mann für mich ist. Was er immer für mich sein wird.
Die Liebe meines Lebens.
»Jax«, flüstere ich nur.
Und er versteht. Er kommt langsam auf mich zu. Seine Bewegungen sind ganz ruhig, als ob er fürchtet, mich mit einer hektischen Bewegung zu verschrecken. Aber ich sehe ihm entgegen, warte ab.
Erst als wir direkt voreinander stehen, gestatte ich mir, langsam auszuatmen. Ich sehe ihn nicht an. Ich spüre ihn nur. Rieche ihn. Atme ein, atme aus.
Er lässt mir Zeit. Ahnt er, wie es in mir aussieht? Dass ich mich quäle, dass es mich schier zerreißt zwischen Angst und Lust? Es tut so sehr weh, dass ich mich nur aufs Atmen konzentrieren kann. Jede andere Körperfunktion ist zu viel. Ich

glaube fast, mein Herz setzt aus, weil ich es nicht in Gedanken dazu zwinge, jeden einzelnen Schlag zu tun.

Schlag schon, verdammtes Herz!

Und da galoppiert es einfach los. Ich mache einen Schritt nach vorne, ich stolpere und spüre, wie seine starken Arme mich umfangen. Er zieht mich an seine Brust, ich vergrabe das Gesicht in seinem weißen Hemd. Sein Duft, seine Stimme. Das Blut rauscht und tost in meinen Ohren, und trotzdem dringt er zu mir durch.

»Ist schon gut, Lea. Alles wird gut ...«

Ich schluchze auf. Er hält mich einfach fest, lässt mich weinen. Das Gefühl erwacht wieder – jenes, das ich in den letzten zwölf Monaten gehütet habe, das ich so sorgfältig weggeschlossen habe. Ich will ihn. Spüren. Schmecken. Riechen. Ich will mich ganz mit ihm umhüllen, bis von mir nichts mehr übrig bleibt. Bis niemand ahnt, dass ich diejenige bin, die gemordet hat. Die ein Kind verloren hat. Die seit einem Jahr völlig vereinsamt und von der Welt abgeschottet lebt.

Die eine Mauer rings um sich errichtet hat, durch die kein Schmerz dringen sollte.

Es reicht, dass Jax vor mir steht, um jeden Widerstand aufzugeben.

Der Schmerz überwältigt mich.

Ich weiß, was ich will. Zugleich spüre ich, dass es falsch wäre, wenn wir unser Wiedersehen sofort mit wildem Sex feiern, obwohl mein Körper so heftig auf seinen reagiert. Ich spüre die Hitze, die sich in meinem Unterleib ballt. Meine Nippel ziehen sich schmerzhaft zusammen. Ich will mich an ihm reiben, will ihn gierig küssen und mich von dieser Lust verschlingen lassen ...

»Nein«, murmle ich. Und dann, weil ich denke, er hat mich vielleicht nicht verstanden, versuche ich, mich aus seinen Armen zu lösen. Da ist zu vieles, über das wir reden müssen. Das sich auch mit wildem, hemmungslosen Wiedersehenssex nicht einfach leugnen lässt.

Marcus.

Meine Flucht.

Unser Kind, von dem er nichts weiß.

Außerdem weiß ich nicht, wo wir stehen. Er könnte genauso gut hier sein, um mich aus dem Weg zu räumen. Weil ich Swans Neffen ermordet habe.

Jax lässt mich los. Ich weiche einen halben Schritt zurück. Er lässt mir Platz. Statt mich zu bedrängen, setzt er sich einfach auf die Bettkante und beobachtet mich.

Ich sinke auf den Sessel. Bücke mich nach der Waffe und hebe sie auf, aber nur, um sie neben mir unter das Polster zu schieben. Für den Moment fühle ich mich sicher.

Er sieht müde aus. Erschöpft. Als hätte er das ganze letzte Jahr nicht geschlafen.

Vielleicht kommt das der Wahrheit näher als ich mir eingestehen möchte.

»Ich habe dich gesucht«, wiederholt er.

Ich sage nichts.

»Du hast es mir echt schwer gemacht.« Er lächelt traurig.

»Ich kann nur ahnen ...«

»Nicht, Jax«, flüstere ich. »Tu das nicht.«

»Was denn?« Er mustert mich erstaunt.

»Hab kein Verständnis für mich. Das habe ich nicht verdient.«

Ich bin so unendlich müde. Der Schock lässt nach, denke ich. Der Schock, wenn man aus dem Schlaf gerissen wird, wie es mir vorhin passiert ist. Ich fange an zu zittern und beuge mich vor, um die Bettdecke vom Bett zu ziehen. Bis zur Nasenspitze ziehe ich sie hoch.

»Marcus ist verschwunden.« Er spricht weiter, ohne mich dabei aus den Augen zu lassen. »Schon vor einem Jahr. Seine Leiche wurde nie gefunden. Trotzdem frage ich mich ...«

Ich halte die Luft an.

»Ich habe mich die ganze Zeit gefragt, ob du etwas darüber weißt. Steckt dein Bruder dahinter, Lea? Wenn das so ist, muss ich ihn töten. Das weißt du hoffentlich.«

Wie soll ich ihm jetzt noch in die Augen blicken? Wenn ich ihm die Wahrheit sage, wird er mich hassen. So sehr, wie er meinen Bruder hasst, seit die beiden in New York das erste Mal aufeinander trafen.

Mein Bruder hat damit nichts zu tun. Er hat Marcus nicht ermordet. Das habe ich ganz allein geschafft, weil er mich sonst getötet hätte. Black Swan hätte dich nie gehen lassen, Jax. Und sieh dich an – du bist noch bei ihnen, nicht wahr? All deine Versprechungen sind nichts mehr wert. Du hast sie vergessen. Hast verdrängt, dass wir gemeinsam das Kartell meines Bruders und das von Raimund Swan zu Fall bringen wollten, um anschließend im Zeugenschutz zu verschwinden.

»Weißt du mehr, Lea?«

Ich schüttle den Kopf. Aber er muss wissen, dass ich ihn anlüge, denn ich schaffe es nicht, seinen Blick zu erwidern.

»Was ist mit Swan?« Meine Stimme ist ein heiseres Krächzen. Ich räuspere mich.

»Swan ist natürlich außer sich. Er hatte alles auf Marcus gesetzt. Nach seinem Verschwinden musste ich einspringen. Ich ... hätte dich schon früher gesucht.«

Da kann ich fast von Glück sagen, dass mir ein Jahr lang Ruhe vergönnt war.

»Bitte, Lea. Du musst mit mir reden. Warum bist du damals weggelaufen? Nachdem Marcus und du verschwunden seid ... Ihr habt euch nie gut verstanden, aber ich habe kurz geglaubt, du wärst mit ihm durchgebrannt und nicht mit mir.«

Ungläubig reiße ich die Augen auf und starre ihn an. »Das ist nicht dein Ernst.«

Er zuckt mit den Schultern. »Was sollte ich denn sonst denken? Aber dann wurden in deiner Wohnung Spuren gefunden. Blut. Viel Blut, das jemand nachlässig aufgewischt hat. Vermutlich deins. Ich dachte, du wärst tot.«

Das war der Plan. Jax sollte glauben, dass ich in meiner Wohnung ermordet wurde und jemand meine Leiche entsorgt hat. Dass mit mir das passiert war, was tatsächlich Marcus zustieß.

Es hatte wohl nur bedingt geklappt, Jax von meinem Tod zu überzeugen.

»Ich wusste, dass du noch lebst. Irgendwie ...« Er legt die Hand aufs Herz. »Hier drin. Da war die Gewissheit, dass du irgendwo auf mich wartest. Ich dachte, vielleicht hat das FBI deinen Tod inszeniert, bevor du in den Zeugenschutz gegangen

bist. Aber die hatten nichts damit zu tun, stimmt's?«
Ich schüttle leicht den Kopf.
»Warum, Lea? Wieso bist du abgetaucht, ohne mir ein Wort zu sagen? Und die Anrufe? Die kamen doch von dir, oder?«
Die Anrufe. Ich weiß, die waren ein Fehler. Aber vor einem halben Jahr hielt ich es nicht länger aus, ohne von Jax zu hören. Darum fing ich an, mit Wegwerfhandys bei ihm anzurufen. Sechzig Sekunden, alle zwei Wochen. Mehr erlaubte ich mir nicht. Und schon das war gefährlich. Ein zu großes Risiko, wie ich jetzt weiß.
Jax seufzt.
»Ich kann dich nicht zwingen, mit mir zu reden«, sagt er leise. »Aber du sollst wissen ... Ich habe dich nie aufgegeben. Ich habe weitergesucht. Bis ich dich gefunden habe. Und jetzt will ich alles tun, damit wir nie wieder getrennt werden.«
Nach seinen letzten Worten schweigen wir wieder. Schließlich stehe ich auf, ziehe die Bettdecke hinter mir her zum Bett und lege mich hin. Ich sehe ihn an. Er sitzt immer noch auf der Bettkante.
»Ich will jetzt schlafen«, sage ich leise. »Ich war die ganze Nacht unterwegs.«
»Okay«, sagt er und steht auf.
»Ich will allein sein.«
Meine Worte verletzen ihn, das erkenne ich. An seinem Blick. Daran, wie er die Hände in die Hosentaschen der Chino steckt. Doch dann gibt er sich einen Ruck.
»Ich warte draußen in der Lobby. Oder soll ich dich wecken?«
»Lass mich einfach schlafen.«
Er nickt widerstrebend.
»Ich würde dich so gern küssen.«
Stumm schüttele ich den Kopf. Wenn er mich küsst, ist es vorbei. Dann stürzt meine Mauer ein, dann lasse ich ihn wieder an mich heran. Wohin das führt, habe ich vor einem Jahr allzu schmerzlich erfahren.
Er verlässt das Motelzimmer und zieht die Tür leise hinter sich ins Schloss. Ich fürchte fast, dass ich nicht einschlafen kann. Darum stehe ich noch mal auf und verriegle die

Zimmertür von innen.
Aber meine Sorge ist unbegründet. Sobald ich wieder unter die Decke gekrochen bin und mein Kopf das Kissen berührt, bin ich eingeschlafen.

Die ersten Tage als Marthas Nachfolgerin waren anstrengend. Wie von Pattie prophezeit, arbeitete ich mir regelrecht den Arsch ab, um die ganzen Aufgaben auch nur ansatzweise zu kapieren, die von mir erwartet wurden. Aber Martha war eine erstaunlich geduldige Lehrerin. Die Kunden blaffte sie an, wenn die nicht verstanden, was sie von ihnen wollte. Mir begegnete sie mit einer Freundlichkeit, die mich fast misstrauisch gemacht hätte, wenn ich nicht so froh gewesen wäre, dass bis aufs Arbeitspensum alles gut lief.

Sogar die Schwangerschaftsübelkeit war verschwunden. Von heute auf morgen einfach weg. Ich hinterfragte das nicht, sondern war einfach froh. Dem Baby ging es gut, davon hatte ich mich erst vor ein paar Tagen mit eigenen Augen überzeugen können. Und wenn ich Angst bekam, konnte ich immer noch das Ultraschallfoto aus der Gesäßtasche meiner Jeans ziehen und mich am Anblick dieses kleinen Wesens erfreuen, das in meinem Bauch wilde Purzelbäume schlug.

»Deins?«, fragte Martha, als sie mich am dritten Tag dabei ertappte, wie ich verliebt das Foto anschaute.

Peinlich berührt stopfte ich es in die Hosentasche. »Mh«, machte ich nur.

»Süß. Hab auch drei Racker daheim. Dein erstes, hm?«
Ich nickte.
»Und der Vater? Hat er sich aus dem Staub gemacht?«
»Nee, eher umgekehrt.«

Sie fragte nicht mehr nach, sondern gab mir eine Mappe mit Rechnungen, die ich mit den Kontobewegungen abgleichen sollte. Ich setzte mich an den Schreibtisch und rief das entsprechende Programm auf, während sie einem Kunden erklärte, dass sein Wagen nach einem Unfall allenfalls noch Schrottwert hatte. Wir könnten ihn natürlich reparieren, das würde aber ein kleines Vermögen kosten. Wobei sie ihn schon verstehen könnte, es sei ja ein toller Wagen, den will man ja

nicht einfach verschrotten, nur weil er ein paar Beulen hatte.
Er erteilte ihr trotzdem den Auftrag.
»Idiot«, murmelte Martha und heftete den Auftrag ab. »Für das Geld kriegt er einen Neuwagen.«
Ich lachte. Das Verkaufstalent musste ich mir definitiv noch von ihr abschauen.
Doch dann blieb mir das Lachen im Hals stecken, denn ein stechender Schmerz durchfuhr meinen Unterleib. Als hätte jemand ein Messer hineingebohrt. Ich lehnte mich zurück und legte die Hand auf den Bauch. Ganz ruhig, sagte ich mir. Manchmal ziepte und zwickte der Bauch eben, schließlich musste er Platz für ein kleines Menschenkind schaffen.
»Alles okay?«, fragte Martha.
Ich nickte. Alles bestens. Auf keinen Fall wollte ich eine dieser hysterischen Schwangeren werden, die bei jedem Zipperlein zu ihrer Ärztin rannten.
Zumal ich mir so viele Arztbesuche überhaupt nicht leisten konnte. Die Krankenversicherung, die Pattie mir mit dem Job angeboten hatte, würde erst nach einer Frist von sechs Monaten meine Rechnungen übernehmen. Perfekt, wenn das Baby zum Termin kam. Ziemlich übel, wenn es vorher Komplikationen gab ...
»Ich bin nur mal grad drüben in der Werkstatt und bringe den Jungs die Aufträge.« Martha wedelte mit einem Stapel Zettel, auf denen die verschiedenen Arbeitsanweisungen notiert waren.
Ich war im Verkaufsraum allein. Nur im Wartebereich saßen zwei Kunden und warteten auf die Mitarbeiter, die ihre Fahrzeuge aus der Werkstatt holten.
Der Schmerz war verklungen. Ich entspannte mich ein wenig.
Erst als ich aufstand, um mir ein Glas Wasser zu holen, wurde ich mit brutaler Härte an den Schmerz erinnert. Er kehrte mit solcher Wucht zurück, dass ich mich an den Schreibtisch klammern musste. Ich versuchte, irgendwie gegen den Schmerz anzuatmen. Ihn zu bewältigen. Ihn kleinzureden.
Das ist nichts, redete ich mir ein. Der Bauch wächst, das passiert. Alles ganz normal und in Ordnung.

Zugleich spürte ich, dass nichts normal oder in Ordnung war. Und ich bekam Angst.
Ich machte einen Schritt, gegen den Schmerz. Im selben Moment spürte ich, wie etwas in mir zerbrach. Später dachte ich manchmal, dass ich spürte, wie sich das Baby von mir löste, in diesem winzigen Moment.
Als ich hinter der Theke hervor trat, hörte ich eine Stimme, die meinen Namen rief. War das mein Name? Sally?
Ja, dachte ich. Jetzt schon.
Ich sah Martha auf mich zukommen, und bevor ich etwas sagen konnte, hatte sie schon den Arm um meine Schulter gelegt und führte mich zu dem Bürostuhl zurück. Sie sagte etwas, doch ihre Worte erreichen mich nicht. Einer der Kunden war aufgestanden, und sie rief ihm zu, er solle in die Werkstatt laufen und George holen. Für den Notarzt sei keine Zeit, ich müsse schleunigst ins Krankenhaus.
»Mein Baby«, flüsterte ich.
»Ich weiß. Schhhh, bleib ganz ruhig. Es passiert schon nichts.«
Wir wussten beide, dass sie mich anlog. Aber als ich im nächsten Moment das Bewusstsein verlor, klammerte ich mich an diesen Satz.
Es passiert schon nichts ...
Für mich war dieser Satz der Rettungsanker. Obwohl ich wusste, dass er eine Lüge war und mich in die Tiefe reißen würde.
Ich wachte im Krankenhaus wieder auf. Völlig orientierungslos. War es Tag oder Nacht? Wie viel Zeit war vergangen?
Mein Baby ...?
Nicht Martha saß neben dem Bett und wachte über meinen Schlaf, sondern George. Hünenhaft, mit riesigen, schwieligen Händen und einem Herz aus Gold. Er hatte mich in die Klinik gebracht und blieb bei mir, bis ich aus der Narkose erwachte.
Er war es auch, der mir mit behutsamen Worten die Wahrheit sagte.
Ich hatte das Baby verloren. Sein Herz hatte aufgehört zu schlagen, und die Schmerzen, die ich bekam, waren die Wehen,

mit denen mein Körper den Embryo »abstieß«. Er wählte die Worte mit Bedacht. Beschönigte nichts, machte mir zugleich klar, was passiert war. Schonungslos. Es dauerte trotzdem, bis ich begriff, was geschehen war.

Später kam die Ärztin zu mir, die mich erst vor wenigen Tagen untersucht hatte. Sie fand ebenfalls tröstende Worte, doch ihre kamen nicht bei mir an. Als sie mir erklärte, ich könne sicher bald wieder schwanger sein, starrte ich sie nur an.

Wie sollte ich ein zweites Mal schwanger werden? Jax war fort. Ich würde ihn nie wiedersehen.

Ich hatte dieses Baby verloren. Die letzte Erinnerung an ihn, die mir geblieben war.

Auch in den nächsten Tagen wich George nicht von meiner Seite. Zuerst verstand ich nicht, was er von mir wollte. Warum er sich als mein Beschützer aufspielte. Nur langsam begriff ich, dass er das nicht meinetwegen tat, sondern weil Pattie ihn darum gebeten hatte. Er wurde in der Werkstatt natürlich gebraucht, aber wenn man erst bei Pattie angestellt war, gehörte man zur Familie. Und dann kümmerte man sich um die anderen.

Ich blieb drei Tage im Krankenhaus. Dann hatte ich genug vom Rumliegen. Außerdem lag mir der Gedanke an die drohende Krankenhausrechnung wie ein Stein im Magen. Ich sah schon all meine Ersparnisse dahinschwinden.

George holte mich ab. Er half mir, die wenigen Sachen in einen Beutel zu packen, die ich bei mir hatte. Und er brachte mir einen kleinen Blumenstrauß mit, den er mir etwas linkisch im Papier überreichte.

»George ... Du musst das nicht tun.«

»Was denn?«, fragte er.

»Nett sein.« Ich wusste nicht, wie ich es anders formulieren sollte.

»Aber wir sind doch Freunde?«

Freunde. Es war lange her, dass ich jemanden als Freund hatte. Und das sagte ich ihm auch. Doch George zuckte nur mit den Schultern.

»Ich bin halt gerne für dich da. Ich mag dich.«

Ich mochte ihn auch. Und ich redete mir ein, dass er das wirklich nur aus Nettigkeit tat und nicht, weil er dachte, er könnte jetzt den freien Platz neben mir einnehmen und der Vater meiner zukünftigen Kinder werden.
Aber da hatte ich George völlig falsch eingeschätzt. Und das merkte ich, als wir meine Wohnung betraten.
Ich hatte mich in einem Anflug von Vorfreude aufs Baby noch am Tag vor der Fehlgeburt im Wal-Mart dazu hinreißen lassen, einen ersten winzigen Strampler zu kaufen. Und ein Babybett. Und Fläschchen, Schnuller, eine Babydecke, einen ganzen Haufen Kram, von dem ich nicht wusste, ob ich ihn überhaupt brauchen würde. Es war wie ein Rausch gewesen, in den ich verfiel, sobald ich in der Babyabteilung stand. Ich wollte alles haben. Meinem Baby sollte es an nichts fehlen.
Die Sachen standen im Wohnzimmer, im Kinderzimmer, im Bad, einfach überall. Ich hatte sie ausgepackt und mit geradezu kindlicher Begeisterung überall in der Wohnung verteilt, um mich daran zu erfreuen.
Jetzt stand ich im Wohnzimmer und war mit diesem Übermaß an Niedlichkeit und Zuckerguss konfrontiert. Es war einfach nur brutal.
Das war der Moment, in dem ich das erste und einzige Mal um das Baby weinen konnte.
George war da. Er hielt mich fest, während ich in seinen Armen heulte und den Plüschteddy an mich presste, der leise brummte, wenn man ihm den Bauch drückte. Er hatte eine hellblaue Schleife um den Hals.
Noch am selben Abend zog ich aus dem Apartment aus und in die kleine Wohnung gegenüber der Werkstatt. George kümmerte sich um die Babysachen. Es war mir egal, was er damit machte. Nur den Teddy behielt ich – und das Ultraschallfoto. Es war alles, was mir von Jax' Baby geblieben war.

Ich fahre aus einem Alptraum hoch und schreie. Es ist ein erstickter Schrei, weil ich kaum Luft bekomme. Weil ich im Schlaf angefangen habe zu weinen und mich jetzt völlig verrotzt fühle. Ich fahre mit dem Handrücken über mein Gesicht, spüre die Tränen und den Rotz, der mir aus der Nase läuft.

Die Erinnerung an den Alptraum ist ebenso schnell verschwunden wie die Erholung der wenigen Stunden Schlaf, die ich hatte. Ich konzentriere mich in den kommenden Minuten vor allem darauf, regelmäßig zu atmen. Spüre, wie das Gleichmaß meiner Atemzüge mich langsam beruhigt.

Es ist lange her, dass ich zuletzt aus einem so schrecklichen Alptraum aufwachte. Ich habe wohl geglaubt, das Schlimmste überstanden zu haben.

Aber Jax ist hier, und mit Jax kommen auch die Erinnerungen zurück.

An glückliche Zeiten.

Aber waren wir je glücklich?

Es gab die Zeit in New York. Ein paar Tage nur, und schon damals mussten wir fliehen. Erst floh ich vor ihm, dann wollten wir gemeinsam verschwinden und wurden doch durch die Umstände daran gehindert. Aber unsere Liebe war stärker, schon damals. Und als er in Los Angeles auftauchte und sich bereit erklärte, mit mir in den Zeugenschutz zu gehen, war ich zumindest ein paar Monate lang froh. Denn Jax war für mich da. Erreichbar. Nicht immer bei mir, aber höchstens einen Anruf entfernt. Und er kam zu mir, so oft sein Terminplan es zuließ.

Aber wir wurden ein zweites Mal auseinandergerissen. Diesmal durch meine eigene Tat. Durch das Wissen, dass ich nie wieder sicher sein würde. Ich fürchtete nicht nur Jax' Zorn, weil ich Marcus ermordet hatte. Viel größer war die Angst, Raimund Swan könnte meine Nähe zu Jax ausnutzen und mich für den Mord an seinem Neffen liquidieren lassen. Nicht, dass er Marcus nicht ursprünglich geschickt hatte, damit er mit mir dasselbe tat ...

Wie ich es auch drehe und wende, es bleibt diese eine Wahrheit: Was auch immer Jax und ich unternehmen, um zusammen zu sein, irgendwann kommt immer etwas dazwischen.

Und ich kenne im Moment nur eine Person, die uns helfen kann.

Nachdem ich diese Entscheidung getroffen habe, geht es

mir besser. Meine Tränen sind versiegt und ich stehe auf, um mich zu duschen und für die Nacht fertigzumachen.

Als ich zwanzig Minuten später mein Motelzimmer verlasse und zur Rezeption gehe, wartet Jax in dem kleinen Vorraum auf mich. Er sitzt auf einem der unbequemen Sessel in der Lobby und liest Zeitung. Als ich hereinkomme, legt er die Zeitung sofort weg und steht auf.
Er mustert mich prüfend.
Ich weiß, dass ihm nicht gefällt, was er sieht. Ich bin verheult, übermüdet und blass. Die Klamotten schlackern an meinem Körper. Obwohl ich anständig esse, habe ich im letzten Jahr ein paar Pfund verloren.
»Die Haarfarbe mag ich nicht«, sagt er und stellt sich neben mich. Ich klappere mit dem Schlüssel auf den Tresen und schlage dreimal auf die kleine Glocke ein, damit endlich ein Mitarbeiter kommt. Ich will hier weg.
»Ich finde sie okay.«
»Zu dunkel. Du siehst damit blass aus. Deine Augen sind so ... verwaschen.«
Ich starre an ihm vorbei. Er lehnt lässig am Tresen. Ihm scheint das Jahr unserer Trennung rein äußerlich nichts ausgemacht zu haben. Er ist immer noch genauso muskelbepackt und schlank wie eh und je. Die Kraft einer Raubkatze wohnt in seinem Körper. Die Chino und das Hemd sind richtig teuer, die Schuhe vermutlich italienisch und nach Maß angefertigt. Er trägt die Haare etwas kürzer als damals.

Geblieben ist auch das dunkle Braun seiner Augen, das mich an flüssige Schokolade denken lässt. Ist es albern, wenn ich zugebe, dass ich seit damals keine Schokolade mehr essen kann, ohne sofort an diese Augen zu denken? In ihnen zu versinken, mich in seinem Blick zu verlieren ... Es ist gar nicht so lange her, dass dies für mich der beste Moment eines Tages war. Morgens neben ihm aufwachen. Oder abends vor dem Einschlafen ein letztes Mal in seine Augen blicken, bevor ich selbst die Augen schließe ...

»Verdammt, kommt hier mal jemand?« Ich bin sauer. Die Erinnerungen an Jax, die in meinem Körper gespeichert sind, lassen die Luft zwischen uns knistern. Ich schlage mit der

Faust auf die Glocke und rufe: »Hallo! Hier will jemand bezahlen!«

»Komm ja schon, bin schon da.«

Auf seinem Namensschild steht Josh, er ist ein kleiner Buchhaltertyp mit Stirnglatze, rötlich blondem Haarkranz und riesiger Nase. Er reicht mir nur bis zur Schulter und blickt mich über seine Halbmondbrille prüfend an.

Ich händige ihm den Schlüssel aus und er druckt die Rechnung. Weil ich über die Mittagszeit im Zimmer geblieben bin, ist für dieses Motel anscheinend ein neuer Tag angebrochen, weshalb ich für zwei Nächte bezahlen soll. Verrückt. Acht Stunden Motel, noch dazu tagsüber, und ich soll das Doppelte zahlen?

Ich will schon protestieren, doch Jax schiebt zwei knisternde Hundertdollarnoten über den Tresen. »Der Rest ist für Sie«, sagt er.

Ich will ihn anfahren, dass ich sehr gut für mich selbst aufkommen kann. Dass er das nicht tun muss. Aber das weiß er, und darum halte ich den Mund.

Geld war für ihn nie ein Problem. Ich musste den Umgang damit erst auf die harte Tour in New York lernen, als ich nie genug hatte und manchmal abends in einer eiskalten Wohnung ins Bett ging, weil das Geld nicht mal für die Heizkosten reichte – zumindest dann nicht, wenn ich auch was essen und anziehen wollte.

»Danke«, sage ich darum nur.

Er zuckt mit den Schultern.

Wir verlassen das Gebäude und gehen über den Parkplatz zu Eddies Wagen.

»Wo hast du geparkt?«

»Nicht so wichtig.«

Ich bleibe stehen.

»Eddie holt später meinen Wagen ab. Er ist schon unterwegs.«

»Wir können auch deinen Wagen nehmen. Wenn Eddie lieber seinen zurück haben will ...«

Jax macht eine wegwerfende Handbewegung. »Der Wagen gehört Black Swan. Spielt keine Rolle, welchen Eddie kriegt.«

Da ist es wieder. *Black Swan.* Die dunkle Organisation, zu der Jax seit seinem sechzehnten Lebensjahr gehört. In der er rasant aufstieg, bis er mit Ende zwanzig der erste Mann im Staat war, der Mann, der die Geschicke dieses Drogenimperiums leitete. Der tötete, wenn es sein musste.

Jax streckt die Hand aus, und ich gebe ihm den Schlüssel. Es ist mir lieber, wenn er fährt. Erstens bin ich immer noch müde. Und zweitens hoffe ich, wenn er vom Straßenverkehr abgelenkt ist, stellt er mir nicht so viele Fragen.

Am besten überhaupt keine.

5. Kapitel

Wir fahren die erste halbe Stunde schweigend, und ich bin darüber ganz froh. Schließlich halte ich die Stille als erste nicht länger aus.
»Bist du mir von Vegas aus gefolgt?«
Die Frage brennt mir am meisten auf der Seele.
»Klar. Du hast Eddie ganz schön zugerichtet, weißt du das?«
Ich schweige betreten.
»Schon okay. Er wird's verkraften.«
»Warum bist du nicht zu mir gekommen, wenn du schon da warst? Wieso ihn vorschicken?«
Er zuckt mit den Schultern und antwortet nicht.
»Wohin fahren wir?«
Jax wirft mir einen Seitenblick zu. »Wohin wolltest du denn?«
»Keine Ahnung. Chicago?«
»Immer in den großen Städten untertauchen, hm?«
»Hat bisher doch auch funktioniert«, verteidige ich mich.
»Chicago ist für mich okay«, sagt er. »Ich habe dort ohnehin noch etwas zu erledigen.«
Ich frage nicht, was in Chicago so wichtig sein könnte, und er starrt weiter auf das Asphaltband vor uns.
Wir haben verlernt, miteinander zu reden. Auf meiner Seite ist da zu vieles, das zwischen uns steht. Und auf seiner Seite? Kenne ich ihn denn überhaupt noch? Oder ist das, was wir einst waren, von den Ereignissen des letzten Jahrs abgeschliffen worden, bis nichts mehr von uns blieb?
Ein bisschen beängstigend finde ich den Gedanken schon. Denn Jax ... er ist für mich mehr als nur der Mann meiner Träume. In meiner Erinnerung war er der Fels, die Sicherheit, die ich aufgab, um ihn zu retten. Er hätte vielleicht sonst mit dem Leben dafür bezahlt, dass er mit mir zusammen sein wollte. Ich sollte ja bereits diesen Preis zahlen ... mit meinem Leben.
Zwei Stunden später wird es dunkel. Jax lenkt den Wagen

an der nächsten Tankstelle vor eine Zapfsäule und schaltet den Motor aus. Auf der anderen Straßenseite ist ein Motel. Er sieht mich von der Seite an.

»Du hast dich verändert.«

»Hab ich nicht«, behaupte ich reflexartig.

Er seufzt.

»Ich schlage vor, wir essen was und fahren noch zwei Stunden weiter, bevor wir uns ein Nachtquartier suchen. Du musst ja nicht länger vor mir weglaufen.«

Ich springe aus dem Wagen und laufe in den Tankstellenshop. Obwohl ich keinen Hunger habe, greife ich nach einem der Plastikkörbe und räume ihn voll: Sandwiches mit Tomate und Putenbrust, Roastbeef und Gurke, zwei Tüten Chips, Cola und Kaugummi, eine billige Plastiksonnenbrille, ein neues Duschgel. Vor dem Regal mit den Kondomen und Gleitgels zögere ich. Dann werfe ich zwei Packungen Gefühlsechte in den Korb.

Lieber vorbereitet sein als in ein paar Wochen wieder mit einer Schwangerschaft konfrontiert zu werden, denke ich.

Jax betritt den Shop, als ich dem Kassierer gerade einen Geldschein über den Tresen schiebe. Er nimmt ein Päckchen Kaugummis aus der Auslage, zahlt ebenfalls bar und will mir die Tüte mit meinen Einkäufen abnehmen, aber das will ich nicht.

»Meine Güte«, murmelt er. »Was habe ich dir bloß getan?«

Du bist hier. Das reicht schon.

Ich bin nicht auf ihn wütend, sondern vielmehr auf mich selbst.

Ich hätte besser aufpassen müssen. Schon als Eddie White mir sagte, dass er sich mit mir treffen wolle und von Jax geschickt wurde, hätte ich meine Sachen packen und abhauen sollen.

Weiß ich denn, wohin mich das hier führt?

Statt auf seine Frage zu antworten, steige ich wieder in den Wagen. Jax steht noch einen Moment draußen, als würde er darüber nachdenken, ob es was bringt, jetzt und hier mit mir eine Diskussion anzufangen. Aber dann steigt er ebenfalls ein und fährt los.

»Irgendwann wirst du mit mir reden müssen«, sagt er.
Ich öffne eine Coladose und trinke ein paar kleine Schlucke. Den ganzen Tag habe ich noch nichts gegessen, aber ich bringe auch jetzt keinen Bissen runter. Die Cola ist gut. Ein bisschen Zucker und das Koffein. Ich will wachsam bleiben. Mich nicht von Jax' Worten einlullen lassen.

Keine Ahnung, ob ich erschöpfter bin als ich zugeben möchte. Oder ob ein unbewusster Teil von mir einfach das Gefühl hat, dass ich bei ihm gut aufgehoben bin – was total absurd ist, denn das bin ich ganz und gar nicht! Keine Ahnung, was es ist, aber keine fünf Minuten später bin ich eingeschlafen.

Ich wache davon auf, dass ich hochgehoben werde. Instinktiv schlinge ich die Arme um seinen Hals, schmiege das Gesicht an ihn und flüstere seinen Namen.

»Ich bin hier«, höre ich ihn sagen.

Und zum ersten Mal seit unserem unverhofften Wiedersehen kann ich lächeln. Mein Bedürfnis nach Sicherheit wird durch diese drei Worte gestillt. Seine Nähe. Seine Arme, die mich halten.

Ich blinzle. Er trägt mich über einen Parkplatz zu der offenen Tür eines Motelzimmers. Der warme Schein aus dem Innern empfängt uns, und ich schließe wieder die Augen. Spüre, wie Jax mich behutsam auf dem Bett ablegt, als wäre ich zerbrechlich.

Vielleicht bin ich das auch, mehr als ich zugeben möchte.

Ich höre seine Stimme ganz dicht an meinem Ohr. Weiß er, dass ich mich nur schlafend stelle?

»Ich bin gleich wieder da«, sagt er. »Ich muss noch was erledigen.«

Ich murmle etwas, meine Hand sucht seine. Er drückt sie kurz, und dann beugt er sich noch einmal über mich und gibt mir einen Kuss auf die Stirn. Beinahe keusch und schüchtern.

Ich schlafe mit einem Lächeln ein.

Worte dringen in meinen Traum. Worte von großer Tragweite. Es dauert, bis ich sie begreife und mit der Realität in Verbindung bringe. Manchmal denkt man, der Traum sei die Wirk-

lichkeit und umgekehrt.
Weil diese Wirklichkeit unmöglich wahr sein kann.
»Ich habe sie nicht hierher gebracht, damit ihr sie zurück zu ihrer Familie jagt«, höre ich Jax. Er klingt aufgeregt, geradezu wütend. »Das war nicht der Deal.«
Eine andere Stimme antwortet ihm. Eine, die mir seltsam vertraut ist.
»Der Deal war, dass ihr uns beides liefert. Tevez und Swan. Sie haben sich an Ihren Teil der Abmachung gehalten, Mr. Bennett. Was nun Miss Tevez betrifft, ist sie einfach verschwunden, bevor sie uns die sensiblen Daten liefern konnte.«
Eine Frauenstimme. Es dauert einen Moment, bis ich sie einsortieren kann. Das ist kaum verwunderlich; ich habe nur einmal mit ihr gesprochen, und das ist über ein Jahr her.
Joan Grey vom FBI.
Ich will nicht aufwachen. Wenn ich mir nur ganz viel Mühe gebe, schlafe ich bestimmt wieder ein ...
»Hören Sie. Ich habe Ihnen Swan geliefert. Mehr als das. Sie können diese Schlangengrube endgültig austrocknen mit dem, was Sie von mir bekommen haben. Aber halten Sie sich auch an unsere Abmachung.«
Keine Chance. Zu begierig lausche ich dem, was da geredet wird.
Verstehe ich das richtig? Jax hat mit dem FBI zusammengearbeitet? Seit wann? Und er hat versucht, mich mit seinem Deal herauszuholen, so wie ich es letztes Jahr mit ihm versucht habe ...?
»Sie können ruhig die Augen aufmachen, Miss Tevez.« Joan Greys Stimme klingt frostig.
Ich gebe meinen gespielten Schlaf auf und setzte mich auf. Jax hatte mich zugedeckt, aber mir ist trotzdem eiskalt.
Zu wenig Schlaf, zu wenig gegessen ...
Ich muss besser auf mich aufpassen, sonst passiert mir wieder das, was vor knapp einem Jahr geschehen ist.
»Gut, dass Sie wach sind. Wie viel haben Sie gehört?«
Ich reibe mir den Schlaf aus den Augen. Dann sehe ich mich um.

Dieses Motelzimmer ist ziemlich alt und könnte mal eine Renovierung vertragen. Die Wände sind mit Raufaser tapeziert, die inzwischen nikotingelb verfärbt ist, der Teppich hat einige zweifelhafte Flecken, über deren Ursprung ich lieber nicht nachdenken möchte. Von der bunt gemusterten Tagesdecke könnten empfindlichere Zeitgenossen einen psychedelischen Schock bekommen.

Jax sitzt in einem Korbstuhl vor dem Fenster. Die dunklen Vorhänge sind zugezogen. Ihm gegenüber sitzt Joan Grey – rothaarig, schlank, in einem perfekt sitzenden Anzug mit hellblauer Bluse. Die rotblonden Haare hat sie zu einem Knoten am Hinterkopf hochgesteckt, der irgendwie nachlässig, zugleich aber sehr schick aussieht. Bei mir wäre so ein Knoten eher Marke Vogelnest und würde ständig verrutschen. Bei ihr sitzt alles perfekt.

Sie will ihrer Umwelt damit vor allem sagen: Sieh her, ich beherrsche alles. Mich bringt nichts aus der Fassung.

»Ich wusste nicht, dass du dich mit dem FBI triffst«, sage ich als Erstes zu Jax.

»Ich erkläre es dir. Später.«

»Miss Tevez, wie viel haben Sie gehört?«

Ich sehe jetzt wieder sie an. »Sie wollen mich zurückschicken. Nach L.A.«

Sie nickt. »Das müssen wir leider, ja. Sie haben uns nicht geliefert, was wir vereinbart haben.«

Ich schüttle ärgerlich den Kopf. »Weil es da nichts gab, das ich Ihnen hätte liefern können! Tut mir leid, dass mein Bruder so schlau ist, die sensiblen Daten vor aller Welt zu verstecken.«

»Sie hätten mit uns reden können.«

Nein, eben nicht! Aber das kann ich ihr nicht sagen. Ich kann niemandem davon erzählen.

Joan Grey seufzt. Ich wünschte, Zuko wäre hier. Mit ihm konnte ich immer reden.

»Miss Tevez, verstehen Sie bitte unseren Standpunkt. Wenn wir jemandem den Zeugenschutz ermöglichen, bedeutet dies für alle Beteiligten eine große Umstellung. Wir haben bei Ihnen einfach nicht das Gefühl, dass Sie ernsthaft daran

interessiert sind, mit uns zusammenzuarbeiten.«
Ich ziehe die Decke bis zum Hals nach oben. »Das werden Sie mir erklären müssen.«
Sie schaut zu Jax. »Wollen wir das nicht unter vier Augen besprechen?«
Er mischt sich ein. »Lea und ich haben keine Geheimnisse voreinander.«
Ach, wenn du wüsstest ...
Joan Grey blickt mich an. Sie überlässt mir die Entscheidung, ob Jax Zeuge unseres Gesprächs werden soll oder nicht.
Wenn ich ihn fortschicke, wird er mir genauso wenig vertrauen wie ich ihm. Dann haben wir nie eine Chance.
Aber wenn ich ihm vertraue ...
Gut möglich, dass er auch dann geht. Dass er Joan Grey sagt, ich könne mich zum Teufel scheren.
»Er bleibt«, sage ich mit mehr Überzeugung als ich empfinde.
»Gut.« Joan Grey nickt. »Fangen wir mit Ihrem Bruder an. Dean. Wir vermuten, dass er am Mord an der Schwester seiner Ehefrau beteiligt ist. Wenn das so sein sollte, drohen ihm fünfundzwanzig Jahre Gefängnis.«
Ich finde, das ist eine gute Nachricht. Das FBI ist nicht dumm. Manchmal brauchen sie mich nicht.
»Außerdem gibt es Spuren, die darauf hindeuten, dass er an der Ermordung von Marcus Swan beteiligt war.«
Jetzt kommt's. Aber wieder nicke ich nur.
Jax richtet sich auf.
»Was hat das mit Lea zu tun?«, will er wissen.
»Wollen Sie es ihm sagen?«, fragt Joan Grey.
Ich atme tief durch. »Jax ...«
»Heißt das, du hast die ganze Zeit gewusst, dass dein Bruder Marcus auf dem Gewissen hat? Und du hast niemandem etwas gesagt? Ich dachte ...«
Wie viel weiß er wirklich? Nach dem, was Eddie White erzählt hatte, glaube ich, dass Jax alles weiß. Auch, dass ich mich gegen Marcus zur Wehr gesetzt habe. Aber jetzt spielt er den Unschuldigen ... Mir schwirrt der Kopf. Was ist wahr?

59

Wem kann ich noch vertrauen?

Verzweifelt schüttle ich den Kopf. »Jetzt hör mir doch endlich zu!«, rufe ich. »Dean hat nur geholfen, die Leiche zu beseitigen. Er hat ... mir geholfen. Nachdem ich Marcus in meiner Wohnung erschossen habe.«

Jax will etwas sagen, doch ich sehe, wie ihm alle Worte im Hals steckenbleiben. Er klappt den Mund zu. Starrt mich ungläubig an. Minutenlang ist die Stille zwischen uns so lähmend, dass ich glaube, mich nie mehr bewegen zu können.

Sag doch was, bitte ...

»Wie kam es dazu?«, fragt Joan Grey leise.

Jax erwacht aus seiner Erstarrung. »Darauf musst du nicht antworten, Lea«, fährt er dazwischen. »Sie muss dich belehren. Wenn du einen Mord gestehst, kann sie das vor Gericht gegen dich verwenden.«

Joan Grey funkelt ihn wütend an. »Sind Sie schon mal auf die Idee gekommen, dass das FBI nicht immer Ihr Feind sein muss? Lea sagt gerade vor Zeugen aus, und da ich sie nicht im Vorfeld belehrt habe, könnte kein Richter dieser Welt ihre Aussage in einem Prozess zulassen. Wenn sie es später leugnet, stehe ich mit leeren Händen da. Und vielleicht will ich das ja auch, weil es durchaus Umstände gibt, unter denen ich Verständnis dafür hätte, dass eine Frau einen Mann erschießt.«

Ich halte den Blick gesenkt. »Er wollte mich umbringen«, sage ich leise. »Es war eine Frage von Sekunden. Entweder er oder ich.« Dann blicke ich auf. Doch ich kann Jax nicht in die Augen sehen, darum richte ich meinen Blick auf Miss Grey. »Swan hat ihn geschickt. Sie wollten mich liquidieren, damit Jax bei ihnen bleibt. Ich sollte sterben. Und das wollte ich nicht.«

Joan nickte mitfühlend. »Das deckt sich mit dem, was wir bisher ermittelt haben.«

Jax vergräbt für einen Moment das Gesicht in den Händen. »Das glaube ich einfach nicht«, murmelt er. »Du hast ihn getötet?«

»Bitte, Jax. Ich wollte das nicht. Aber als er vor mir stand ... Es blieb keine Zeit.«

Er stützt die Ellbogen auf die Knie und faltet die Hände.

»Okay«, sagt er. »Okay. Was noch?«
 Joan sieht mich an, als wollte sie mich fragen: *Soll ich jetzt vielleicht für ein paar Minuten gehen? Möchten Sie es ihm allein sagen?*
 Weiß sie etwa alles, was passiert ist? Auch von dem Baby, das ich verloren habe?
 »Mehr war da nicht. Ich bin weggelaufen, ich habe mir in New Orleans eine neue Identität besorgt und habe die letzten zwölf Monate in Vegas gelebt.«
 Es klingt sogar in meinen Ohren wenig überzeugend.
 »Ich hole mir mal einen Kaffee am Automaten.« Joan Grey steht auf. Sie verlässt das Zimmer.
 Wir sind allein.
 Jetzt könnte ich es ihm erzählen.
 Aber ich bringe kein Wort über die Lippen.

Ich habe Frauen, die eine Fehlgeburt erlitten, immer für Dramaqueens gehalten.
 Jeder wusste schließlich, dass so etwas passieren konnte. Dass die ersten zwölf Wochen eine zittrige Zeit waren, dass die Natur und der mütterliche Körper konsequent all jene Embryonen aussortierten, die nicht lebensfähig waren. So muss es auch bei unserem Baby gewesen sein.
 Das sollte mir doch eigentlich ein Trost sein. Was hätte es mir gebracht, ein Kind zur Welt zu bringen, das nur wenige Stunden oder Tage lebte? Das vielleicht nie seinen ersten Atemzug tat?
 Doch ich trauerte um dieses Baby, als hätte ich es tatsächlich in den Armen gehalten. Als wäre es nicht »ausgeschabt« worden, damit ich keine Infektion bekam.
 Ich ging nach einer Woche wieder zur Arbeit. Meine wenigen Sachen waren längst ausgepackt, und ich war es leid, den ganzen Tag auf dem Sofa zu hocken und mich durch die Fernsehkanäle zu zappen. Das half genauso wenig wie das ständige Heulen. Oder Georges Besuche zweimal täglich, bei denen er mir was zu essen mitbrachte und versuchte, mich aufzumuntern.
 Ich wollte nicht aufgemuntert werden. Ich wollte auch

nichts essen, und schon gar nicht wollte ich Gesellschaft. Ich wollte mich in meinem Schmerz eingraben, bis nichts mehr von mir übrig war.
Und genau das passierte auch.
Es war ein schleichender Prozess. Zuerst aß ich immer weniger, obwohl George wirklich mit Engelsgeduld jeden meiner Bissen überwachte. Sobald ich wieder zur Arbeit ging, konnte ich ihm vorgaukeln, dass ich bereits gegessen hätte oder gleich was essen würde.
Unter meiner Weigerung, mich anständig zu ernähren, litt schon bald meine Konzentration. Schon immer musste ich gut essen, um Kopfarbeit zu leisten.
Dann hörte ich auf, mit den Menschen um mich herum zu reden. Ich erfand Ausreden, damit George abends nicht mehr vorbeikam und mich mit stundenlangen Serienmarathons von meinem Elend ablenkte. Denn ich wollte nicht abgelenkt werden.
Zwei Monate vergingen so. Ich merkte, wie ich schmaler wurde. Wie ich die Kraft verlor und stattdessen die Müdigkeit in meine Knochen schlüpfte und sich von dort im ganzen Körper breitmachte. Ich dachte mir nichts dabei, denn diese Erschöpfung empfand ich als Wohltat; sie übertünchte den Schmerz, den ich mir nur in starken Momenten eingestehen wollte.
Und ich war schwach. Müde und schwach.
Trotzdem erledigte ich meine Arbeit, und offenbar zu Patties Zufriedenheit, denn sie beschwerte sich in all den Monaten nie. Nur ihre Blicke wurden besorgter, und sie stellte mir immer häufiger einen Donut neben die Computertastatur. Meist die mit der dicken rosa Glasur, von denen ich normalerweise nie genug kriegen konnte.
Ich aß die Donuts gehorsam auf – und nahm trotzdem weiter ab. Irgendwann übernimmt der Kummer das Regiment, und dann hat man keine Energie mehr für anderes. Er frisst alles auf.
Pattie schaute sich das noch ein paar Wochen an, aber im Oktober rief sie mich schließlich zu sich ins Büro.
»Setz dich«, sagte sie und zeigte auf den Besucherstuhl, auf

dem selten jemand Platz nahm, weil Pattie ihr Büro fast nie benutzte. Nur für Einstellungsgespräche und für die seltenen Fälle, wenn sie jemanden entlassen musste.
Ich sank auf die vordere Stuhlkante, bereit aufzuspringen und zu gehen. Ich glaubte zu wissen, was jetzt kam.
»Du hast dich gut eingelebt?«
Ich nickte bang.
Sie durfte mir den Job nicht wegnehmen. Bitte, bitte nicht. Er war alles, was ich noch hatte.
»Das ist schön. Donut?« Sie hielt mir eine Pappschachtel mit einer köstlichen Auswahl unter die Nase. »Kaffee? Mit Milch und Zucker, wie du's magst«, fügte sie hinzu und stellte einen Pappbecher auf den penibel aufgeräumten Schreibtisch.
Dieses Büro passte überhaupt nicht zu der burschikosen Werkstattbesitzerin mit schokobrauner Haut und schwarzen Augen, die mich jetzt streng beobachtete, wie ich den ersten Bissen vom Donut mit Puderzucker nahm.
»Kotzt du alles wieder aus, Sal?«, fragte sie als nächstes.
»Bitte waff?« Ich hatte gerade den Mund voll mit dem köstlichen Donut und kaute hektisch. »Wie kommst du darauf?«
»Du nimmst nicht zu«, erklärte sie. »Und darum frage ich mich, ob du eine Essstörung hast. Entweder du kotzt alles wieder aus oder du isst einfach nicht genug.«
Ich nahm hastig einen Schluck Kaffee und verbrannte mir die Zunge. »Ich hab nicht viel Hunger«, behauptete ich lahm.
»Ja, das haben hier alle mitbekommen. Auch warum du keinen Hunger hast, kann ich mir denken.«
Sie seufzte und rückte den Block und den Bleistift auf der Schreibtischunterlage gerade, obwohl ich hätte schwören können, dass beides schon vorher perfekt ausgerichtet gewesen war.
»Ich will einfach nicht, dass du dich quälst, Sal«, sagte sie schließlich. »Und ich sehe dir an, dass du nicht zur Ruhe kommst. Darum dachte ich, es hilft dir vielleicht, wenn ich dir erzähle, was mir passiert ist, als ich in deinem Alter war.«
Ich wollte gerade noch einen Bissen vom Donut nehmen, doch jetzt verging mir wirklich der Appetit. Etwas daran, wie

sie das sagte, verriet mir mehr, als ich wissen wollte.
»Ich habe drei Kinder verloren«, sagte sie. »Alle sehr früh, aber es hat mich fast verrückt gemacht. Nach dem zweiten Verlust wollte ich nicht mehr leben. Mein Mann verließ mich kurz darauf, und ich stand mit Mitte zwanzig allein da, mit einer überschuldeten Werkstatt und ohne die geringste Ahnung vom Autos Reparieren zu haben.«
»Das wusste ich nicht«, sagte ich hilflos. Ich wollte nicht, dass sie mehr sagte. Das Ende der Geschichte kannte ich bereits, und ich fühlte mich nicht in der Lage, von ihr zu hören, wie sie sich selbst aus dem Sumpf der Trauer gezogen hatte.
Sie sprach unbeirrt weiter. »Ich verstehe, was du empfindest. Aber das muss nicht das Ende sein. Ein halbes Jahr später lernte ich Von kennen. Wurde wieder schwanger. Verlor wieder das Kind. Danach haben wir beschlossen, ohne Kinder glücklich zu werden, und das ist uns auch gelungen, bis er vor vier Jahren starb.«
»Das tut mir leid«, sagte ich aufrichtig.
Sie winkte ab. »Ich will damit nur sagen, dass wir es selbst in der Hand haben, ob wir glücklich werden oder nicht. Es hängt nicht nur von den Umständen ab.« Sie beugte sich vor. »Ich weiß natürlich nicht, was dich hierher geführt hat. Man hat ja so eine Ahnung, entwickelt ein Gespür für die Leute, die plötzlich vor einem stehen und um einen Job bitten. Aber bei dir ... Du bist ein Rätsel, Sal.«
Ich lächelte humorlos. Wenn es mir sogar bei Pattie gelang, mir den Nimbus der Geheimnisvollen zu geben, war ich wirklich gut.
»Aber du richtest dich gerade zugrunde. Keine Ahnung, was mit deinem Freund passiert ist – oder Mann, Lover, was er auch war. Lass dir einfach von einer Freundin sagen, dass keiner es wert ist, dass wir uns so selbst kasteien.«
Ich wollte protestieren, denn Jax war nicht Schuld an meiner Misere. Aber bevor ich den Mund aufmachte, stand Pattie auf.
»So, und jetzt nimmst du dir noch einen Donut und gehst wieder an deinen Platz. Heute Mittag möchte ich, dass du mit George rüber ins Diner gehst und ordentlich isst. Wenn du das

nicht schaffst, wird er dich ab sofort jeden Tag begleiten, und wenn das nicht hilft, werde ich ihm sagen, er soll dich auch abends und morgens überwachen, bis du wieder auf den Beinen bist. Ich kann es nicht leiden, wenn meine Leute sich kaputtmachen.«
Ich widersprach nicht.
Vielleicht hat Pattie mich an diesem Morgen gerettet. Vielleicht brauchte ich einfach jemanden, der mich mal in den Arm nahm – ohne mich tatsächlich zu umarmen, denn Pattie war keine von diesen mütterlichen Frauen, die andere umarmten – und mir versicherte, dass das Leben weiterging.
Es ging nur eben nicht so weiter, wie ich es mir ausgemalt hatte. Und damit sollte ich mich verdammt noch mal abfinden, denn manche Dinge lagen nicht länger in unserer Hand. Ich hatte Jax verlassen, und danach hatte ich sein Baby verloren, von dem ich noch nichts wusste, als ich ihn verließ. Hätte es etwas geändert, wenn ich von der Schwangerschaft gewusst hätte?
Nein.
Hätte ich das Baby verloren, wenn ich bei ihm geblieben wäre?
Vermutlich.
Ich musste also mein Schicksal annehmen. Mich wappnen, mein Herz stählen, nichts mehr an mich heranlassen. Das war meine Aufgabe in diesen Wochen und Monaten, und ich kämpfte mich an dieser Aufgabe entlang zurück ins Leben. Nie wieder wollte ich so hilflos sein wie kurz nach meinem Klinikaufenthalt. Nie wieder wollte ich das Gefühl haben, dass mein Leben mir entglitt.

6. Kapitel

»Lea?«

Jax beobachtet mich. Er gibt mir viel Zeit, aber dabei lässt er mich nicht aus den Augen. Also reiße ich mich mit Gewalt aus diesem Gedankenkarussell und lächle ihn an.

»Was war da noch?«, fragt er besorgt.

»Nichts«, versichere ich ihm. *Es ist zu früh. Wir haben uns gerade erst wiedergefunden. Ich kann es ihm nicht sagen.* Denn was wird er von mir denken? Wird er nicht glauben, dass ich ihn noch einmal verlassen habe, wenn ich ihm vom Baby erzähle? Es muss für ihn wie doppelter Verrat scheinen – erst verschwand ich spurlos, dann verlor ich unser Baby.

Ich will ihn damit nicht belasten.

Joan Grey kommt zurück ins Zimmer. Sie verteilt Kaffeebecher. Nicht die billigen Plastikbecher vom Automaten in der Lobby, sondern Pappbecher vom Starbucks zwei Straßen weiter. »Ich wusste nicht, was Sie gern mögen, aber einen Caffè Latte mag wohl jeder«, sagt sie.

Ich zucke mit den Schultern. Sie hält mir noch eine Handvoll Zuckertütchen hin, die ich nehme. Ich löse den Deckel vom Becher, reiße ein Tütchen nach dem nächsten auf und lasse den braunen Zucker auf den Milchschaum rieseln.

»Wie geht es jetzt weiter?«, fragt Jax.

»Das hängt von Ihnen ab.«

Ich blicke zwischen den beiden hin und her. Hatten sie Pläne, bevor Jax mich aufgespürt hat? Gehöre ich zu diesen Plänen?

»Okay.« Jax steht auf. Er stellt seinen Becher auf dem Tisch ab und kommt zu mir. »Lea, wir müssen uns entscheiden.«

Ich blicke zu ihm auf. Joan Grey gibt mir ein Holzstäbchen zum Umrühren, und ich rühre den Zucker unter, während Jax sich vor mich auf den Boden kniet.

»Ich weiß, so haben wir beide uns das nie vorgestellt«, sagt er leise. »Aber wir ... Wir wollten untertauchen. Und bisher ist es vor allem daran gescheitert, dass wir nicht mit dem FBI verschwinden konnten.«

Er schweigt einen Moment.

»Es tut mir leid«, bricht es aus mir hervor. »Ich weiß, ich wollte ...«

»Sie trifft keine Schuld, Lea«, mischt Joan Grey sich ein.

»Ich habe Beweise. Gegen meinen Bruder Dean.« Ich blicke sie an.

»Lassen Sie Jackson ausreden.« Sie nimmt ihren Kaffee und verlässt das Zimmer. Wieder sind wir allein, und ich mustere ihn prüfend.

»Ich habe das letzte Jahr nicht tatenlos verstreichen lassen«, erklärt er. »Ich habe mich wieder in Swans Gunst nach oben gearbeitet. Habe ... Dinge für ihn erledigt. Aufträge. Nach Marcus' Verschwinden brauchte er mich. Er ist nicht schwach, aber er braucht Männer, die für ihn die Drecksarbeit erledigen. Und Männer, die den Überblick haben. Für ihn war meine Rückkehr quasi die Rettung.«

»Und du hast ...«

»Ich habe Beweise gesammelt«, bestätigt er. »Alles, was ich kriegen konnte. Und ich habe das Meiste ans FBI übergeben. Sie haben mich vor einer Woche rausgeholt.«

Langsam begreife ich, was das bedeutet.

»Eddie White kommt nicht von Black Swan?«

Jax lacht. »Nein. Hast du das gedacht? Er ist einer meiner Leute. Er steigt mit uns aus. Ich habe ihn nur vorgeschickt, weil ...« Er zuckt hilflos mit den Schultern. Seine Hand sucht meine. »Ich wollte nicht, dass du sofort wieder wegläufst. Hätte ich geahnt, dass du inzwischen nicht mal vor einem Mord zurückschreckst ...«

»Das mit Marcus tut mir leid«, erkläre ich.

»Muss es nicht. Er war ein Arschloch. Wenn er wirklich bereit war, dich zu töten, hat er verdient, was er gekriegt hat. Aber ich will mit dir weder über ihn noch über Eddie reden.«

»Sondern?« Ich bin seltsam atemlos.

»Kannst du es dir nicht denken?«

Doch, natürlich. Er will über uns reden. Darüber, was wir tun können, wie wir überleben.

»Das FBI ist verzückt über den Reichtum der Daten, die ich ihnen geliefert habe. Es ist mehr als genug, um Black Swan zu zerschlagen. Es ist vorbei, Lea. Wir können untertauchen.«
Es ist vorbei.
Und doch beginnt es gerade erst ...
»Ich will, dass wir zusammen sind«, sagt Jax leise. »Du und ich. Dass wir ... keine Ahnung. Dass wir heiraten. Wir haben nie darüber gesprochen, und ich komme mir gerade dumm vor, weil ich dich gerade erst wiedergefunden habe und sofort mit einer möglichen Heirat anfange, aber ... Das FBI ... sagen wir mal so: Wenn ich dich nicht heirate, darf ich dich nicht mitnehmen.«
Ich kann mir ein Lächeln nicht verkneifen. »Die wollen, dass wir heiraten?«
Wie altmodisch!
Er nickt ernst. »Es macht vieles leichter, sagen sie.«
Und du? Willst du mich auch heiraten?
Aber ich spreche es nicht aus. Ein bisschen fürchte ich seine Antwort.
»Lea ... Ich habe gedacht, du wärst tot. Alles deutete darauf hin. Das Blut in deiner Wohnung, die Spuren ... Ich musste glauben, dass dein Bruder dir etwas angetan hat. Ich bin nach New York zurückgekehrt und habe monatelang einfach meinen Job gemacht. Habe nicht hinterfragt, was Swan von mir verlangte, weil alles andere sinnlos war, wenn du nicht mehr lebst.«
Ich will das alles nicht hören.
»Nicht, Jax.« Sanft lege ich ihm einen Finger auf die Lippen.
Er nimmt mein Handgelenk und küsst es dort, wo mein Puls aufgeregt flattert.
»Als ich erfuhr, dass du vielleicht noch lebst, war es für mich wie eine Erlösung. Danach wusste ich, was ich zu tun hatte.«
Ich halte das nicht länger aus. Unwillig mache ich mich von ihm los.
Er legt mir sein ganzes Leben zu Füßen. Redet von Heirat, von den schlimmen Dingen, die er in der Zwischenzeit getan

hat. Aber auch von all dem Schönen, das er unternommen hat, damit wir endlich zusammen sein können.

Und ich?

Mein Geheimnis will ich um jeden Preis vor ihm bewahren.

»Was ist mit meinem Bruder?«, frage ich, um einfach abzulenken. Denn ich will jetzt nicht über uns sprechen, ich will nicht mal darüber *nachdenken*, dass es dieses Wir noch einmal geben könnte.

Wenn ich mich auf Jax' Vorschlag einlasse, wenn ich wirklich mit ihm gehe – dann wäre es endgültig. Entweder es gelingt oder ich gehe kaputt. Und dann können tausend Patties kommen und mir sagen, dass ich die Kraft zum Weiterleben nur bei mir finde. Dass wir Frauen uns immer nur auf uns selbst verlassen dürfen. Wenn er mich noch einmal im Stich lässt, kann ich mich auch gleich umbringen. Dann bin ich nicht mehr als ein Schatten meiner selbst.

Und ich bin es leid, ständig weglaufen zu müssen, aber das sage ich nicht laut.

Ich stehe auf und gehe zum Fenster. Mit einer Hand schiebe ich den Vorhang beiseite. Joan Grey steht draußen mit einem Kollegen. Sie rauchen, während der Kollege etwas ins Handy tippt. Joan lacht; sie trinkt einen Schluck Kaffee und redet auf ihn ein.

Die haben's gut, denke ich. Die machen nur ihren Job.

»Lea?«

Ich drehe mich zu Jax um. »Was ist mit Dean?«, wiederhole ich.

»Dean ist in Los Angeles. Mehr weiß ich auch nicht.«

»Soll er weitermachen wie bisher?«

Jax hebt in einer hilflosen Geste die Hände. »Wir haben es versucht, oder? Du hast alles riskiert.«

»Er wird schneller in New York sein als das FBI Swan die Handschellen anlegen kann. Er wird dort übernehmen, und dann geht es weiter wie bisher. Nahtlos.«

»Aber wir haben Raimund Swan auf die Anklagebank gebracht«, wendet Jax ein.

Ich schüttle den Kopf. »Das genügt mir nicht.«

Er steht auf und tritt zu mir. Als er den Arm um mich legen

will, mache ich mich unwillig los. »Nicht«, fauche ich ihn an.
»Es geht um Juno, nicht wahr?«
Natürlich geht es um Juno. Chrissas kleine Schwester, meine Schwägerin. Inzwischen müsste sie Mutter eines kleinen Babys sein ... Mir wird schlecht. Das ist zu viel für mich. Chrissas kleine Schwester und dann noch ihr Kind ... Wie kann ich untertauchen, wenn sie nicht in Sicherheit ist?
Wir haben uns im Streit getrennt, aber das ist kein Grund, mir keine Sorgen um sie zu machen.
Ich will nur noch weglaufen.
»Es geht immer um Juno.« Jax seufzt. »Sie hat ihre Entscheidung getroffen, und sie wollte bei ihm bleiben.«
»Aber vielleicht hat sie ihre Meinung geändert«, wende ich ein. »Das kann doch sein?«
Jax steht neben mir. Er berührt mich nicht, aber das braucht er auch gar nicht. Ich *spüre* ihn. Er ist so präsent, wie er es die letzten zwölf Monate immer für mich war. Nur ist er jetzt auch *real*, und das macht mich nervös.
Ich will mich verlieren. Ich will alle Zweifel über Bord werfen, will ihm alles von mir geben – und wage es doch nicht, weil ich fürchte, dass ich dann nicht wieder zu mir zurückfinde.
»Nicht«, flüstere ich, als er die Hand hebt. Er hält inne. Wartet ab. Ich atme tief durch.
»Ich muss mit Juno reden«, sage ich schließlich.
»Okay«, sagt Jax. »Ruf Juno an.«
Anrufen? Spinnt er jetzt? Glaubt er, ich könnte das mit einem Telefonanruf abhaken?
Hallo Juno, wollte nur mal hören, wie es dir und dem Baby geht. Alles gut? – Ja, dann schönes Leben noch.
Meint er wirklich, ich lasse mich so leicht abspeisen?
»Du hast das ganze letzte Jahr keinen Gedanken an sie verschwendet. Warum jetzt?«
Weil jetzt eine Flucht möglich ist. Ein neues Leben. Weil ich Juno nicht im Stich lassen kann.
Sie ist immer noch Chrissas Schwester. Auch wenn sie sich bewusst für meinen Bruder entschieden hat. Auch wenn sie wusste, womit er sein Geld verdient. Seitdem ist viel Zeit

vergangen.
»Bitte«, flehe ich. »Lass uns nach L.A. fahren. Lass mich mit ihr reden.«
Ich merke sein Zögern. Wie es hinter seiner Stirn arbeitet. Und ich fürchte schon, er wird mir den Wunsch abschlagen. Doch dann gibt er sich einen Ruck.
»Ich rede mal mit Joan«, sagt er.
»Danke.«
Ich lächle ihn an. Sein Lächeln wirkt gequält, als wüsste er genau, dass das, was nun folgt, nicht einfach wird. Ob er schon bereut, dass er mich gesucht hat?
Während er nach draußen geht und mit Joan redet, setze ich mich auf das Bett und warte. Meine Gedanken rasen. In den letzten 48 Stunden ist so viel passiert ... darf ich wirklich hoffen, dass uns dieses Mal endlich gelingt, was uns noch letztes Jahr verwehrt blieb?
Jax kommt zurück. Er wirkt nachdenklich, und als ich ihn fragend anblicke, schüttelt er nur den Kopf.
Joan ist dagegen. Das hätte ich mir denken können.
So ist das FBI. Sie wollen alles von dir – alles, was du weißt, alles, was du bist – und dann sind sie nicht bereit, für dich was zu riskieren. Oder dich zu beschützen, wenn du selber was riskieren willst.
Oder sie bewahren dich davor, mehr zu riskieren, als gut für dich ist.
Die Stimme der Vernunft will ich in diesem Moment nicht hören.
»Wenn du nach L.A. willst ...« Jax spricht nicht weiter. Weil er gar nicht will, dass ich nach L.A. fahre.
»... muss ich es allein tun«, vollende ich seinen Satz. »Du wirst nicht mitkommen?«
Er zögert. Ich sehe, wie es in ihm arbeitet, wie er mit sich ringt.
»Lea ...« Er kommt näher. Ich mache etwas Platz, und er setzt sich neben mich aufs Bett. Seine Hand sucht meine, und ich lasse es zu, dass er sie umfasst und drückt. Er versucht, die Kälte rauszumassieren, aber das wird er nicht schaffen.
»Ich bin so froh, dass ich dich gefunden habe«, sagt er leise,

ohne mich anzusehen. Er starrt auf meine Finger, streichelt sie, findet Trost in der Berührung. »All die Monate habe ich mich gefragt, ob du noch lebst. Und als sie in New Orleans die Leiche von diesem armen Mädchen fanden ...« Er spricht nicht weiter.

»Ich lebe«, sage ich. »Aber ich kann nicht weitermachen, wenn ich nicht weiß, was mit Juno ist. Und ihrem Kind.«

Als wäre das ein Argument, das Jax verstehen könnte. Aber er weiß nichts von *unserem* Kind. Und solange er das nicht weiß, wird meine Sorge um das Kind einer anderen Frau für ihn kaum nachvollziehbar sein.

Wieder bin ich versucht, ihm davon zu erzählen. Und wieder halte ich den Mund, weil es nicht der richtige Zeitpunkt zu sein scheint, weil ich nicht weiß, wie ich das Gespräch beginnen soll.

Übrigens, ich war schwanger, als ich letztes Jahr verschwunden bin. Das Baby habe ich verloren, und darum sorge ich mich um Juno und ihr Baby mehr als vielleicht angemessen wäre.

Nein. Niemals.

Ich kann es ihm unmöglich sagen.

Denn wie würde er darauf reagieren?

Verletzt. Verstört. Gleichgültig?

Wir haben nie über Kinder gesprochen. Und wenn doch, waren sie nur eine ferne Möglichkeit für die Zeit im Zeugenschutz, weil wir dann zur Ruhe kommen und Kinder zum perfekten Familienglück dazugehören, das wir unserer Umwelt vorspielen müssten. Unauffälliges Pärchen, lebt ruhig vor sich hin, zwei Kinder. Die perfekte Tarnung.

Und selbst dann war es nur ein Scherz gewesen, eine Art »stell dir vor, wir beide haben dann eine Familie, ist das nicht witzig?«

Was passiert eigentlich, wenn unser Zusammenleben nicht funktioniert? Wenn wir uns nicht mehr verstehen, wenn unsere Liebe erkaltet – wären wir dann gezwungen, weiterhin zusammen zu leben?

»Hallo? Jemand zu Hause?« Jax schnipst vor meinem Gesicht mit den Fingern.

»Ja, entschuldige.«
»Du sahst gerade aus, als wärst du ganz weit weg. Worüber hast du nachgedacht?«
»Ach, nichts.« Und dann, einer Eingebung folgend, füge ich hinzu: »Über Kinder.«
»Oh.« Er lässt meine Hand los. Okay, deutlicher muss er gar nicht werden. Das Thema ist damit wohl erledigt.
Plötzlich bin ich erschöpft und sage ihm das auch.
»Wollen wir ins Bett gehen?«, fragt er. Ich starre ihn entgeistert an.
»Jeder in sein eigenes«, fügt er hinzu. »Oder ...«
»Nein, schon okay. Jeder in sein eigenes.«
Wir sind wieder Fremde. Dieses Gefühl der Nähe, das ich empfinde und das ich nicht nur ein Gefühl sein lassen will, sondern auch ausleben möchte, macht er zunichte. Mit Worten, mit Taten, er zerschlägt alles an Vertrauen, das ich noch zu ihm gehabt habe, indem er sich von mir abwendet. Mir meine Grenzen aufzeigt.
Ich bin noch genauso einsam wie vor seinem Auftauchen.
Nichts hat sich geändert.
Und darum treffe ich in diesem Moment eine Entscheidung.

Mitten in der Nacht wache ich auf und schaue auf den Radiowecker. Es ist zwanzig vor vier.
Seit ich ständig auf der Flucht bin und Angst habe, dass jemand hinter mir her ist, habe ich keine Nacht durchgeschlafen. Meist wache ich einmal auf, muss dann kurz alle Räume meines Apartments ablaufen und mich vergewissern, dass ich allein bin, bevor ich mich wieder schlafen lege.
Es ist eine ziemlich nützliche Eigenschaft, wenn man mitten in der Nacht verschwinden will. Man braucht sich keinen Wecker zu stellen.
Leise schlüpfe ich aus dem Bett und greife nach meinen Klamotten, die am Fußende liegen. Ich gehe ins Bad und schließe die Tür, bevor ich das Licht einschalte. Dort ziehe ich mich an, spüle den Mund mit einem Schluck Wasser aus und

binde die Haare zusammen. Auf Socken verlasse ich das Bad, greife meine Reisetasche und die Stiefel und verlasse das Motelzimmer.

Draußen auf dem Parkplatz steht der Wagen vom FBI neben Eddies Auto. Ich ziehe die Stiefel an, werfe mir die Reisetasche über die Schulter und laufe zur Straße.

Zwei Meilen weiter finde ich eine Autovermietung und miete dort mit meinem gefälschten Führerschein einen Wagen. Kurz darauf bin ich wieder unterwegs. Allein.

Zurück nach L.A.

Ich mache fast keine Pausen und erreiche am nächsten Abend die Stadt der Engel.

Natürlich werde ich dort schon erwartet. Habe ich wirklich geglaubt, das FBI lässt mich einfach so entkommen? Oder Jax?

Aber die vierzehn Stunden im Wagen haben mir gutgetan. Vierzehn Stunden, in denen ich nachdenken konnte. Darüber, was ich wirklich will. Was mir wichtig ist. Welche Ziele ich über alle anderen stelle.

Die bittere Wahrheit ist wohl, dass ich im Moment alles tun würde, um andere zu retten. Und nichts, um mich selbst vor dem Untergang zu bewahren.

Warum das so ist, will ich gar nicht wissen.

Vor der modernen Villa in den Hollywood Hills steht ein schwarzer Escalade mit dunkel getönten Scheiben. Ich muss gar nicht in den Wagen blicken, um zu wissen, wer darin sitzt. Darum parke ich dahinter, schalte den Motor aus und warte.

Es dauert keine zehn Sekunden, bis die Beifahrertür aufgeht. Ein junger Mann mit asiatischen Zügen steigt aus. Er setzt eine verspiegelte Sonnenbrille auf, obwohl es bereits dunkel ist, und kommt langsam zu mir geschlendert.

Im Licht der Straßenlaterne sehe ich, dass er an den Schläfen langsam ergraut.

Ich tue nichts, als er meine Beifahrertür öffnet und sich mit einem Seufzen auf den Sitz fallen lässt.

»Wir haben früher mit dir gerechnet«, sagt er beinahe vorwurfsvoll.

Ich lächle. »Ich freue mich auch, dich zu sehen, Zuko.«

Das mit Zuko und mir ist merkwürdig. Wir kennen uns seit meiner New Yorker Zeit, als er bei Jimmy's monatelang als Koch arbeitete, um auf mich aufzupassen. Erst dachte ich, mein Vater habe ihn geschickt. Dass er vom FBI kam, erfuhr ich erst viel später. Er ist in den Monaten vor meinem Verschwinden der Verbindungsmann zum FBI gewesen. Wir mögen uns, aber ich bin bei ihm immer auf der Hut. Er gehört zu den Anzugträgern. Seine Treue gilt dem FBI und nicht mir.

»Bist du die ganze Strecke mit dem Auto gefahren?«

»Ich musste nachdenken.«

Er schweigt einen Moment. Ich zeige zum Haus. »Sind sie da?«

»Ja. Aber du kannst jetzt nicht zu Juno.«

Natürlich nicht. Ich verdrehe die Augen. Immer Vorschriften, Regeln, Vorsichtsmaßnahmen. Nie kann ich irgendwas machen, ohne dass das FBI mir sagt, wann, wie und warum ich es zu tun habe.

Ich bin unendlich müde.

»Du kannst mich nicht daran hindern.«

»Glaub mir, ich würde dich daran hindern, wenn du es versuchst.«

»Und warum dieses Mal?«

Er zuckt mit den Schultern.

Nichts hat sich geändert. Immer noch bestimmt das FBI über mein Leben. Und wenn nicht das FBI, dann Jax. Oder mein Bruder Dean.

»Sie will dich nicht sehen.«

»Und das wisst ihr, weil ...?«

Wieder schweigt Zuko. Ich habe es langsam satt. Ich schnalle mich los, öffne die Fahrertür und steige aus. Mir doch egal, was Zuko will. Oder Joan Grey. Oder sonst jemand von diesen Anzugträgern, die sich alle so verhalten, als hätten sie einen Stock im Arsch.

Ich eile auf das Haus zu. Hinter mir höre ich Zuko, der meinen Namen ruft, doch ich reagiere nicht auf ihn. Soll er doch bleiben, wo der Pfeffer wächst. Ich habe genug vom FBI, genug von ihren ständigen Bevormundungen und davon, dass sie meinen, alles besser zu wissen als ich.

Ich klingle Sturm, und im Haus beginnt ein Hund zu bellen. Troll! Ich muss lächeln, obwohl diese ganze Situation mein Herz bis zum Hals schlagen lässt. Und dann spüre ich, wie die Tränen mir in die Augen steigen und die Trauer um Trolls vorherige Besitzerin sich wie ein dicker Knoten in meinen Hals krallt.

Dem Hundegebell folgt das Weinen eines Babys. Eine Stimme brüllt etwas, ich glaube, die Stimme meines Bruders zu erkennen. Dann ist es kurz still.

Juno kommt zur Haustür. Ich sehe sie durch das schmale Glas in der Tür, und ich erschrecke. Sie war nie besonders üppig oder rund, nicht mal normal gebaut wie ich noch vor einem Jahr, sondern immer eher schmal. Die junge Frau, die mir jetzt öffnet, ist aber regelrecht abgemagert und verhärmt. Sie hat mindestens zwei Kleidergrößen verloren. Ihre Handgelenke könnte ich vermutlich mit Daumen und Zeigefinger umschließen, obwohl ich recht kleine Hände habe. Die dunklen Haare, einst lang und lockig wie bei ihrer Schwester Chrissa, hat sie raspelkurz geschnitten. Das lässt ihren Schädel kantiger wirken. Fast wie der einer Strafgefangenen.

Ihre Schritte verlangsamen sich, sie streckt nur zögerlich die Hand nach der Tür aus.

»Bitte, Juno«, flehe ich.

Mit einem Ruck reißt sie die Tür auf.

»Lea.«

Ihre Stimme ist eiskalt. Es ist die Stimme einer Fremden. Einer Frau, die ich nicht kenne. Das Hundegebell verstummt, nur das Baby weint weiter irgendwo im Haus.

»Juno ...«

Sie starrt mich an. Bevor ich noch etwas sagen kann, schüttelt sie den Kopf. Sie legt die freie Hand ans Türblatt, als wolle sie mir den Zutritt zu ihrem Haus verwehren. Ich soll es bloß nicht wagen, in ihr Leben einzudringen.

»Es ist lange her.«

Ich schlucke. »Ein Jahr.«

»Du kannst nicht reinkommen.«

»Seinetwegen?«

Sie blickt kurz über die Schulter, als müsste sie sich überzeugen, dass mein Bruder Dean nicht direkt hinter ihr steht. Als müsste sie fürchten, für jedes falsche Wort von ihm bestraft zu werden.
»Es ist gerade ungünstig«, sagt sie. »Gabriel schläft noch nicht.«
»Wann ist es denn günstig?«, frage ich. Bevor sie mir die Tür vor der Nase zuschlagen kann – und ich spüre, dass sie das am liebsten tun würde – mache ich einen Schritt nach vorne und lege meine Hand unter ihre ans Türblatt. Wenn sie die Tür jetzt zuschlägt, muss sie schon meine Finger einklemmen. Ich bin nicht sicher, ob sie nicht doch dazu fähig wäre. Ob die Angst, die ich in ihr schlummern sehe, sie dazu bringt, mir wehzutun.
»Bitte, Juno«, wiederhole ich leise, als sie nicht antwortet. Ihr Blick ist der eines wilden, gehetzten Tiers.
»Echo Park, der japanische Garten. Morgen früh um elf.«
»Juno? Wer ist da?«
»Niemand, DeeDee!« Ihre Stimme klingt so gekünstelt fröhlich, dass jedem klar sein muss, welche Rolle sie spielt. Die einer jungen, glücklichen Ehefrau, die sich daheim um Mann und Kind kümmert.
»Komm schon, Gabriel weint!«
»Geh«, flüstert sie kaum hörbar. Ich weiche zurück, lasse das Türblatt los. Die Tür schließt sich langsam, sie gleitet lautlos ins Schloss. Ich sehe Juno, die auf hohen Sandaletten aus der Eingangshalle eilt. Sie steigt die Treppe hoch, und dabei bemerke ich, dass sie ein Bein leicht nachzieht.
Das ist neu. Dass sie ein Bein nachzieht, hatte sie vor einem Jahr noch nicht.
Äußerlich sieht man nichts, das auf einen Missbrauch durch meinen Bruder hindeutet. Aber ich bin nicht blind. Ich sehe. Ich spüre.
Sie hat einen kleinen Sohn. Ein Kind, das sie mit ihrem Leben beschützen würde.
Gabriel.
Benannt nach Deans und meiner Mutter Gabrielle ...
»Bist du jetzt zufrieden?«

77

Als ich den Gehweg erreiche, taucht Zuko wieder neben mir auf. Ich schüttle den Kopf. Meine Gedanken sind noch bei Juno, bei Gabriel. Bei dem Unglück, das ich in diesen zwei Minuten vor ihrer Haustür gesehen habe.

»Ich habe dir gesagt, dass sie dich nicht sehen will.«

»Halt die Klappe, Zuko!«, fahre ich ihn an. Bevor er etwas erwidern kann, beuge ich mich nach rechts und kotze auf die makellose Rasenfläche, die sich vor dem Wohnhaus erstreckt.

Zuko weicht ein paar Schritte zurück. Gut so. Ich habe echt keine Lust mehr auf dieses verdammte FBI. Die haben mir nichts als Ärger gebracht, seit ich sie kennengelernt habe.

Ich muss ganz dringend weg.

»Besser?«

Er reicht mir ein Papiertaschentuch, das ich widerstrebend nehme, um mir den Mund abzuwischen.

»Wir sollten reden, Lea.«

»Ich habe keine Lust zu reden«, erkläre ich ihm.

Trotzdem gehe ich mit.

Ich hasse das FBI. Aber noch mehr hasse ich meinen Bruder. Für das, was er Chrissa angetan hat. Was er mir antun wollte und für all die unaussprechlichen Dinge, die Juno seit über einem Jahr aushalten muss.

Ich hasse ihn.

Noch mehr als Dean und das FBI hasse ich in diesem Moment nur mich selbst, weil ich zugelassen habe, dass es dazu kommt.

Junos Elend ist meine Schuld. Hätte ich damals konsequenter gehandelt, hätte ich meinen Bruder für den Mord an Chrissa ausgeliefert ...

Ich bin ein Feigling. Ich habe alles falsch gemacht.

Vielleicht ist es jetzt an der Zeit, einige Fehler auszumerzen.

Zuko kennt natürlich das nächstgelegene schäbige Diner, was in den Hollywood Hills schon eine gewisse Kunst ist. Die grünen Kunstlederbänke sind rissig vom Alter, das schwarzweiß karierte Linoleum zu einem ausgeblichenen Mischmasch aus Dunkelgrau und Hellgrau verkommen. Die Kellnerinnen haben den Traum von einer Schauspielkarriere schon vor mindestens zwei Jahrzehnten aufgegeben und schlurfen in Crocs und mit senffarbenen Uniformen an die Tische, wo sie ein nikotingelbes Grinsen aufsetzen und sich die struppigen, roten Haare aus der Stirn streichen, weil sie zu mehr Koketterie nicht fähig sind.

Wir bestellen uns Abendessen. Erst jetzt merke ich, wie ausgehungert ich von der Fahrt bin und bestelle die Tagessuppe, danach einen Burger mit Pommes und einen großen Milchshake. Zuko beschränkt sich auf eine Diätcola und den Burger.

»Ich habe dich gewarnt«, beginnt er das Gespräch.

Ich recke trotzig das Kinn. »Es ist genau das passiert, was ich vor einem Jahr verhindern wollte. Ihr seid daran genauso schuld wie ich.«

Er hebt entschuldigend beide Hände. »Okay, okay. Könnten wir uns vielleicht darauf einigen, dass wir die Vorwürfe für später aufsparen?«

Ich atme zitternd aus. Was ich vorhin im Haus meines Bruders gesehen habe, ist ein einziger, schmerzhafter Trigger. Er hat alte Wunden aufgerissen, Erinnerungen an meine eigene Kindheit. An meine Mutter, die ab einem bestimmten Zeitpunkt voller Angst war.

Daran, wie mein Bruder Vic von meinem Vater an das »Geschäft« herangeführt wurde.

Ich habe bisher mit niemandem darüber geredet, und Zuko ist sicher der Falsche, um mein Herz auszuschütten.

»Okay«, sage ich schließlich leise. »Keine Vorwürfe.«

»Deine Schwägerin hat sich die Lage, in der sie jetzt steckt, selbst ausgesucht. Es ist nicht so, dass wir sie nicht auch gefragt haben, ob sie ...« Er verstummt und macht eine vage Handbewegung.

Ich verstehe.

»Es scheint euch ja sehr ernst zu sein«, bemerke ich.

»Wir wollen den Drogensumpf austrocknen. Das Tevez-Kartell ist wie ein Krebsgeschwür in dieser Stadt, und ich habe es mir zur Lebensaufgabe gemacht, diese Organisation mit Stumpf und Stiel auszurotten.«

Das klingt wie einstudiert, aber ich verkneife mir einen bissigen Kommentar.

Die Kellnerin bringt unsere Getränke. Ich schlürfe meinen Milchshake und beobachte, wie er hastig einen Schluck Cola nimmt.

»Wen haben sie dir genommen?«, will ich wissen.

Zuko zuckt zusammen.

»Niemanden.«

Das kann er meinetwegen seinen Kollegen erzählen, obwohl die ihm vermutlich auch kein Wort glauben. Doch ich dringe nicht weiter in ihn, sondern sehe ihn erwartungsvoll an.

»Was ist?«, fragt er, sichtlich irritiert.

»Naja, du wolltest mit *mir* reden. Ich warte.«

»Also gut. Du warst ziemlich geschickt bei deinem Versuch, deinen Tod vorzutäuschen.«

»Ich wollte zumindest einen Vorsprung.« Inzwischen weiß ich, wie naiv es von mir war zu glauben, dass ich alle täuschen könnte.

»Und die Papiere? Dein Ausweis?«

»Ihr habt die falsche Lea Tevez doch gefunden, oder nicht?«

»Ja, aber ich habe anderthalb Tage geglaubt, du wärst tot. Das hätte alles in Gefahr gebracht.«

Ich antworte nicht.

»Dein Freund Jackson ist fast verrückt geworden, als wir ihm davon erzählt haben.«

Ich schweige weiter verbissen, denn das scheint ein probates Mittel, um ihm die ganze Geschichte aus der Nase zu ziehen.

»Wir waren schon ziemlich weit. Dein Freund war wieder ganz oben in Swans Gunst. Er hat sich echt in Gefahr begeben, aber nachdem Marcus Swan verschwunden war, blieb dem Alten keine andere Möglichkeit. Er brauchte Männer, denen er vertrauen konnte. Nur so gelang es Jackson, wieder für ihn zu arbeiten.«

Dann hat er das mir zu verdanken. Ich habe Marcus ermordet.

Zuko lässt mich nicht aus den Augen. »Ich weiß, was du

getan hast«, sagt er leise.
»Was habe ich denn getan?«
»Marcus. In deinem Apartment.«
Ich starre ihn über den Tisch hinweg ungerührt an.
»Unter anderen Umständen würdest du schon mit Handschellen in einem Streifenwagen vom LAPD sitzen«, fährt er fort. »Aber ich vermute, es gibt einen Grund, weshalb du ihn erschossen hast.«
»Den gibt es.«
»Und du willst nicht darüber reden.«
Ich schweige verbissen.
Zuko beugt sich vor. »Swan will deinen Kopf. Er weiß nicht, dass du es warst, aber er hat ein Kopfgeld auf den Mörder seines Neffen ausgesetzt. Er ist ein alter, verbitterter Mann, der sein Imperium mit eiserner Hand regiert. Für ihn ist Jackson jetzt eine Art Kronprinz, weil er früher mal mit Marcus befreundet war. Das ist unsere Chance. Und dein Freund ... nun, er hat das mit Marcus auch ziemlich schlecht aufgenommen.«
Langsam lasse ich die Luft entweichen, die ich unwillkürlich angehalten habe. »Aber er weiß inzwischen, dass ich es war.«
»Ist das so?« Zuko hob die Brauen. »Nun, wie hat er's aufgenommen?«
Ich funkele ihn wütend an. In seinen Worten schwingt so viel mit, dass ich gar nicht weiß, worüber ich mich mehr aufregen soll. Hat er denn ernsthaft geglaubt, Jax würde sich gegen mich stellen, wenn er die ganze Geschichte erfuhr?
Und was ist mit mir? Habe ich nicht auch mehr als genug mitgemacht? Immerhin kam Marcus, um mich zu töten ...
»Du hast ihn isoliert.«
Zuko widersprach nicht.
»Aber er hat eure Pläne durchkreuzt. Er hat sich nicht mit der Erklärung zufriedengegeben, dass ich tot bin.«
»Du hast ihn angerufen, alle zwei Wochen. Das hat er gewusst, obwohl du nie ein Wort gesagt hast.«
»Und ihr habt es auch gewusst.«
»Nicht von ihm.«

»Ihr habt es gewusst«, wiederhole ich. Mir wird schlecht. Alles, was ich mir an Sicherheit mühsam aufgebaut habe, ist plötzlich nichts mehr wert. »Habt ihr auch gewusst, wo ich war?«

Zuko schüttelte den Kopf. »Das war auch gar nicht unsere Priorität. Wir wussten, dass du lebst, wir wussten, dass du untergetaucht bist und haben vermutet, dass du dir andere Ausweispapiere beschafft hast. Darum haben wir uns lieber auf andere Dinge konzentriert.«

Wichtigere Dinge.

Er spricht es nicht aus, aber ich weiß, dass er so denkt.

»Und nun?«, frage ich.

»Gibt es zwei Möglichkeiten. Erstens: Du machst mit. Zweitens: Du machst nicht mit.«

»Wenn ich nicht mitmache, soll ich wohl wieder verschwinden.«

»Er liebt dich. Er wird sich nicht damit abspeisen lassen, dass du nicht mitkommen darfst. Es geht nur, wenn du dich weigerst.«

»Wollt ihr das? Soll ich mich weigern, mit dem Mann zusammen zu sein, den ich liebe?«

Ich beobachte ihn scharf. Er rutscht nervös auf der Bank herum, sucht nach den richtigen Worten. Na klar; so leicht bekomme ich meine Antwort nicht.

Ich bin der unberechenbare Faktor. Ich bin das Risiko, die Gefahr. Wenn ich zu viel Einfluss auf Jax ausübe, fürchten sie, dass wir beide verschwinden. Ohne uns an einen Deal mit dem FBI zu halten. Ich habe schon einmal bewiesen, dass ich es kann, und Jax ist auch nicht der Dümmste. Das alles wissen sie. Es ist für uns vielleicht sogar ungefährlicher, wenn wir ohne deren Hilfe verschwinden. Kein Zeugenschutz ist absolut sicher. Irgendwo gibt es immer Schlupflöcher, Verräter, nie die absolute Sicherheit, nach der ich mich sehne.

Bleibt nur die Frage, ob ich Jax mehr vertraue als dem FBI. Und ob er mir wieder vertrauen kann, wenn er weiß, was ich in den letzten zwölf Monaten erlebt habe ...

»Ich sage nur, dass es ... Herrgott, Lea.« Zuko wirkt ehrlich betroffen. »Glaubst du wirklich, wir wollen das? Dich ans

Messer liefern, damit wir Jax kriegen?«
Ich funkele ihn wütend an.»Ja, genau das glaube ich. Weil ich unzuverlässig war. Das ist quasi eure Rache. Soll ich doch sehen, wo ich bleibe. Richtig? Euch würde es vermutlich am besten passen, wenn ich mich mit Dean anlege und morgen mit aufgeschlitzter Kehle in einem dreckigen Motelzimmer gefunden werde. Ihr könnt Dean den Mord anhängen, Jax erledigt im Alleingang Black Swan für euch, und schon habt ihr alles, was ihr wollt. Dass Jax mich verliert – egal. Dass ich dafür mein Leben lassen muss ... Meine Güte, ein Kollateralschaden! Mein Vater wird schon über die Runden kommen, und Juno sicher auch. Sie ist ja nicht dumm. Ihr habt alles gewonnen.«
»Erstaunlich, dass du uns für so zynisch hältst.«
Ich zucke mit den Schultern.»Vielleicht ist das einfach nur die Erfahrung, die mich klüger macht.«
»Du hast immer noch das Tonband mit Deans Geständnis.«
Dass er davon weiß, erstaunt mich nicht. Zuko weiß offenbar eine ganze Menge.
»Das meine Lebensversicherung ist, ja.«
»Darum wird Dean dir nichts tun.«
»Aber er tut es schon Juno an. Jeden verdammten Tag lässt er sie dafür leiden. Das kann ich nicht länger zulassen.«
Die Kellnerin knallt mir die Suppe vor die Nase, dass sie über den Schüsselrand schwappt.»Appetit«, murmelt sie und verschwindet wieder. Ich starre hinter ihr her. Blöde Kuh, denke ich, und in Gedanken korrigiere ich ihr Trinkgeld gerade deutlich nach unten.
Ich bin sauer. Auf jeden. Auf Zuko und das FBI, weil sie mir keine Wahl lassen. Weil sie mich nicht dabei haben wollen. Auf Jax, weil er mich aufgestöbert hat. Weil er mich nicht in Ruhe lassen will. Auf Juno auch, irgendwie. Obwohl ich den gehetzten Blick gesehen habe. Sie hat das Leben, das sie führt, selbst gewählt. Sie wusste, dass mein Bruder ein Monster ist. Aber ihr war die Sicherheit bei einem Monster lieber als die Unsicherheit eines Lebens da draußen.
Am meisten bin ich auf mich selbst wütend. Weil ich mich wieder auf diese Spielchen einlasse, ohne zu wissen, wo ich

stehe. Geschweige denn, wer auf meiner Seite steht. Juno? Unwahrscheinlich. Jax? Zumindest so lange, bis ich ihm von seinem Kind erzähle. Das mit Marcus versteht er vielleicht, aber dass ich nicht mal zu ihm gekommen bin, als ich sein Baby verloren habe ...

Ich habe an diesem Abend absolut keine Ahnung, wohin mich das alles führt.

Ich weiß nur, dass ich Jax liebe. Und dass ich für ihn alles tun würde.

Fast alles. Denn mein Leben ist mir lieb. Ich lasse mich nicht umbringen, damit er in Sicherheit ist.

Aber das würde er auch nicht von mir verlangen, oder?

Ich muss mit ihm reden. Verdammt, wir müssen endlich miteinander reden und nicht länger versuchen, den anderen vor der eigenen Wahrheit zu beschützen.

Ich habe eine Entscheidung getroffen. Sie fühlt sich nicht gut an, nicht perfekt. Kein Plan, den man stolz präsentieren könnte, sondern eher so eine jämmerliche Notlösung, mit der man sich eben schweren Herzens zufriedengibt, weil nichts anderes geht.

Aber ich bin nicht bereit, tatenlos zuzusehen, wie das Leben, das ich führen will, den Bach runtergeht.

Das Leben mit Jax.

7. Kapitel

Vor einem Jahr stand ich im Arbeitszimmer meines Vaters und versuchte, von seinem Notebook Daten zu sichern, mit denen das FBI ihm seine schmutzigen Drogengeschäfte nachweisen wollte. Das Ende der Geschichte ist bekannt; ich lieferte nicht genug (im Grunde sogar gar nichts) und täuschte meinen eigenen Tod vor.

Aber bei der Gelegenheit blätterte ich in den alten Fotoalben meiner Familie. Sah die Bilder einer glücklichen Kindheit. Meine Mutter war strahlend schön, mein Bruder Vic ernst, Dean der Clown. Ich war das Nesthäkchen, immer dicht an der Seite meiner Mutter.

Und beim Betrachten der Fotos fiel mir zum ersten Mal auf, welche Veränderung mit meiner Mutter vorging. Es muss zu dem Zeitpunkt passiert sein, als mein Vater begann, Vic an das Geschäft heranzuführen. Sie magerte ab, wurde zu einem Schatten ihrer selbst und starb kurz darauf.

Ich habe ihren Tod nie in Frage gestellt. Nie habe ich darüber nachgedacht, ob mehr dahinter stecken könnte als eine mysteriöse Krankheit, von der man mir, der damals Neunjährigen, lieber nicht zu viel verriet, um mich nicht zu traumatisieren.

Inzwischen vermute ich, dass der Kummer sie umgebracht hat. Kummer um Mann und Sohn, die sich in einer Welt bewegten, die für die zarte, liebe Gabby Tevez einfach zu fremd war. Ob sie erst da begriff, woraus sich der Reichtum speiste, in dem sie so sorglos lebte?

Das zumindest unterscheidet sie von Juno. Denn sie hat von Anfang an gewusst, worauf sie sich einlässt.

Bis auf die Sache mit Chrissa.

Die Wahrheit kann schmerzhaft sein. Mehr noch, sie kann uns um den Verstand bringen, sie kann uns alle Sicherheit nehmen, die wir vorher gespürt haben.

Ich habe Jax die Wahrheit vorenthalten, weil ich dachte, er verträgt sie nicht. Ich dachte, er wird mich hassen, weil ich Marcus umgebracht habe, weil ich ohne ihn untergetaucht bin und dann auch noch sein Baby verloren habe. Drei Gründe, mich zu hassen.

Aber er liebt mich.

Wird er das auch noch tun, wenn ich ihm alles erzähle?

Nach dem Essen, das Zuko und ich weitestgehend schweigend einnehmen, zahle ich und verlasse den Diner, als hätte ich ihm nichts mehr zu sagen. Draußen ziehe ich das Handy aus meiner Umhängetasche und wähle Jax' Nummer.

Kein Versteckspiel mehr. Kein atemloses Schweigen.

Er nimmt den Anruf nach dem zweiten Klingeln an. »Lea.« Er klingt erleichtert und irgendwie erschöpft. Ich kann es ihm nicht verdenken. Er hat gedacht, er hätte mich wiedergefunden, und dann bin ich doch wieder weggelaufen.

»Wo bist du?«, frage ich.

»In Denver. Sie lassen mich nicht aus den Augen.« Nach einem kurzen Schweigen fügt er hinzu: »Kommst du mit?«

»Ich bin in L.A.«

»Ich möchte dich sehen«, sagt er, bevor ich es selbst vorschlagen kann.

»Ich komme zu dir«, sage ich nur. »Bist du noch in dem Motel?«

»Wie gesagt, sie passen auf mich auf.«

»Ich bin morgen früh da.«

Ich lege auf. Komisch, denke ich. Sonst lässt Jax sich von niemandem Vorschriften machen.

Ich bin wohl nicht die Einzige, die sich in den letzten zwölf Monaten verändert hat.

Bevor ich zu Jax darf, muss ich an Joan Grey vorbei. Und sie ist natürlich von Zuko bereits informiert worden, dass ich vermutlich wieder auftauche.

Ich habe den letzten Spätflug nach Denver erwischt, und nachts um halb vier lenke ich einen Mietwagen auf den Parkplatz des Motels. In Jax' Zimmer brennt kein Licht. Im Zimmer daneben, das die FBI-Leute bezogen haben, schon.

Ich steige aus. Die Tür geht auf und Joan Grey taucht im gelben Lichtkeil auf.

»Ich glaube, er schläft«, sagt sie.

Ist sie seine Babysitterin?
»Er wartet auf mich«, widerspreche ich.
Sie kommt auf mich zu. Ihr grauer Polyesteranzug ist zerknittert, als ob sie in den Sachen geschlafen hat. Sie riecht nach altem Frittenfett und billigem Haarspray. Die Erschöpfung steht ihr ins Gesicht geschrieben.
Aber ich habe kein Mitleid mit ihr.
Ich gehe an ihr vorbei zu Jax' Zimmer und klopfe an. Keine zehn Sekunden später öffnet er die Tür und ich schlüpfe hinein. Ich stelle meine Tasche ab, während er kurz nach draußen tritt. Ich höre, wie Joan etwas sagt, worauf Jax antwortet. Doch dann kommt er wieder rein, schließt die Tür und legt die Kette vor.
Erst dann dreht er sich zu mir um.
Ich stehe vor ihm und weiß nicht, was ich tun soll. Was richtig ist. Darf ich ihn umarmen? Küssen?
Ich würde ihn so verdammt gerne küssen.
»Bevor wir ...« Er fährt mit der Hand durch die Haare, schüttelt den Kopf. »Entschuldige. Ich bin seit fast 24 Stunden wach. Ich habe mir Sorgen um dich gemacht, aber diese Leute da draußen sind unerbittlich.«
»Haben sie dir gedroht? Wollten sie alles abblasen, wenn du nicht bleibst?«
»Schlimmer«, sagt er.
Mir wird eiskalt. Ich ahne, was er damit sagen will.
Sie haben mich als Druckmittel benutzt. Wenn er nicht kooperiert, muss ich die Konsequenzen tragen.
»Manchmal habe ich das Gefühl, wir haben uns mit dem Teufel eingelassen«, sagt er leise. »Und damit meine ich weder Black Swan noch das Tevez-Kartell.«
»Jax ... Ich muss dir was erzählen«, platze ich heraus, bevor mich der Mut wieder verlässt.
»Okay. Aber zuerst will ich dich einfach festhalten.«
Ich schluchze auf. Es ist genau das, wonach ich mich sehne, und die Tatsache, dass er mich einfach so in den Arm nimmt und mein Gesicht an seine Brust presst, dass ich fast keine Luft bekomme, ist für den Moment zu schön. Ich will es einfach genießen, dass er mich hält. Denn sobald ich anfange zu reden,

wird er mich in einem anderen Licht sehen.
Jax zieht mich zum Bett. Ich lasse zu, dass er meine Jeans aufknöpft. Er schiebt die Hand hinein, seine Finger fahren unter den Bund des Slips, ich stöhne verhalten. »Nicht«, flüstere ich, doch er lässt sich nicht davon abhalten. Und mir fällt auch kein guter Grund ein, warum wir es nicht tun dürfen.
Mein Körper hat nichts verlernt. Sofort weiß er wieder, was er will – und wie er es am besten bekommt. Jax lacht leise, als ich geübt meine Finger unter seinen Pullover schlüpfen lasse und beginne, sein Hemd aus der Hose zu ziehen.
»Langsam«, raunt er mir zu.
Aber ich will nicht langsam machen. Ich will ihn spüren. Ich verzehre mich nach dem schnellen, harten Vergnügen, nach einem Orgasmus, der uns beide in den Grundfesten erschüttert. Ich brauche ihn, um meinen Mut zusammenraffen zu können.
Ich reiße seine Jeans auf. Meine Hand findet ihn, er ist steinhart, die Haut so zart und weich, dass diese Berührung allein genügt, mich um den Verstand zu bringen. Ich küsse ihn gierig, ich schluchze, die Tränen auf meinen Wangen ignoriere ich.
Doch er ignoriert sie nicht.
Sanft nimmt er meine Hand und zieht sie aus seiner Hose. Er hält mein Handgelenk fest, und als ich versuche, mit der Linken das zu tun, was er meiner Rechten gerade noch verwehrt hat, umfasst er auch das linke Handgelenk und hebt meinen Arm.
Ich stehe vor ihm. Hilflos, denn natürlich ist er stärker. Selbst wenn ich will, kann ich nichts dagegen tun, dass er mich auf Abstand hält.
»Was ist los?«, flüstert er.
Du spürst es also auch. Diese Verzweiflung, die Angst.
Ich habe bisher geglaubt, damit allein zu sein.
Doch ich schüttle den Kopf. »Nichts«, behaupte ich. »Ich habe dich nur so sehr vermisst ...«
Er schließt mich in die Arme. Ich nutze die Gelegenheit und schiebe die Hände hinten in seine Jeans und massiere durch die Boxershorts seinen knackigen Hintern. Er lacht, und ich kann

mir auch ein Grinsen nicht verkneifen.
»Ach, Lea«, seufzt er und wiegt mich. »Ich habe dich auch so sehr vermisst.«
»Dann lass es uns tun«, flüstere ich. »Gib es mir. Ich will dich spüren. Lass mich den Schmerz spüren.«
Er zögert. Doch dann spüre ich, wie er mich hochhebt. Seine Arme liegen unter meinem Po, er drückt mich an sich. Ich spüre ihn. Wie hart er ist. Und zugleich spüre ich, wie nass ich bin.
Er legt mich aufs Bett und ist im nächsten Moment über mir. Seine Hände schälen mich aus Pullover und Jeans, ich hebe die Hüften und helfe ihm. Mir fährt der Gedanke durch den Kopf, dass ich besser auf diesen Moment hätte vorbereitet sein können. Dann würde ich jetzt keine graumelierte Baumwollunterwäsche tragen, die es im Fünferpack bei Wal-Mart zu kaufen gibt, sondern hübsche Seidenunterwäsche mit Spitze. Das wäre unserem Wiedersehen angemessener, denke ich.
Und dann küsst er mich. Auf den Mund, den Hals, tiefer, tiefer ... Seine Hände heben meine Brüste aus dem BH, beinahe andächtig, und seine Lippen umschließen einen Nippel, während seine Finger den anderen heftig kneifen, dass ich aufschreie.
»Zu fest?«, fragt er.
Ich schüttle den Kopf. Er kann mich nicht grob genug anpacken. Ich will, dass er mich brandmarkt mit seinem Körper. Es soll sein, als wäre es das erste Mal. Und zugleich das letzte Mal, denn weiß ich, was kommt?
Er zieht mir den BH aus, wirft ihn beiseite. Seine Hände packen mich, er kneift mich, tut mir weh. Ich umfasse seinen Kopf, dirigiere ihn tiefer. Dorthin, wo sich meine Lust jetzt heiß sammelt, wo ich ihn spüren will. Er lacht, sein Atem streift meinen Bauch, ich erschaudere, obwohl mir nicht kalt ist, viel zu warm ist mir, ich will ihn so sehr ...
Er zieht mir den Slip aus. Ich öffne mich für ihn. Seine Hände halten meine Hüften fest, drücken mich in die Matratze. Und dann spüre ich ihn. Erst nur seinen Atem, der warm über meine Scham streichelt, dann seine Zunge, die mich erkundet,

verwöhnt ...
Ich schreie erstickt auf.
Er lässt sich nicht beirren, sondern macht weiter. Er lutscht an meinem Kitzler, leckt meine Spalte, er fickt mich mit seiner Zunge, bis ich glaube, den Verstand zu verlieren. Bis ich spüre, wie meine Erregung in jenem herrlichen Ziehen gipfelt, das sich jeden Moment Bahn bricht ...
Er hält inne. Ich stöhne frustriert auf, während Jax aufsteht und sich rasch seiner Sachen entledigt. Dann ist er wieder über mir, und ich spüre, wie sein harter Schwengel gegen meine Möse drückt. Seine Schwanzspitze dringt in mich ein, und in diesem Moment, da sich meine Sehnsucht erfüllt ...
Ein Krankenhausbett. Eine innere Leere. Die Erinnerung an so viel Blut ...
Ich stoße ihn von mir weg. Mit aller Kraft schiebe ich Jax von mir runter, damit er nicht in mich eindringt.
»Nein«, sage ich laut. »Nicht.«
Er kniet verwirrt am Fußende des Betts, zwischen meinen Füßen. »Nein?«, fragt er. Als ob er's nicht glauben kann, dass ich diese Grenze ziehe.
Ich atme tief durch.
»Kondom«, sage ich nur. »In meiner Handtasche sind welche.«
Jax blinzelt. Ich verstehe, warum ihn diese Bitte verwirrt. Um Verhütung haben wir uns nie Gedanken gemacht, geschweige denn darüber, ob einer von uns eine Geschlechtskrankheit haben könnte. Wir haben uns damals einfach aufeinander eingelassen, weil wir nicht anders konnten. Weil wir geil aufeinander waren, weil unsere Herzen im selben Takt schlugen, weil ...
Weil ich damals noch keine Fehlgeburt hatte.
Ich kann das kein zweites Mal durchmachen. Ich weiß, das ist jetzt der denkbar ungünstigste Moment, um ihm davon zu erzählen. Er blickt mich erwartungsvoll an. Natürlich will er eine Erklärung für mein Verhalten.
»Wir haben uns ein Jahr lang nicht ...«
Ich atme tief durch. Klingt irgendwie verrückt, nicht wahr? Früher hat es mich auch nicht gestört, ohne Kondom mit ihm

zu schlafen.

Er muss ja denken, dass ich in den letzten zwölf Monaten herumgehurt habe. Oder dass ich mir anderswo was geholt habe.

»Ich habe mit keiner Frau geschlafen, seit du verschwunden bist«, sagt er leise. »Falls du das denkst ...«

»Nein, denke ich nicht. Trotzdem«, beharre ich.

Er schüttelt den Kopf. »Lea, wenn du mir nicht vertraust ...«

»Ich vertraue dir.«

»Dann verstehe ich nicht, was das hier soll.«

»Und ich verstehe nicht, was an einem Kondom so ein Drama sein soll.«

Wir starren einander an.

»Okay.« Er atmet tief durch. Seine schokoladenbraunen Augen suchen in meinem Blick nach der Antwort, die er vielleicht gar nicht hören will. »Möchtest du darüber reden?«

»Ich will mit dir schlafen.«

»Das können wir. Ich verstehe nur nicht ... Vertraust du mir nicht mehr?«

Ich antworte nicht.

»Lea, wir *können* darüber reden. Wenn du in den letzten Monaten einen anderen Mann kennengelernt hast und mit ihm zusammen warst, kann ich das verstehen.«

»Warum?«

»Wie bitte?«

Er will die Hand nach meinem Bein ausstrecken und es streicheln, wie um seine Worte zu unterstreichen. Meine Frage lässt ihn in der Bewegung innehalten.

»Warum kannst du das verstehen? Gab es für dich eine andere Frau?«

Er lacht bitter. »Als hätte ich dafür Zeit gehabt. Geschweige denn überhaupt Lust ... Du hast deinen Tod vorgetäuscht, schon vergessen? Ich war krank vor Sorge.« Er klingt aggressiv. Ich ziehe die Beine an, schlüpfe unter die Bettdecke und ziehe sie bis zu meinen Brüsten hoch. Jax kniet immer noch am Fußende und macht keine Anstalten, sich vom Fleck zu rühren.

»Ich musste meine Haut retten!«, verteidige ich mich.

»Warum? Das könnte ich dich genauso gut fragen. Warum musstest du deine Haut retten? Warum hast du mir nicht länger vertraut, Lea? Warum bist du verschwunden, warum hast du mich anfangs sogar glauben lassen, du wärst tot? Warum hast du mich alle zwei Wochen angerufen, wenn du doch gar nichts mehr mit mir zu tun haben willst? Was machen wir hier überhaupt?« Er schreit jetzt fast. Ich spüre seine Verzweiflung, und es zerreißt mir das Herz.

Jetzt, denke ich. Jetzt wäre der richtige Augenblick, ihm alles zu sagen.

Ich atme tief durch.

Nur nicht zögern. Schließlich habe ich auf diesen Moment lange genug gewartet. Der Moment der Wahrheit ...

»Raimund Swan wollte mich umbringen lassen.«

Er sieht mich stumm an. Ich spreche weiter, bevor mich der Mut verlässt.

»Und er hat Marcus geschickt, damit er diesen Auftrag ausführt.«

»Ja, ich weiß.«

»Lass es mich trotzdem erzählen. Bitte.«

Die nächste halbe Stunde rede ich. Meine Sätze kommen anfangs zögernd, dann schon bald in einem steten Strom, den ich nicht aufhalten kann, selbst wenn ich will. Jax beobachtet mich stumm. Irgendwann, als meine Stimme kurz zu versagen droht, steht er auf und holt mir aus der Minibar eine Flasche Ginger Ale. Ich nehme sie dankbar, trinke einen Schluck und erzähle dann weiter, nachdem er sich die Jeans angezogen hat und bei mir sitzt.

Ich erzähle ihm alles. Wie Marcus in meiner Wohnung auf mich wartete. Wie er mir ins Gesicht lachte, weil er mich ermorden wird. Wie ich ihm meinen Körper anbot, meine Seele, mein ganzes Sein. Wie er mir dabei zusah, als ich mich für ihn auszog.

Wie ich es schaffte, an meine Pistole zu gelangen.

Wie ich abdrückte.

Wie er starb.

An diesem Punkt kann ich wirklich nicht weitersprechen

und breche in Tränen aus. Jax steht auf und ist bei mir, er schließt mich endlich in die Arme, und ich klammere mich an ihn wie eine Ertrinkende.

»Ich wollte das nicht«, flüstere ich. »Es tut mir so unendlich leid.«

»Pssst«, macht er, bis ich mich beruhigt habe. Meine Hände tasten nach ihm. Seine Haut ist noch vom Liebesspiel erhitzt, und ich wünsche mir, dass wir dort weitermachen können, wo wir aufgehört haben. Aber ich weiß auch, dass ich die Geschichte zu Ende erzählen muss.

Wenigstens diese Geschichte.

Die andere ... später. Eins nach dem anderen.

»Ich wusste mir nicht anders zu helfen und habe Dean um Hilfe gebeten«, erzähle ich weiter. »Er hat mir geholfen, Marcus' Leiche zu beseitigen.«

Jax stöhnt auf. Er vergräbt das Gesicht in beiden Händen.

»Ich weiß, dass Marcus dein Freund war. Und dass sein Tod dich hart getroffen haben muss.«

»Lea, hör auf. Hör auf!« Er lässt die Hände sinken. Sein Gesicht ist vom Schmerz verzerrt, und ich verstumme.

Darum habe ich ihm nichts erzählt. Weil ich seinen Schmerz gefürchtet habe. Mehr als alles andere auf der Welt.

Trotzdem muss ich ihm noch so viel sagen.

»Es tut mir unendlich leid. Ich wollte das nicht. Er hat mich gezwungen, ich musste mich doch wehren! Wäre es dir lieber gewesen, wenn ich gestorben wäre?«

Er schüttelt wie betäubt den Kopf. Dann steht er auf und geht zur Minibar. Ich höre das Klirren der kleinen Johnny-Walker-Fläschchen, die er aus dem Fach in der Tür nimmt. Er schraubt eins nach dem anderen auf und trinkt sie nacheinander leer. Dann wirft er sie in den Papierkorb. Er tritt ans Fenster, schiebt die Gardine beiseite und starrt auf den orange beleuchteten Parkplatz.

Ich ahne, was ihm durch den Kopf geht.

»Sie haben es gewusst«, sage ich leise.

Langsam dreht er sich um.

»Was meinst du?«

»Das FBI. Sie haben gewusst, dass ich ihn umgebracht

habe. Die Spurenlage in meiner Wohnung war nach meinem vorgetäuschten Mord nicht so eindeutig, wie ich es gern gehabt hätte.«

»Und sie haben es mir nicht gesagt. Sie ließen mich erst glauben, du wärst tot.«

»Sie tun alles, um dich bei der Stange zu halten. Nachdem ich ja ein Totalausfall war ...«

Er starrte weiter nach draußen, als würde auf dem mit Schlaglöchern übersäten Asphalt vor dem Fenster die Antwort auf ihn warten. Die Antwort auf die Frage, wie viel ihm noch verschwiegen wird. Wie ehrlich die Partnerschaft ist, die das FBI mit ihm eingegangen ist.

»Ich bin gleich wieder da.« Er wirft sich das Hemd über und schiebt die nackten Füße in seine Schuhe. Bevor ich antworten kann, ist er verschwunden, und die Tür fällt sanft ins Schloss.

Ich lasse mich aufs Kissen fallen und starre an die Zimmerdecke, an der reglos ein Ventilator schwebt.

Ich bin eingeschlafen, denn als ich hochschrecke, ist Jax schon wieder im Zimmer. Er sitzt auf der Bettkante, und seine Hand berührt mich sanft an der Schulter.

»Willst du lieber schlafen?«, fragt er.

Ich richte mich auf und schüttle den Kopf.

Denn ich muss ihm ja noch mehr erzählen ... Er hat die ganze Wahrheit verdient.

Aber jetzt hält er mir eine kleine Packung mit Kondomen hin.

»Jax ...«

»Ich weiß nicht, wovor du dich fürchtest.« Er flüstert. »Ich weiß nicht, ob du Angst hast, ich hätte mit anderen Frauen geschlafen. Oder ob du einen anderen Mann hattest. Oder mehrere. Es ist mir auch egal. Ich will dich. Nur dich. Wenn du mir versprichst, dass uns das hier nicht auseinanderbringen kann ...«

Ich nicke stumm.

»Versprich es mir. Das hier wird uns nicht trennen. Genauso wenig alles andere. Wir gehören zusammen. Mir ist egal, was diese FBI-Agenten von mir wollen. Wenn ich es ihnen geben kann, okay. Wenn ich das aber nur kann, weil ich dich zurücklasse ...«

»Jax ...«

Meine Stimme versagt.

Wir brauchen nicht mehr reden. Wir lassen unsere Körper sprechen.

Es ist ein Heimkommen, eine Rückkehr in die Geborgenheit, die wir nie richtig auskosten durften. Immer waren wir auf der Flucht, immer mussten wir irgendwas bedenken. Nie fühlten sich beide absolut sicher. Anfangs in New York war ich seine Geisel, und ich konnte ihm nicht widerstehen. Später in L.A. trafen wir uns heimlich, während ich alles in meiner Macht stehende versuchte, um uns eine gemeinsame Flucht in ein neues Leben zu ermöglichen.

Und nun versucht er dasselbe für uns. Ich bin ihm dankbar, dass er das alles tut. Er rettet mich. Ausgerechnet jetzt, da ich überzeugt bin, dass man mich weder retten kann noch dass ich es verdient habe, gerettet zu werden ...

Und selbst jetzt habe ich Geheimnisse vor ihm. Ein Geheimnis. Ein entscheidendes Detail, das ich ihm vorenthalte ...

Die Wahrheit ist ein zweischneidiges Schwert.

Er zieht sich aus und schlüpft zu mir unter die Decke. Sein Körper ist überraschend kühl, und ich wärme ihn, während er mich küsst. Bedächtig und beinahe ungläubig. Wir sprechen nicht viel. Unsere Körper verstehen eine andere Sprache. Eine, die keine Worte braucht. Und wir lassen unsere Körper übernehmen, sie regieren unsere Lust.

Seine Hände machen dort weiter, wo sein Mund vorhin so abrupt aufgehört hat, und es dauert nicht lange, bis ich spüre, wie die Erregung über meinen Körper rinnt. In Wellen, die immer höher schlagen, bis ich darin ertrinke.

»Lass los«, flüstert er.

Und ich lasse los.

Zum ersten Mal seit über einem Jahr gestatte ich mir den völligen Kontrollverlust. Ich liege auf dem Rücken, die Beine weit für ihn geöffnet. Er liegt neben mir, seine Finger ertasten erst meine Klit, umkreisen sie. Er hebt die Hand an meinen Mund, und ich sauge gierig daran, schmecke mein köstliches Aroma, benetze seine Finger mit noch mehr Nässe, obwohl das unnötig ist. Ich habe schon jetzt das Gefühl, als wäre mein Unterleib völlig verflüssigt, als würde die Lust aus mir herausfließen.

Seine Finger tauchen in meine Spalte ein, und ich vergrabe den Kopf an seiner Schulter. Es ist fast zu leicht. Schon nach wenigen Sekunden ist der Orgasmus da, den ich vorhin so sehr vermisst habe.

Jax treibt mich über diesen Abgrund. Seine Finger sind gnadenlos. Er fickt mich mit drei Fingern, treibt sie so tief in meine Möse, dass ich laut schreie.

Danach gönnt er mir keine Ruhe. Schweiß glänzt auf meiner Haut, und er grinst zufrieden. Nur kurz wendet er sich ab, um das Kondom überzustreifen. Dann nimmt er mich wieder in die Arme, und jetzt ist er über mir. Ich spüre ihn, er drängt gegen meinen Eingang. Ich öffne die Beine noch weiter, will ihn tief in mich aufnehmen, tiefer. Noch tiefer. Will ihn nie wieder hergeben, ich will, dass es ewig dauert.

Jax ruht tief in mir, und er hält meinen Oberkörper mit seinen starken Armen fest, als wäre ich eine zerbrechliche Puppe. Seine Augen blicken auf mich hinab, und ich sehe zu ihm auf. Ich versinke in diesen Augen, sie waren schon damals, vor knapp anderthalb Jahren in New York, das Erste, was mich zu ihm hinzog.

»Warte«, flüstert er.

»Ich will mich aber bewegen.«

»Nicht.« Er hält mich mit seinem Körpergewicht nach unten gedrückt, und ich kriege kaum Luft. Aber das zusammen mit seinem Schwanz tief in mir ist so intim, so ... unglaublich, dass ich stillhalte und warte, obwohl alles in mir danach schreit, dass er sich bewegt oder ich mich bewege, dass wir den schnellen Rhythmus finden, der uns beiden Erlösung schenkt.

Und dann beginnt er sich zu bewegen.

Ganz langsam.

Als ob es auch für ihn ein Wunder ist, dass wir wieder

vereint sind.
Ich seufze leise, komme ihm versuchsweise entgegen. Sofort drückt er mich wieder mit seinem Gewicht nach unten. Seine Hände suchen meine Handgelenke, er biegt meine Arme über meinen Kopf und drückt sie in die Matratze.
»Ich habe dir gesagt, du sollst stillhalten«, knurrt er.
»Ich will mich aber bewegen. Ich will ...«
Und dann spüre ich es.
Ein Zittern und Flattern tief in meinem Innern. Der Vorbote meines nächsten Höhepunkts, der sich in mir regt. Obwohl wir uns nicht rühren. Oder gerade deswegen? Weil wir reglos daliegen, kann ich jede noch so kleine Schwingung besser spüren und nehme Dinge wahr, die sich sonst im wilden Liebesspiel einfach verlieren würden ...
»Siehst du?«, flüstert Jax. »Wie gefällt dir das?«
Ich kann nur wimmern.
»Lass los.«
Und ich lasse los.
Dieser Orgasmus ist anders als alle, die ich bisher erlebt habe. Er ist nicht unbedingt *intensiver* oder *heftiger*, sondern irgendwie ... präsenter. Ich nehme ihn bewusster wahr, ich spüre ihn viel früher, und ich spüre, wie Jax ihn steuert.
Vielleicht ist *sanft* das richtige Wort dafür. Und er dauert an, länger als jeder andere Orgasmus vor ihm. Er ebbt ab, er flammt wieder auf, und jedes Mal, wenn ich glaube, dass er nun vorbei ist, dass dieses herrliche Gefühl einfach verschwindet, gewinnt er an neuer Kraft und gleitet in Wellen durch meinen Körper, bis ich nicht mehr kann. Bis ich Jax anflehe, damit aufzuhören, weil mein Körper völlig überreizt ist von der Lust, die er mir beschert.
Er lacht. Und dann beginnt er, mich zu ficken. Nicht die sanften Stöße, mit denen er mich auf dieses Orgasmusplateau gehoben hat, sondern hart. Erbarmungslos. Schmerzhaft.
Ich schreie. Ich weiß nicht mehr, ob es irgendwas jenseits unser beider Körper gibt (vermutlich nicht). Es gibt nur ihn und mich, seine Stimme und meine. Wir schreien, bis wir heiser sind, und dann schreien wir weiter, stumm und überwältigt, bis Jax mit einem letzten Stoß kommt.

Es dauert eine Weile, bis ich danach wieder zu Atem komme. Ich keuche, der Schweiß trocknet auf meiner Haut und mir wird kalt. Jax zieht sich aus mir zurück, er tut es behutsam und kümmert sich um das Kondom. Plötzlich bereue ich, dass ich darauf bestanden habe. Wäre es nicht das größte Geschenk, wenn bei einer so lustvollen Vereinigung wie der, die wir gerade erlebt haben, neues Leben entstehen würde?
Nur damit du es dann wieder verlierst?
Der Gedanke an das Baby bringt die Tränen. Vielleicht ist es auch die Lust, die mich so völlig erschüttert hat. Ich weiß es nicht. Ich weiß nur, dass ich haltlos heule, und Jax ist sofort bei mir und schließt mich in die Arme. Er wiegt mich, hält mich, er lässt nicht los, bis meine Tränen verebben und ich wieder zur Ruhe komme. Er weiß nicht, woher der Schmerz kommt, den ich empfinde, doch das scheint ihn nicht zu kümmern.

Danach schlafe ich völlig erschöpft ein. Als ich aufwache, ist es kurz nach sechs.
  Es dauert einen Moment, bis ich mich orientiert habe. Das Motelzimmer, das Bett, Jax' Arme, die mich halten ... Ich darf nicht hier sein, denke ich. Ich habe heute noch ...
  Juno.
  Wir sind um elf in Echo Park verabredet. In Los Angeles, fünfzehn Autostunden von Denver entfernt. Mit dem Flugzeug sind es nur zweieinhalb Stunden, aber auch so wird es knapp genug ...
  Ich springe aus dem Bett. Jax ist sofort wach und richtet sich auf.
  »Wo willst du hin?«, fragt er verschlafen.
  »L.A.«, sage ich nur und fahre mit den Beinen in meine Jeans. »Kannst du mir einen Flug organisieren? Ich bin verabredet, es ist ...«
  Verdammt, wie habe ich das vergessen können? Wenn ich dort nicht auftauche, wird Juno denken, dass sie niemanden mehr hat auf der Welt. Und dann ... Nein, ich will mir das nicht ausmalen. Ich habe ihr versprochen, für sie da zu sein. Und dieses Versprechen darf ich unter keinen Umständen brechen.
  »Was ist in L.A.?«

»Juno.«

Er steht ebenfalls auf und zieht sich an. »Ich komme mit.«

Ich will protestieren, doch er wirkt fest entschlossen. Und wenn ich ehrlich bin, will ich ihn auch gar nicht allein lassen.

»Danke«, sage ich nur.

Wir verlassen gerade das Zimmer, als nebenan die Tür aufgeht und Joan Grey herauskommt. Sie mustert uns, und ich spüre, wie ich rot werde.

Gestern Nacht waren wir vielleicht *etwas* laut.

Na und?

»Wo wollen Sie hin?«, fragt sie.

Ich habe meine Reisetasche in der Hand, darum ist es zwecklos, irgendwas zu leugnen.

Jax tritt vor. »Nach L.A.«, sagt er.

Sie blickt ihn lange an. »Kommen Sie wieder? Oder soll ich unserem Mann in Los Angeles sagen, dass Sie kommen?«

»Wir kommen wieder. Es ist nur ...«

»Ich versuche, Juno Tevez zu retten«, mische ich mich ein. Was bringt's denn, wenn wir um die Wahrheit herumlavieren? »Sie will mich heute um elf Uhr in Echo Park treffen.«

Joan schaut nicht auf die Uhr, sondern seufzt lediglich. »Wir können nicht alle retten«, erklärt sie.

Scheiße, wie oft ich das schon gehört habe ...

»Sie vielleicht nicht«, erwidere ich scharf. »Aber ich kann Juno retten, und daran wird mich niemand hindern.«

Ich habe einen Plan.

Und ich hoffe, Juno macht mit.

8. Kapitel

Es ist zwanzig nach elf, als wir aus dem Taxi springen, das uns bis vor die Tore des japanischen Gartens gebracht hat. Während Jax den Taxifahrer bezahlt und ihm ein großzügiges Trinkgeld gibt, weil er so ziemlich jede Verkehrsregel unterwegs zu unseren Gunsten ausgelegt hat, laufe ich mit der Reisetasche über der Schulter zum Eingang des kleinen Parks.

Wir hätten einen festen Treffpunkt vereinbaren sollen, fällt mir erst jetzt ein.

»Warte, Lea!«

Ich bleibe stehen, bis Jax herangelaufen ist. Er nimmt mir die Tasche ab. »Irgendwann musst du mir erklären, was da drin ist«, sagt er. »Und warum du sie während des Flugs umklammert hast, als könnte sie dir jemand klauen.«

Irgendwann, meinetwegen. Aber nicht jetzt.

Jetzt müssen wir Juno finden!

»Habt ihr einen Treffpunkt vereinbart?«, fragt Jax.

»Nein«, fauche ich.

»Dann versuch's doch am Teehaus.« Er zeigt nach vorne. Etwa dreihundert Meter entfernt steht in der Mitte des Parks ein kleines Teehaus, vor dem sich die Besucher drängen. Erleichtert folge ich dem Weg dorthin. Bevor wir das Teehaus erreichen, drehe ich mich zu Jax um.

»Vielleicht ist es besser, wenn ich alleine mit ihr rede«, sage ich.

Er nickt und bleibt zurück. »Ich warte hier.«

Erleichtert laufe ich weiter. Zu spät fällt mir ein, dass Jax meine Reisetasche hat. Aber das Wichtigste habe ich schon auf der Flughafentoilette rausgenommen, in den fünf Minuten, die wir vor dem Abflug noch Zeit hatten.

Der japanische Garten hätte mich in einer anderen Situation sicher verzaubert mit seinen klaren Linien und Formen. Das Teehaus im Zentrum der Gartenanlage lädt seine Gäste sogar zu einer original japanischen Teezeremonie ein. Ich betrete hinter ein paar anderen Besuchern das Gebäude. In einem Vorraum streifen alle ihre Schuhe ab und gehen barfuß weiter.

Ich folge ihrem Beispiel.

Der Gastraum teilt sich in mehrere kleine Räume auf, in denen junge Japanerinnen die Besucher empfangen. Man sitzt auf dem Boden vor niedrigen Tischchen. Einige der Schiebetüren sind geschlossen, weil die Gäste darin ungestört sein möchten.

Ich schaue in die offenen Räume auf der Suche nach Juno. Erst hinten, am Ende des Gangs, finde ich sie.

Es ist einer der kleineren Teeräume, und sie kniet ganz allein vor dem Tischchen, auf dem alles für eine Teestunde zu zweit aufgebaut ist. Als ich in der Tür auftauche, blickt sie hoch. Sie trägt eine dunkelblaue Bluse mit hohem Stehkragen und zarten Stickereien.

Ich betrete den Raum und schiebe die Türen hinter mir zu. Sie sagt auch dann nichts, als ich ihr gegenüber auf dem Boden knie und sie erwartungsvoll ansehe.

Sie sieht so adrett aus mit der Bluse und der grauen Stoffhose. Die dunklen Haare wirken nicht ganz so zerrupft wie gestern und eine Jasminblüte klemmt hinter ihrem Ohr. Sie sieht aus, als gehörte sie hier hin.

Ich trage eine zerfetzte Jeans vom Wühltisch eines Billigsupermarkts, ein viel zu weites, graues T-Shirt mit Aufdruck der Miami Dolphins (es war halt billig!) und ausgelatschte Turnschuhe. Meine Haare sind zerzaust – immerhin sind sie vom geilen Sex mit Jax so zerzaust! – und ich bin völlig übermüdet, während sie von innen heraus irgendwie ... leuchtet.

Juno ist wunderschön. Und ich bin das hässliche Entlein, das sie zur Audienz gebeten hat.

»Du hast Gabriel nicht mitgebracht«, sage ich statt einer Begrüßung. Sie spürt meine Enttäuschung.

»Er lässt mich nicht mit ihm aus dem Haus. Nur in Begleitung.«

Juno beugt sich vor. Sie gießt Tee aus der gusseisernen Kanne in die beiden Tonschalen. Ihre Hände zittern kaum merklich.

Ich beiße mir auf die Unterlippe.

»Trotzdem bin ich froh, dass du hergekommen bist.

Danke.«

»Das tue ich nicht für dich, Lea.« Sie stellt die Kanne zurück auf die kleine Matte und nimmt die Teeschale in beide Hände. Über den Rand blickt sie mich an und bläst auf den dampfenden Grüntee. »Ich bin hier, damit du mich und Gabriel endlich in Ruhe lässt.«

»Das werde ich, versprochen.« Ich atme tief durch. »Darf ich vorher noch was sagen?«

»Ich habe geglaubt, du wärst tot. Das haben wir alle geglaubt, und dann tauchst du einfach wieder auf ... Dean ist wütend. Er hat mich dafür büßen lassen, weißt du ...«

»Das tut mir leid.« Ich weiß, dass ich noch so oft beteuern kann, wie leid es mir tut. Aber sie wird nur meinen Verrat sehen und das, was Dean ihr deshalb antut.

Sie zuckt nur mit einer Schulter. Es wirkt fatalistisch, fast resigniert.

Ich probiere einen Schluck vom Tee. Die Worte habe ich mir schon auf dem Flug zurechtgelegt, aber sie klingen irgendwie hohl und falsch, darum muss ich mich erst neu sortieren.

»Du kannst sagen, was du willst. Meine Meinung steht fest.«

»Du bleibst bei Dean.«

»Er ist der Vater meines Kindes. Er sorgt für uns, wenn ich ...« Sie blickt beiseite, aber sie braucht auch gar nicht weiterzusprechen.

Wenn du dich benimmst. Wenn du ihm keinen Grund lieferst, dir wehzutun. Dann funktioniert es für euch. So wie es für meine Eltern funktioniert hat, bis meine Mutter sich auflehnte, weil mein Vater Vic an das Geschäft heranführen wollte. Und das hat sie erst so unendlich traurig gemacht und dann in den Tod getrieben.

Ich möchte nicht, dass die Geschichte sich wiederholt. Aber ich weiß auch, dass es genauso kommen wird. Es ist ein ewiger Kreislauf, und niemand kann ihm entkommen.

Es ist egal, was ich sage. Jedes meiner Argumente wird Juno bereits dutzendfach im Kopf hin und her gewälzt haben. Sie ist den Pakt mit dem Teufel bewusst eingegangen. Wenn sie jetzt noch fliehen will, braucht sie Hilfe von außen. Ich ziehe aus der Gesäßtasche meiner Jeans die kleine Kassette und lege sie zwischen uns auf den Tisch.

»Was ist das?«, fragt Juno.

»Deine Karte in die Freiheit. Das Gespräch, das wir mit Dean am Abend vor meinem Verschwinden geführt haben. Bei Vic auf der Veranda. Erinnerst du dich?«

Ihre dunkelblauen Augen sprühen Funken. »Glaubst du, ich werde je den Tag vergessen, an dem ich erfuhr, dass mein Ehemann meine Schwester ermordet hat?«

Nein, natürlich nicht.

Ich schiebe die Kassette ein paar Zentimeter in ihre Richtung.

»Er weiß, dass es die Kassette gibt. Es gibt auch noch eine Kopie bei meinem Anwalt, aber wenn du willst, rufe ich ihn an und sage ihm, er soll sie vernichten. Dann ist diese Aufzeichnung der einzige Beweis.«

»Den man aber weder vor Gericht noch bei der Polizei einsetzen kann«, sagt sie tonlos. Ihr Blick klebt an dem Tonband. Ich weiß, was sie denkt. Es wäre zu schön, wenn sie es haben könnte, wenn sie es benutzen könnte. Wenn es ihr ein Stück der Sicherheit zurückgeben könnte, die sie längst aufgegeben hatte.

»Das kommt drauf an.« Nach amerikanischem Recht darf ein Tonband nur dann als Beweismittel eingesetzt werden, wenn mindestens zwei Parteien von der Aufzeichnung wissen.

Ich sehe, wie sie begreift.

»Vic«, flüstert sie.

»Er hat davon gewusst, ja.«

»Aber das wird mir nichts bringen. Er ist nur noch ...«

»Du meinst, nur weil er geistig nicht mehr ganz da ist, würde er als Zeuge nicht taugen?«

Sie nickt. In ihren Augen ist ein Funken Hoffnung. Vielleicht ist es unfair von mir, ihr diese Hoffnung überhaupt zu geben, aber ich kann nicht anders. Darum spreche ich hastig weiter.

»Lass das die Gerichte entscheiden. Wenn du es wirklich willst. Oder du behauptest, ich hätte dich vorher eingeweiht.

Wie will Dean das Gegenteil beweisen?«

Ihre perfekt manikürten Finger spielen mit der Kassette. Ich sehe, wie sie in Gedanken ihre Optionen durchgeht.

»Warum tust du das?«, fragt sie.

»Wir sind Familie«, sage ich nur.

»Aber als wir das letzte Mal miteinander geredet haben, war ich so gemein zu dir. Ich habe dir Dinge an den Kopf geworfen ...«

Dinge, die eigentlich Dean galten, ja.

»Du bist Chrissas Schwester. Mir gefällt vielleicht nicht, dass du mit Dean zusammen bist, dass du ihn geheiratet hast und all das. Aber du bist die Familie.«

Erleichtert stelle ich fest, wie Juno das Tonband ganz langsam zu sich rüberzieht. Doch dann hält sie inne.

»Was wird aus dir?«

»Mach dir keine Sorgen. Ich komme schon über die Runden.«

»Nein, ich meine ohne das hier.«

Sie tippt auf das Tonband.

»Ich komme klar«, bekräftige ich.

Eine Weile sagt keine von uns ein Wort. Ich trinke den Tee in kleinen Schlucken. Er schmeckt nach nichts; mein Gaumen ist vermutlich durch Kaffee, Fastfood und Limos total abgestumpft.

»Wir werden uns nicht wiedersehen, richtig?«

»Wahrscheinlich nicht.« Ich stelle die Teeschale auf den Tisch. »Es ist ...«

»Du weißt nicht alles, was er getan hat.« Juno nimmt die Kassette und steckt sie in ihre Handtasche, bevor ich es mir anders überlegen kann. »Sonst hättest du längst etwas unternommen.«

Ich starre sie an.

Natürlich weiß ich nicht alles, was mein Bruder getan hat. Aber das, was ich weiß, genügt mir vollauf.

»Er hat mir alles erzählt.« Juno steht auf.

»Warte!«

Sie kann doch nicht einfach gehen und mich mit der Ungewissheit alleine lassen!

»Nein«, sagt sie. »Ich muss zurück zu Gabriel, er braucht mich. Ich stille ihn noch.«

Sie sagt das mit einem gewissen Mutterstolz, der mir das Herz in der Brust umdreht. Ich kriege kaum Luft, darum höre ich nicht, was sie als nächstes sagt.

Sie beugt sich zu mir herunter. Ihre Hand liegt auf meiner Schulter. »Danke«, sagt sie. »Ich danke dir für alles, Lea.« Dann lässt sie mich allein. Sie schiebt die Tür hinter sich zu.

Ich lege mich auf die Bastmatte. Was ich bisher verdrängen konnte, schlägt nun mit voller Wucht zu. Juno ist Mutter. Sie erfuhr von ihrer Schwangerschaft nur zwei Wochen bevor ich von meiner erfuhr. Hätte mein Baby überlebt, wären unsere Kinder jetzt im gleichen Alter. Ich hätte einen Säugling, ein Kind, ein kleines Mädchen vielleicht, das ich auch stillen könnte. Das sich an mich kuschelt und bei mir Geborgenheit sucht. Ein Kind, für das ich alles geben würde.

Ich habe nichts von alledem, und in diesen Minuten, allein in dem kleinen Raum, vermisse ich all das, was sie als selbstverständlich ansieht. Sie führt ein Leben in Angst, sie fürchtet um sich und ihren Sohn. Aber zugleich hat sie ihr Kind. Sie darf kämpfen, während ich schon vor vielen Monaten die Hoffnung aufgegeben habe, dass ich noch einmal so viel Glück haben darf.

Niemand stört mich. Ich liege einfach nur da, summe leise und lasse den Tränen freien Lauf.

Es ist lange her, dass ich mir erlaubt habe, zu weinen. Aber hier fühle ich mich sicher. Niemand sieht meine Tränen, niemand hört mein Wehklagen. Und als ich mich zwanzig Minuten später aufrapple und mir die Nase mit einer der Servietten putze – wofür sie bestimmt nicht gedacht sind, aber das ist mir herzlich egal –, habe ich mich wieder im Griff.

Ich verlasse die kleine Stube. Im Vorraum beggne ich einer der Japanerinnen, die mir schüchtern zulächelt.

»Muss ich noch bezahlen?«, frage ich und zeige auf unsere Teestube.

Sie schüttelt den Kopf. »Das hat Ihre Freundin schon erledigt.«

Freundin. Schön wär's.

Ich habe keine Freunde. Ich habe nur Jax.

Fast fange ich wieder an zu heulen, weil gerade alles so schrecklich ist. Aber dann reiße ich mich zusammen. Ich betupfe noch einmal die Augen mit der zerknüllten Papierserviette und werfe sie vor dem Teehaus in den Abfalleimer. Auf keinen Fall soll Jax mich so sehen. Ich bin nicht schwach. Ich habe in den letzten zwei Jahren so vieles gemeistert, da lasse ich mich doch nicht von so einer Begegnung mit Juno aus der Bahn werfen!

Jax wartet vor dem japanischen Garten auf mich. Er sitzt auf der gegenüberliegenden Straßenseite auf einer Bank. Als er mich kommen sieht, steht er auf.

Sein Lächeln ist mir ein größerer Trost als alle Worte. Ich laufe leichtfüßig über die dichtbefahrene Straße und falle ihm um den Hals.

»Ich bin so froh, dich zu haben«, flüstere ich.

Er hält mich fest an sich gedrückt. Die Sekunden verstreichen, werden zu Minuten, und vielleicht hätten wir auch noch eine Stunde später einfach so dagestanden und hätten uns aneinander geklammert, wenn nicht das Hupen eines schwarzen Escalade uns auseinandergerissen hätte.

»Zuko?«, frage ich und nicke zu dem dicken SUV mit verspiegelten Scheiben.

»Oder jemand anderes vom FBI, ja.«

Ich will schon zum Wagen gehen, doch Jax hält mich am Handgelenk fest.

»Du weißt, was jetzt kommt?«

Lächelnd schüttle ich den Kopf.

»Das war's.«

Mir wird eiskalt.

Was war was?

»Das Leben in Freiheit«, fügt Jax hastig hinzu. Er scheint meine Besorgnis zu sehen. »Keine Angst.« Er zieht mich wieder in seine Arme und vergräbt das Gesicht in meinen Locken. »Wenn du willst, blase ich die Sache ab. Dann gehen wir zurück nach New York und ich werde mich wieder in meine Rolle als Raimund Swans Kronprinz fügen. Ich würde

für dich töten, Lea. Wenn es sein muss, tue ich auch das.«
»Dann müsstest du als Erstes mich töten. Swan will wegen Marcus meinen Kopf, schon vergessen?« Ich löse mich aus seiner Umarmung.
Ich sehe ihm an, dass er das tatsächlich vergessen hat.
»Wir tauchen also unter?«, frage ich leise. »Jetzt schon?«
»Es ist alles bereit«, sagt er.
»Aber ...«
Ich denke an Juno. Was, wenn sie es sich anders überlegt? Wenn sie meine Unterstützung braucht?
Sie ist erwachsen. Sie weiß, was sie will und hat das Tonband. Rette deine eigene Haut, solange du noch kannst.
Ich versuche, den Gedanken an Juno abzuschütteln. Schließlich hat sie von mir alles bekommen, was sie braucht. Sie kann sich aus eigener Kraft befreien.
»Lea?«
Ich habe nicht zugehört, was Jax sagt. Er wiederholt es. »Wir müssen los. Kommst du?«
Es geht zu schnell, denke ich. Trotzdem folge ich ihm zu dem schwarzen Escalade. Wir steigen ein. Zuko sitzt auf dem Beifahrersitz und dreht sich zu uns um. »Bereit?«, fragt er.
Ich will den Kopf schütteln, spüre aber, wie ich nicke. Jax verstaut meine Reisetasche im Fußraum, und ich denke noch, wie verrückt das ist. Darin steckt all meine Sicherheit, meine falsche Identität, das, was von einem Jahr in Vegas übrig ist. Einige tausend Dollar.
Das alles brauche ich jetzt nicht mehr. Das FBI übernimmt. Es bringt uns an einen sicheren Ort. Irgendwohin, wo niemand uns kennt.
Tapfer nicke ich. »Bereit«, behaupte ich und taste nach Jax' Hand.
Es ist soweit. Wir tauchen unter.

9. Kapitel

Ich stehe am Fenster und blicke nach draußen. Es wird bereits dunkel; in dünnen Schwaden hängt der Nebel zwischen den Gebäuden unseres Hofs im Nirgendwo. Hinter der Scheune höre ich das regelmäßige Geräusch einer Axt, die auf Holz trifft. Jax spaltet das Feuerholz für den Ofen, mit dem wir das untere Stockwerk heizen.

Ich schneide Tomaten für den Salat, den es zu den Backkartoffeln und dem Hühnchen heute Abend gibt. Die Küche ist klein und bietet gerade mal Platz für die Küchenzeile und einen schmalen Tisch, an dem wir morgens unseren Kaffee trinken, bevor wir aus dem Haus stürzen – Jax zum Sägewerk, ich zu dem kleinen Drugstore im Ort.

Unsere neue Heimat heißt Craftsbury und liegt im Norden von Vermont. Genauer gesagt: irgendwo im Nirgendwo. Hier gibt es keine Drogen, keine Kriminalität, keine Fremden. Bis auf uns. Wir sind die Fremden in diesem Ort. Seit sechs Monaten wohnen wir nun schon in diesem Haus einige Meilen außerhalb, aber wir wissen beide, dass wir für immer »die Neuen« sein werden.

Ich habe keine Ahnung, ob das gut oder schlecht ist. Die meiste Zeit fühlt es sich ziemlich okay an, denn ich habe Jax.

An Tagen wie diesem, den wir schon mit einem Streit beginnen, wünschte ich mir, einfach verschwinden zu können. Meine Reisetasche packen und nach L.A. zurückkehren.

Und das liegt nicht nur an der Kälte hier oben in den Bergen. Oder an dem strengen Winter, der uns bevorsteht. Oder den zwei Leuten vom FBI, die am anderen Ende der Straße abwechselnd in dem Bahnwärterhäuschen wohnen und gelegentlich zu uns raufkommen.

Manchmal lade ich sie sogar zum Abendessen ein, weil sie die einzigen Menschen sind, mit denen wir halbwegs offen reden können. Allen anderen müssen wir das Märchen auftischen, das vom FBI als unsere Legende aufgesetzt wurde.

Und das geht so:

Jax heißt in unserem neuen Leben Jack Ward, er ist

achtundzwanzig Jahre jung und nach seinem Collegeabschluss ein paar Jahre herumgereist, bevor er mich traf. Er hat sich immer mit Gelegenheitsjobs über Wasser gehalten, weshalb er alles nur so ein bisschen kann. Aber im Sägewerk ist das nicht schlimm; dort haben sie ihn schnell angelernt, und er verdient ganz gutes Geld.

Ich heiße nun Leonore Winter, bin vierundzwanzig und Jax' Verlobte. Am Ringfinger meiner linken Hand trage ich einen Ring mit einem winzigen Brillanten – alles andere wäre zu protzig und teuer gewesen – und ich habe das College abgebrochen, als ich Jack Ward begegnet bin und mich Hals über Kopf in ihn verliebt habe.

Wir haben beide keine Familie mehr. Meine hat mich verstoßen, nachdem ich mit Jack durchgebrannt bin, und seine Eltern sind früh gestorben. Er hat noch einen Bruder, mit dem er aber keinen Kontakt pflegt. Wir genügen uns selbst.

Nach Vermont hat uns das Schicksal verschlagen, weil wir sesshaft werden wollten. Wir möchten eine Familie gründen, und weil wir beide nicht viel Geld haben, wollen wir raus aus der Stadt. Außerdem lieben wir das naturverbundene Leben auf dem Land.

Hübsch, nicht wahr?

Die Wahrheit ist: ich hasse Vermont.

Keine Ahnung, wie es Jax mit unserem neuen Leben geht, denn darüber reden wir eher selten. Aber ich finde es einfach nur beschissen und möchte lieber heute als morgen das Weite suchen.

Aber das geht natürlich nicht. Da sind immer noch die Jungs vom FBI, die aufpassen, dass wir uns benehmen. Solange der Prozess gegen Black Swan nicht angelaufen ist, müssen wir schön die Füße stillhalten, sagen sie.

Und wenn der Prozess erst anläuft, werden sie sagen, wir müssen warten, bis Jax ausgesagt hat, bis das Urteil gesprochen wird und so weiter. Wir sind in der Falle. In einem Kaff irgendwo in Vermont weggesperrt, wo sogar die großen Nachrichten, wie die Zerschlagung eines Drogenkartells in New York nur im Schneckentempo eintrudeln. Dabei haben wir sogar Highspeed-Internet hier oben. Aber das bringt uns nicht weiter, wenn wir den ganzen Tag draußen sind. Am liebsten lasse ich den Computer aus, denn er erinnert mich zu sehr daran, wie viel Leben da draußen ist, während wie hier oben schon wie erstarrt sind.

Das Holzhacken hat aufgehört. Ich beuge mich vor. Jax kommt vom Schuppen, er trägt den großen Weidekorb mit frisch gehacktem Holz. Er tritt die Stiefel auf der Matte ab und kommt in die Küche. Mit ihm strömt ein Schwall eiskalter Luft herein, die nach Schnee riecht.

»Das sollte reichen.«

»Mh«, mache ich. »In zehn Minuten gibt es Essen.«

Er trägt den Korb ins angrenzende Wohnzimmer, und ich höre, wie er die Klappe des Ofens öffnet und ein paar Scheite nachlegt. Dann kommt er zurück und lehnt lässig im Türrahmen.

»Hast du es gelesen?«, fragt er.

»Von Black Swan? Ja.«

Wir bekommen hier oben natürlich auch Zeitungen. Eine habe ich heute von der Arbeit mitgebracht. Die Überschrift hat mich förmlich angeschrien: *Kronzeugen im Prozess um Black Swan für kommende Woche erwartet.*

Kronzeugen – das sind wir. Vor allem Jax, denn so richtig viel weiß ich nicht. Trotzdem hat der Staatsanwalt mich als Zeugin vorgeladen. Ich habe ein richtig mieses Gefühl bei der Sache. Denn es mag hier oben ätzend sein, aber ich fühle mich in diesem kleinen Dorf sicher. Das hat ein paar Wochen gedauert. Inzwischen kann ich wieder durchschlafen, und wenn ich morgens aufwache, bin ich gut erholt und habe keine Angst mehr, dass im nächsten Augenblick jemand auf mich schießt. Auch die Alpträume haben aufgehört.

»Sie haben uns noch nicht Bescheid gesagt.« Jax klingt verärgert.

»So sind sie eben.«

Dass uns das FBI immer noch behandelt, als wären wir unzuverlässige Kinder, denen man nichts anvertrauen darf, stört mich inzwischen nicht mehr. Aber ich weiß, dass es Jax unheimlich nervt. Er leidet noch viel mehr als ich darunter, sein Leben nicht länger im Griff zu haben. Es ist ihm entglitten, als wir in den schwarzen Escalade stiegen, wo Zuko uns jeweils einen Umschlag mit unserer Legende und den neuen Papieren übergab.

»Ich habe ihnen gesagt, sie sollen uns beteiligen. Sonst ...«

»Wir können nichts tun, Jax«, sage ich leise. Ich lege die Tomatenscheiben auf den Salat und pfeffere sie. »Wir haben doch schon darüber gesprochen.«

»Ja, ich weiß.«

Ich verstehe seine Frustration. Er war immer der Macher. Musste alles in der Hand haben. Aber jetzt hat sich alles geändert. Wir leben das ruhige, stille Leben eines jungen Pärchens, das keine Ambitionen und Ziele hat. Für uns ist das Leben ein steter, grauer Fluss. Im Grunde können wir genau berechnen, wie es in zwei, drei, zehn oder vierzig Jahren um uns bestellt sein wird. Wir werden nächstes Frühjahr heiraten, und kurz darauf werde ich schwanger. Wir bekommen zwei oder drei Kinder, und wenn wir Glück haben, erlangen wir im Rahmen unserer Möglichkeiten hier in Craftsbury einen bescheidenen Wohlstand. Unseren Lebensabend werden wir auf diesem Hof genießen, und wir werden einmal pro Woche die beiden jungen Männer einladen, die unten an der Straße im Bahnwärterhäuschen leben, weil sie auf uns aufpassen.

So sieht unsere Zukunft aus. Berechenbar und – leider – völlig ungeeignet, einen von uns glücklich zu machen.

»Deckst du schon mal den Tisch? Unser Besuch kommt in einer Viertelstunde.« Ich wische meine nassen Hände an der Schürze trocken und schiebe mich an ihm vorbei. Jax hält mich am Handgelenk fest.

»Ich vermisse dich«, sagt er.

Ich halte den Blick gesenkt. »Nicht«, flüstere ich.

»Lea, bitte ...«

Er versucht, mich zu küssen. Ich drehe hastig den Kopf weg, und so landet sein Kuss irgendwo zwischen meinem Mundwinkel und dem Wangenknochen. Ich reiße mich von ihm los und laufe die Treppe hoch.

Das ist die dunkelste Seite unserer neuen Existenz. Unsere Liebe ist in Fetzen. Sie ist nicht mehr da.

»Und das hier ist Ihr neues Zuhause.«

Special Agent Russell Walker sagte das, als wäre das Haus ein Palast. Jax und ich saßen auf der Rückbank eines schwarzen SUV, der uns in den letzten Stunden immer tiefer in die Berge von Vermont gebracht hatte. Ich hielt seine Hand fest. Meine Finger waren eiskalt, und das lag nicht an Vermont.

Ich hatte Angst.

Gestern hatte ich mich von Juno verabschiedet, ohne auch nur zu ahnen, dass es ein Abschied für immer sein würde. Als wir zu Zuko ins Auto stiegen, nahm er uns die Handys ab, und meine Reisetasche durfte ich auch nicht behalten. Wir wurden zum Flughafen gebracht, wo auf uns ein Privatjet wartete. Dieser brachte uns nach Boston, wo wir die Nacht in einem Flughafenhotel verbrachten. Vor unserer Tür hielten zwei Special Agents Wache, und Zuko war bei uns im Zimmer.

Heute Morgen händigte er uns die Umschläge mit unserer »Zukunft« aus, wie er es nannte. Wir bekamen neue Namen, eine neue, gemeinsame Vergangenheit, nichtssagende Berufe und ein Häuschen in Vermont, das wir angeblich von einem entfernten Onkel von Jax geerbt hatten.

Jack und Leonore statt Jax und Lea. Es würde dauern, bis ich mich daran gewöhnen konnte.

Der SUV hielt vor dem kleinen Wohnhaus, das verwittert und alt aussah. Die Dachschindeln wirkten wenig vertrauenerweckend, die weiße Wandfarbe platzte ab und auf der Veranda stand Sperrmüll.

»Willkommen daheim«, sagte Special Agent Walker, ehe er ausstieg.

Wir folgten ihm. Ich ließ Jax' Hand nicht los. Meine größte Angst: dass er mich im Stich ließ. Noch vor einer Woche hatte ich mein Leben im Griff gehabt – ein sicherer Job in Las Vegas, eine kleine Wohnung, ein paar Menschen, die sich um mich sorgten, ohne mir zu nahe zu kommen. Was mich aufrecht hielt, war der Gedanke, dass ich mit meinem Verschwinden Jax gerettet hatte.

Und nun standen wir hier, vor einer Bruchbude im Nirgendwo, und ich wusste, dass Jax und ich bis ans Ende

unseres Lebens zusammen sein würden.
Ich hätte glücklich sein müssen. Denn ich hatte mir das hier seit anderthalb Jahren gewünscht. Mit ihm zusammen sein. Für immer.
Ich ließ seine Hand los, machte rasch zwei Schritte zur Seite und übergab mich direkt auf die Schuhe von Special Agent Walker. Er verzog keine Miene, das muss ich ihm zugutehalten. Stattdessen zog er einen wattierten Umschlag aus der Innentasche seines Trenchcoats und gab ihn Jax. »Die Schlüssel«, sagte er. »Auf Ihren Konten ist ein bisschen Geld, aber besonders am Anfang sollten Sie beide vorsichtig damit umgehen. Keine größeren Ausgaben. Sie sind nicht mehr so wohlhabend wie früher.«
Er blieb zurück, als wir uns dem Haus näherten. Ich blickte verstohlen zurück und sah, wie er seine Schuhe am Gras abwischte.
»Alles okay?«, fragte Jax leise.
Ich nickte, und er legte den Arm um meine Schultern.
Ich wollte das Haus mögen. Wirklich. Die Veranda mit den alten Dielen, die Hollywoodschaukel, bei der die Polster ausgeblichen waren und die ich als Erstes ersetzen wollte. Die enge Küche, in der die Luft stand. Ich stieß das kleine Fenster über der Keramikspüle auf, bevor wir die anderen Räume im Erdgeschoss erkundeten – ein großes Wohnzimmer mit Kachelofen, eine Abstellkammer, auf deren Regalbrettern eingemachtes Obst und Bohnen in Gläsern standen, die noch vom Vorbesitzer stammten. Es sah wirklich aus, als hätte bis vor ein paar Wochen noch ein alter Mensch hier gelebt, der dann verstorben war und das Haus vererbt hatte.
Das Bad im Erdgeschoss hatte eine altmodische Dusche und messingfarbene Armaturen, die kalkig und angelaufen waren. Die rosa Kacheln an den Wänden passten nicht zu dem Dielenboden. Auch hier hatte ich sofort eine klare Vorstellung, wie ich den Raum nach unseren Wünschen umgestalten würde.
Im Obergeschoss gab es drei kleine Schlafzimmer, von denen zwei mit altem, nutzlosem Gerümpel vollgestellt waren. Das dritte verfügte über ein wuchtiges Bett, eine Kommode und ein angrenzendes Badezimmer mit einer Wanne und ohne

Dusche.

»*Draußen gibt es im Anbau noch eine Waschküche.*«
Special Agent Walker war uns gefolgt. Ich starrte auf seine Schuhe, die leidlich sauber waren. Trotzdem stanken sie nach meinem Erbrochenen, und das war in der Sommerhitze alles andere als angenehm.

Ich schob mich an ihm vorbei und ging nach draußen.

Hinter dem Haus erstreckte sich ein Garten, an den eine Obstwiese anschloss. Unter einer uralten Eiche stand eine Bank, die im Laufe der Jahre auf einer Seite abgesackt war. Ich setzte mich, meine Hand tastete in der Gesäßtasche nach dem Handy, bis mir wieder einfiel, dass ich es gestern Zuko übergeben hatte, bevor er uns ins Flugzeug setzte.

In diesem Moment, als ich dort draußen auf der Bank saß und versuchte, mir ein Leben in dieser Einöde vorzustellen, zerbrach etwas in mir.

Es geschah ganz leise, kaum hörbar.

Ich wusste nicht, was ich hier tat.

Natürlich hatte ich mich für Jax entschieden, als er in meinem Leben wieder auftauchte und mich darum bat. Es hatte keinen Zweifel gegeben. Es war das einzig Richtige, denn er war der Richtige. Ich wollte mit ihm zusammen sein, und der Zeugenschutz war in dieser Situation unsere einzige Möglichkeit.

Aber ich hatte nicht genug Zeit gehabt, um darüber nachzudenken, was das bedeutete. Nie wieder meine Familie sehen. Mich nicht noch einmal verabschieden können. Alles hinter mir lassen.

Sogar Dean vermisste ich plötzlich.

Jax kam aus dem Haus und folgte Walker zu der Scheune. Ich blieb sitzen und starrte auf das, was jetzt mein Leben war. Ich spürte: das bin ich nicht. Ich kann unmöglich bleiben.

Und doch konnte ich nicht fort. Das hier hatte ich mir ausgesucht. Ich hatte darum gekämpft. Ich hatte getötet, um in Vermont zu landen, mit dem Mann, den ich liebte.

Doch der Preis war zu hoch.

Ich wollte weinen, aber alles, was ich schaffte, war dort unter der alten Eiche zu sitzen und mich zu wappnen für ein

Leben, das ich mir nicht ausgesucht hatte. Das ich dennoch gewählt hatte, weil Jax mit mir zusammen sein wollte. Weil ich mit ihm zusammen sein wollte.

Als er zehn Minuten später zu mir kam und sich neben mich setzte, schwieg ich. Auch als er den Arm um meine Schultern legte und mich an sich drückte, regte sich bei mir nichts. Nicht mal Widerstand.

»Wir werden es uns hier schon einrichten«, versprach er mir.

Ich wollte lieber sterben als dieses Leben zu führen. Aber das konnte ich ihm nicht sagen.

An jenem Tag begann ich, ihn zu hassen. Weil ich ihn liebte. Weil ich so viel für ihn durchgemacht hatte und noch mehr auf mich nehmen würde. Aber ich spürte, dass es zu viel war. Dass es mich kleiner machte, als ich war.

Der Hass war nur ein zartes Pflänzchen. Aber genährt wurde er von den Lügen, die ich ihm erzählte. Oder besser gesagt: Von den Dingen, die ich ihm bewusst verschwieg, was vielleicht sogar schwerer wog als jede Lüge.

Mein Hass, mein Unglück, die Fehlgeburt – all das verbarg ich vor ihm, weil er so glücklich wirkte. Er war erleichtert, weil er mich gerettet hatte. Und ich brachte es nicht übers Herz, ihm zu gestehen, dass dieser erste Tag in Vermont der Beginn meiner ganz persönlichen Hölle war.

Am nächsten Tag fällt der erste Schnee dieses Jahr.

Die Leute von Craftsbury haben uns vorher gewarnt, dass die ersten Schneefälle meist sehr überraschend kommen und heftig ausfallen können. Ich habe mit dem Schlimmsten gerechnet, aber was mich erwartet, als ich kurz nach ein Uhr mittags den Drugstore verlasse, um nach Hause zu fahren, übertrifft meine Befürchtungen.

Ich bin in L.A. groß geworden. Da gibt es keinen Schnee. Ich kenne Schnee nur von unseren Skiferien in Aspen, und auch dort war er immer etwas, das irgendwie *zahm* wirkte, nur zu unserem Vergnügen da und auf keinen Fall gefährlich.

Seit morgens um halb elf der Schneefall einsetzte, sind bestimmt zwanzig Zentimeter Neuschnee gefallen, und man kann kaum unterscheiden, wo der Gehweg aufhört und die Straße beginnt.

Mein Chef Justin, ein grimmiger, alter Frankokanadier, der seit über dreißig Jahren in Craftsbury lebt und sich trotzdem seinen süßen, französischen Akzent und die Vorliebe für Baskenmützen bewahrt hat, als würde er in Südfrankreich leben und nicht im Norden von Vermont, tritt nach mir aus dem Drugstore und blickt zum Himmel auf.

»Das gibt heute noch was«, erklärt er.

»Wie bitte?«

Ich hätte eigentlich gehofft, dass das, was da schon vom Himmel gekommen ist, mehr als genug ist.

Er schnalzt zufrieden mit der Zunge. »Dreißig Zentimeter noch bis heute Abend, schätze ich, vielleicht auch vierzig. Sieh zu, dass du sicher heimkommst. Und denk morgen an deine Winterstiefel.«

Er zeigt auf meine Stiefeletten, mit denen ich mich bisher ganz gut für den Vermonter Winter gerüstet gefühlt habe, die jetzt aber bis zum oberen Rand in einer Schneeverwehung verschwinden. Ich spüre schon, wie der Schnee auf meinen Wollsocken schmilzt.

»Das da ist ja nur für die Übergangszeit, was?«

Tja, erwischt. Ich sage nichts, sondern schiebe meine Messengerbag weiter nach oben und vergrabe die Hände tief in dem mit Lammfell gefütterten Mantel, den Jax mir für den Winter gekauft hat.

»Ist ja ganz hübsch, aber eher für New York als für uns hier oben.«

»Danke für den Tipp.« Ich gehe zu meinem Auto, das unter einer riesigen Schneewehe zu verschwinden droht. Etwas ratlos stehe ich davor, ehe ich beginne, mit dem Arm den Schnee von der Windschutzscheibe zu wischen. Es ist mühsam, ich habe keine Handschuhe und schon nach wenigen Minuten kein Gefühl mehr in den Händen.

Justin steht vor dem Drugstore und raucht seine Zigarette auf. Er feixt, und ich lächle schwach.

Schließlich habe ich es geschafft, mein Auto einigermaßen freizuräumen. Ich steige ein, starte den Motor und drehe die

Lüftung auf volle Pulle. Sofort beschlagen die Scheiben von innen, und ich warte, bis nach fünf Minuten endlich freie Sicht ist. Wobei freie Sicht relativ ist, denn es schneit immer noch. Ohne Unterlass.
Ich fahre los. Die ersten Meter klappen ganz gut, und davon ermutigt gebe ich Gas. Ist ja gar nicht so schlimm, denke ich, beschleunige und steuere auf die einzige Kreuzung in Craftsbury zu. Die Ampel springt auf Rot, und ich steige voll auf die Bremse. Das Heck des Wagens bricht aus und ich schlittere über die Straße, auf der der Schnee bereits von anderen Fahrzeugen festgefahren ist.
Der Schreck sitzt tief. Hinter mir hupt jemand, und ich fahre an den Straßenrand, damit der Verkehr ungehindert fließen kann. Also die vier Autos, die hier pro Stunde maximal vorbeikommen.
»Scheiße, scheiße, scheiße!« Ich hämmere auf das Lenkrad ein. Gerade hasse ich einfach alles an diesem Leben. Die Kälte, die Einsiedelei, die Menschen, den Winter – nicht mal in New York fand ich es so schrecklich, und da war ich einsam. Ich hatte niemanden.
Hier habe ich Jax ...
Ich sitze lange im Auto und starre nach vorne, während die Windschutzscheibe langsam wieder zuschneit.
Ja, ich habe Jax. Aber das, was wir einst waren, ist nichts weiter als eine ferne Erinnerung. Daran, was man sein kann, wenn die Liebe stärker ist als alles andere.
Hier in Vermont ist sie uns abhandengekommen. Schon am ersten Tag habe ich sie verloren, und seitdem ringe ich mit mir. Ich weiß nicht, wohin sie verschwunden ist. Ich weiß nur, dass ich tapfer an Jax' Seite ausharren muss, weil ich keine andere Wahl habe.
Als Jax nach der Arbeit heimkommt, sitze ich in einen alten Quilt gehüllt auf dem Sofa und friere wie ein Schneider, weil es mir nicht gelungen ist, den Ofen in Gang zu bringen. Im Haus herrscht Eiseskälte, und draußen wird es bereits dunkel.
Er stellt seine Lunchbox auf den Küchentisch und kommt ins Wohnzimmer. »Warum hast du nicht Bescheid gesagt?«,

fragt er.

Ich zucke nur mit den Schultern.

Die Wahrheit ist: Ich wollte nicht. Frieren war mir in dem Moment lieber als ihn um Hilfe zu bitten.

Seufzend macht er sich an die Arbeit. Er knüllt Zeitungspapier, stapelt Zunder und schmale Zündelhölzer im Ofen, steckt ein langes Streichholz an und wartet, bis das Feuer an Kraft gewinnt. Dann legt er größere Scheite nach und schließt die Klappe.

Er kommt zu mir und setzt sich aufs Sofa.

»Wir müssen reden«, sagt er.

Ich schüttle den Kopf, denn nach Reden ist mir gerade überhaupt nicht. Mir ist nach Schlafen, nach Nichtmehraufwachen, nach Weglaufen. Was soll Reden denn noch bringen?

»Ich habe dich unglücklich gemacht«, fährt er fort, ohne meine Reaktion zu kommentieren. »Das hier ist nicht dein Leben, und vermutlich hätte ich das vorhersehen müssen.«

»So ist das nicht.« Meine Stimme klingt kratzig.

»Wie denn dann? Erklär es mir, Lea. Ich weiß mir langsam nicht mehr zu helfen. Seit wir hier sind, bist du abweisend. Ich liebe dich, aber ich habe keine Chance, dir meine Liebe zu zeigen.«

Ich starre ihn ungläubig an. »Das ist dein einziges Problem? Dass ich nicht mehr mit dir vögeln will?«

»Nein«, widerspricht er. Seine sonst so sanften Augen funkeln mich wütend an. »Mein Problem ist nicht der fehlende Sex, sondern die fehlende Nähe. Das ist ein feiner Unterschied, und ich kann nicht glauben, dass du mir unterstellst, mir ginge es nur darum.«

Ich schweige verletzt. Denn mir fehlt der Sex mit ihm. Die Hingabe, diese Momente der Nähe, in denen es nichts gibt außer ihn und mich. In denen ich völlig versinken konnte. Damals, als er in meinem Apartment in L.A. in der Latzhose von Fresh'n'Easy auftauchte. Oder als wir uns früher in New York das erste Mal liebten. Als ich seine Geisel war und mich nur zu gern in seinen Armen verlor ...

Damals war alles leicht. Federleicht verglichen mit dem,

was wir jetzt haben. Damals konnte ich mir einreden, dass es sich lohnt, für uns zu kämpfen. Davon ist nichts mehr geblieben.
»Was kann ich tun?«, fragt Jax unvermittelt.
Ich zucke mit den Schultern, denn ich weiß es nicht. Er sitzt einfach neben mir. Irgendwann nimmt er meine Hand, und ich lasse es zu.
»Ich würde mir etwas wünschen«, sagt er irgendwann.
»Was denn?«
»Etwas, das nur uns gehört.« Er wendet sich mir zu, und ich wende mich ihm zu. »Ein Kind, Lea. Was hältst du davon, wenn wir ein Kind bekommen?«

10. Kapitel

In dieser Nacht kann ich nicht schlafen und liege wach. Jax neben mir atmet ruhig und regelmäßig, und ich lausche ihm. Die Schneehelligkeit von draußen lässt es in unserem Schlafzimmer, für das ich immer noch keine Vorhänge genäht habe, gespenstisch hell sein.
 Irgendwann stehe ich auf. Jax bewegt sich im Schlaf, er murmelt etwas und tastet nach mir, aber ich habe schon Kissen und Decke an mich gerafft und steige die schmale Treppe runter. Im Wohnzimmer richte ich es mir auf dem Sofa ein, lasse die kleine Lampe mit Tiffanyglas auf dem Beistelltisch brennen und nehme das Buch vom Hocker, in dem ich seit Tagen eher lustlos lese.
 Ich lasse das Buch schon nach wenigen Seiten sinken.
 Was hältst du davon, wenn wir ein Kind bekommen?
 Abgesehen davon, dass wir keinen Sex haben (was in diesem Zusammenhang wirklich unser geringstes Problem sein könnte!), hat Jax' Frage mich völlig unvorbereitet getroffen. Und ihn wiederum hat es verwirrt, dass ich ihn erst anstarrte, dann meine Hand wegzog und ihn auf dem Sofa sitzen ließ. Ich ging nach oben, schloss mich im Badezimmer ein und ließ erst dort meinen Tränen freien Lauf.
 Wie können wir weiter zusammen sein, wenn mein Vertrauen so tief erschüttert ist?
 Ich hätte einfach in diesem Moment sagen können, was mich so aufwühlte. Dass ich schwanger war, als ich verschwand, dass ich es erst später erfuhr und das Kind dann verlor. Es wäre der richtige Moment gewesen, wenn es überhaupt einen richtigen Moment dafür gibt. Ich hätte ihm von meiner Angst erzählen können. Dass ich mich davor fürchtete, wieder schwanger zu werden. Dass ich kein zweites Mal eine Fehlgeburt erleiden wollte.
 In meinem Kopf ist ein einziges Durcheinander aus Gefühlen und ... Angst.
 Leider überwiegt die Angst immer noch.
 Ich habe mich vom ersten Moment an Jax geklammert.

Weil ich sonst niemanden hatte, der mir Halt gab. Ich wusste, wie gefährlich das war, doch es kümmerte mich nicht. Er rettete mich, so habe ich es gesehen. Und auch später zurück in L.A. war er derjenige, der mich retten sollte. Bis ich begriff, dass nur ich mich retten kann. Und das tat ich.
Jetzt hat Jax mich gerettet, und ich sitze hier oben fest. Ich durfte nicht infrage stellen, ob dieser gemeinsame Zeugenschutz überhaupt das Richtige für uns ist, denn er hat für mich so viel getan ...
Und ich habe Geheimnisse vor ihm.
Nichts von alledem ist gesund. Vielleicht haben wir deshalb keinen Sex mehr. Der hat uns immer gerettet, und jetzt denke ich immer mehr, dass wir gar nicht gerettet werden sollen. Dass unsere Beziehung von Anfang an zum Scheitern verurteilt war und wir es nur deshalb nicht bemerkt haben, weil wir permanent in irgendwelchen Ausnahmesituationen steckten. Erst hier kamen wir zur Ruhe, konnten uns ganz aufeinander einlassen.
Und vielleicht erkennen wir hier, dass wir gar nicht zusammenpassen.
Als ich mit meinen Grübeleien an diesem Punkt angelangt bin, schlafe ich völlig erschöpft ein. Das Telefonklingeln reißt mich gefühlt zwei Minuten später aus dem Schlummer, und ich brauche einen Moment, bevor ich mich orientieren kann. Draußen wird es bereits hell, und es schneit immer noch – oder schon wieder?
»Hallo?«
»Leonore? Hier ist Russell. Russell Walker.«
»Guten Morgen.« Ich gähne. Diese Jungs vom FBI sind schon unter normalen Umständen einfach zu aufgeweckt für mich.
»Wir würden heute Abend gern vorbei kommen. Also ein Kollege und ich. Macht es Ihnen was aus?«
»Nein, nein, schon okay. Wie wär's zum Abendessen?«
Wir verabreden uns für halb acht.
Als ich auflege, bemerke ich Jax. Er steht in T-Shirt und Boxershorts in der Tür zum Wohnzimmer, nackte Füße auf dem Holzfußboden.

»Agent Walker. Dinner um halb acht«, sage ich.
»Komm mit ins Bett, Lea.«
Er betritt das Wohnzimmer, bleibt aber in einigem Abstand stehen, als wollte er mir nicht zu nahe treten.
»Es ist schon Zeit aufzustehen.«
»Lass das meine Sorge sein. Ich rufe im Sägewerk an und melde mich krank. Du hast heute deinen freien Tag, oder?«
Ich nicke.
»Komm mit ins Bett, Lea.«
Er streckt die Hand aus.
Ich stehe auf und nehme sie.
Wir gehen nach oben. Weil mein Bettzeug noch unten liegt, geht Jax noch mal runter. Ich höre, wie er telefoniert. Dann ist er wieder da, schüttelt mein Kissen auf und macht eine einladende Handbewegung, damit ich mich hinlege, bevor er die Decke über mich breitet. Ich muss unwillkürlich lachen; er gibt sich so viel Mühe.

Wir liegen im Bett, einander zugewandt und jeder unter seiner Decke. »Hast du kalte Füße?«, fragt Jax, und ich nicke. »Ich auch.«

Seine Füße stehlen sich zu meinen unter die Decke, und ich quieke empört. Er rückt etwas näher. Sein Atem streift meine Wange, er küsst mich. Nicht mit der Gier der Vergangenheit, sondern schüchtern, beinahe keusch. Ich schließe die Augen und lasse es kurz geschehen. Dabei lausche ich in mich hinein. Sind da Gefühle?

Ja. Ein ganzer Sturm sogar.

»Gefällt dir das?«

Ich erwidere seinen Kuss, schiebe meine Zunge zwischen seine Lippen. Seine Zunge umspielt meine, während eine Hand unter meine Decke schlüpft. Ich spüre, wie er meinen Hals streichelt, nicht mehr. Seine Hand liegt in meinem Nacken, aber nicht fordernd, sondern einladend.

Komm zu mir, wenn du magst. Und wenn du nicht magst, ist das hier mehr als genug für uns beide.

Atemlos unterbreche ich den Kuss. Er blickt forschend in meine Augen, und ich denke, dass jetzt der richtige Moment sein könnte.

»Ich hab dir nicht alles erzählt«, fange ich an.

»Pssst«, sagt er. Sein Zeigefinger auf meinen Lippen, dann noch ein winziger Kuss, und er legt den Arm um mich und zieht mich an sich. Ich kuschle mich in die Umarmung, mein Kopf ruht an seiner Brust. Es fühlt sich gut an, das Ohr dicht bei ihm, sein Herzschlag brandet gegen mich, und ich verliere mich in diesem Moment der Geborgenheit.

»Du kannst mir später alles erzählen«, sagt er.

Wir liegen einfach so da. Seine Nähe heilt mich, und die Gedanken, die in der Nacht so düster auf mich eingestürzt sind, erscheinen mir nun weit fort und fern dieser Wirklichkeit.

Er gibt mir die Geborgenheit. Ich muss sie nur annehmen.

Diese Erkenntnis schmerzt beinahe. Aber sie tut längst nicht so weh wie das, womit ich mich in den letzten Monaten herumgequält habe.

Wir bleiben einige Stunden im Bett liegen. Zwischendurch döse ich ein, denn die schlaflose Nacht fordert ihren Tribut. Jax hält mich einfach in den Armen, und als ich wieder aufwache, ist er da. Mehr brauche ich in diesem Moment nicht. Seine Nähe ist einfach nur wohltuend.

Aber spätestens als wir aufstehen, ist dieses kleine bisschen Mut verschwunden, das ich vorhin noch verspürte. Wieder habe ich ihm nichts von unserem Kind erzählt. Das Geheimnis drückt mich inzwischen noch heftiger nieder als es die frühe Dunkelheit und der eisige Winter tun.

Wir fahren nach Craftsbury und kaufen für das Abendessen mit den Special Agents ein. Bei uns kommt heute Abend das FBI zum Dinner, denke ich und muss kichern. Jax sieht mich von der Seite an, und dann nimmt er einfach meine Hand. Wir halten Händchen, während sein alter Pickup die Straße entlangschlingert. Er kann sehr viel besser bei diesen Witterungsverhältnissen fahren als ich.

Wir kaufen im Supermarkt richtig teure Steaks, Brot, Kräuterbutter und eine Menge frisches Gemüse und Obst ein. Als ich gerade den Wagen mit Nudeln und Reis volllade – ich will ein paar Vorräte anlegen, falls wir mal einschneien – tritt er hinter mich und flüstert: »Weißt du noch, wie ich dein

Lieferjunge war?«
Ich kichere schon wieder.
Natürlich weiß ich das noch. Wie wir erst zwei Stunden später dazu kamen, die Lebensmittel wegzuräumen, weil vorher das Bett lockte ...
»Ich vermisse das«, flüstert er. Ich spüre ihn hinter mir und versteife mich automatisch. Doch seine nächsten Worte nehmen mir die Angst. »Es hat sich viel verändert. Wir brauchen das nicht. Es reicht mir, mit dir zusammen zu sein.«
Ich entspanne mich.
»Danke«, flüstere ich, ohne genau zu wissen, wofür ich mich bedanke. Vielleicht dafür, dass er meine Ängste sieht, aber mir alle Zeit der Welt lässt, bis ich sie verarbeitet habe und mich ihm endlich öffnen kann.
Bald, denke ich. Bald kann ich mich ihm wieder öffnen.
Ich hoffe es so sehr.

Das Essen ist mir gut gelungen, dazu gibt es einen leichten Rotwein, und als Nachtisch serviere ich Vanilleeis mit Beerenkompott. Die Beeren habe ich letzten Sommer gepflückt und eingemacht.
Nach dem Dessert steht Jax auf und hilft mir, den Tisch abzuräumen. Während ich in der Küche Kaffee koche, legt er Holz nach und fragt unsere Gäste, ob sie noch einen Sherry oder einen Whiskey möchten. Special Agent Walker und sein Kollege stecken sich Zigaretten an, die Stimmung ist gelöst, und ich räume das dreckige Geschirr in die Spülmaschine, während die Kaffeemaschine leise vor sich hinblubbert.
»Sind Sie bereit?«, fragt Mr. Walker, als ich das Tablett mit vier Kaffeetassen in das Wohnzimmer trage. Die Männer sitzen auf den beiden Sofas und wirken total entspannt.
Jax nimmt mir das Tablett ab, und ich verteile die Kaffeetassen.
»Für den Prozess, meinen Sie?«, fragt er. »So bereit, wie man nur sein kann.«
»Ist ein großes Ding. Und Sie?« Er sieht mich forschend an, und ich bin froh, dass ich mit den Tassen beschäftigt bin und daher nicht sofort antworten muss.

»Die Zuckerdose fehlt«, murmele ich.
»Ich hole sie schon.« Jax legt die Hand auf meinen Arm. »Setz dich, Liebes.«
Ich sehe ihn nicht an, sondern sinke auf das Sofa neben den zweiten Special Agent. Wie hieß er noch mal? Brown, Burrows, irgendwie sowas.
»Ich bin bereit«, behaupte ich.
»Sie werden zuerst aussagen.«
Ich nicke. Mein Kaffeelöffel klappert, als ich den schwarzen Kaffee umrühre.
»Machen Sie sich keine Sorgen. Die Sicherheitsmaßnahmen sind in Ihrem Fall besonders streng. Kein Gerichtsschreiber im Saal, nur der Richter und die Anwälte. Sie haben nichts zu befürchten.«
Ich blicke Russell Walker an, als wäre er ein Idiot.
»Ich mache mir keine Sorgen«, erkläre ich. »Da ich ohnehin nichts weiß, haben die Leute von Black Swan, die Ihnen letzten Sommer durch die Lappen gingen, von mir nichts zu befürchten. Meine Angst gilt eher Jax.«
»Das brauchst du nicht, Lea.« Er stellt die Zuckerdose auf den Tisch. »Mir wird nichts passieren.«
»Wir passen auf«, fügt Special Agent Brown hinzu. Er schaufelt drei Löffel Zucker in seinen Kaffee und trinkt dann, ohne umzurühren.

Ich sage nicht, dass mich das kein Stück beruhigt, sondern lasse zu, dass die Männer das Thema wechseln.

Eine knappe Stunde später verabschieden sich die beiden Agents, und während ich die letzten Reste des Festmahls aufräume, sitzt Jax in der kleinen Nische im Wohnzimmer, in der unser Computer steht. Die einzige Verbindung zur Außenwelt.

»Lea?«

Ich höre am Klang seiner Stimme, dass irgendwas nicht in Ordnung ist und gehe zu ihm. Er sitzt vor dem Bildschirm und hat eine Nachrichtenseite aufgerufen. Groß und fett prangt über dem Artikel und zwei unscharfen Fotos die Überschrift: *Kronzeugen im Black-Swan-Prozess – bringt dieses Paar das Drogenkartell zu Fall?*

Es sind Fotos von uns beiden. Das eine zeigt mich mit karottenroten Haaren noch zu New Yorker Zeiten, als ich bei Jimmy's Diner gearbeitet habe und Jimmy mich für die Galerie der Mitarbeiter fotografiert hat. Das Foto von Jax ist noch mieser, doch man erkennt ihn sofort, wenn man ihm schon mal begegnet ist. Die Haare sind etwas länger, der Blick leicht verschleiert. Er trägt ein Holzfällerhemd und hat ein Bierglas in der Hand.

»Was ist das?«, frage ich.

»Das«, sagt Jax düster, »ist unser Untergang.«

Wir sind aufgeflogen.

Ich starre immer noch auf das Foto, als Jax' Handy anfängt zu klingeln. Er sieht mich an, dann nimmt er den Anruf an. Die Nummer kennt nur das FBI, darum meldet er sich mit einem knappen »Ja?«

Am anderen Ende der Leitung höre ich eine Stimme, die auf ihn einredet. Vermutlich will derjenige Jax beruhigen, doch das Gegenteil ist der Fall.

»Jetzt hören Sie mir mal zu«, unterbricht er den Anrufer scharf. »Ich weiß nicht, wer diesen Bockmist gebaut hat, aber es geht hier um unser Leben. Um das meiner Verlobten und meins. Wenn Sie uns nicht beschützen können, sollten wir wohl lieber ...«

Die Stimme am anderen Ende der Leitung wird eindringlich. Hektisch. Ich kann mir schon ungefähr vorstellen, was derjenige vorbringt. Es geht immerhin um den Prozess. Bis dahin müssen wir durchhalten. Alles, was danach kommt, ist dem FBI vermutlich herzlich egal.

Jax legt auf, ohne die Antwort abzuwarten.

Er fährt sich müde mit der Hand durchs Gesicht. Dann öffnet er das Handy, entnimmt die SIM-Karte und den Akku und geht in die Küche. Ich folge ihm und sehe schweigend zu, wie er beides in das Spülbecken wirft, in dem ich das Wasser noch nicht abgelassen habe.

»Und jetzt?«, frage ich leise.

»Jetzt retten wir unsere eigene Haut. Und wir machen es auf unsere Art. So wie früher.«

»Das meine ich nicht.« Ich trete zu ihm und lege einen Arm

um seine Taille. Mein Kopf ruht an seinem Rücken, während er nach draußen in die Dunkelheit starrt. »Was wird aus dem Prozess?«

Er zuckt mit den Schultern. Ich spüre seinen Herzschlag und das Spiel seiner Muskeln unter dem hellblauen Hemd. »Ist mir egal«, sagt er.

»Wenn wir Raimund Swan nicht hinter Gitter bringen, wird er uns immer jagen«, sage ich.

Jax löst sich von mir. Er dreht sich zu mir um und nimmt meine Hände. »Lea. Vertraust du mir?«

Ich antworte nicht sofort.

»Ich weiß, die letzten sechs Monate waren hart für dich. Du hast dich hier nie wohlgefühlt, du wolltest nicht hier sein. Trotzdem hast du mitgemacht. Auch wenn es zwischen uns so ... schwierig war.«

Ich weiß, worauf er anspielt.

»Du bist geblieben. Du hast dich für uns entschieden, und dafür bin ich dir unendlich dankbar, denn ohne dich wäre ich hier draußen verrückt geworden. Aber ich hätte dich niemals herbringen dürfen.«

»Jax ...«

»Nein, lass mich ausreden. Du bist unendlich mutig, Lea. Und ich würde es nicht noch einmal von dir verlangen, dass du alles ... ich würde nichts mehr von dir verlangen. Was du auch tust, sollst du aus freien Stücken tun. Ich kann das FBI anrufen und sie holen dich hier raus und bringen dich an einen sicheren Ort. Ich vertraue den Jungs, sie werden sich um dich kümmern. Und ich werde mitgehen, wenn du das willst.«

»Aber?« Ich weiß, dass er das nicht will.

»Es gibt andere Wege«, sagt er. »Ich habe Connections, die uns helfen können. Eddie White zum Beispiel.«

»Meinst du, das wird uns retten?«, frage ich. Mein Herz hämmert in der Brust, und ich habe das Gefühl, keine Luft mehr zu bekommen. Es ist völlig gleichgültig, was in den Artikeln über uns drinsteht. Irgendjemand in Craftsbury wird uns erkennen, und danach sind wir sowas von am Arsch. Dieses Geheimnis wird sich nicht lange genug verbergen lassen.

»Wir können es versuchen.«
»Oder bei dem Versuch sterben.«
Er nimmt meine Hand. »Das lasse ich nicht zu«, sagt er. »Ich werde dich mit meinem Leben verteidigen, hörst du?«
Mein Handy klingelt.
Wir sehen uns an.
»Das FBI?«, fragt Jax.
Ich schaue aufs Display. Zukos Nummer. Ich nicke und drücke ihn weg. Dann öffne ich auch mein Handy und entnehme die SIM und den Akku.
Wir haben eine Entscheidung getroffen. Ohne das FBI. Denn die haben auch nicht verhindert, dass wir plötzlich in allen Zeitungen landauf, landab als die Kronzeugen in einem Prozess gezeigt werden, der erst nächste Woche beginnen soll.

Ich vertraue darauf, dass Jax uns rettet. Dass er einen Plan hat.

Ich vertraue darauf, dass wir überleben werden.

11. Kapitel

»Wie sieht dein Plan aus?«, frage ich ihn.
Er nimmt meine Hand und wir gehen nach oben ins Schlafzimmer. In der Schräge gibt es eine niedrige Tür, die zu einem Kriechboden führt. Diese öffnet er und beginnt, mehrere Taschen herauszuziehen. Staunend sehe ich zu, was er zutage fördert.
Waffen. Bargeld, Pässe, eine Mappe mit Dokumenten, einen ganzen Kasten mit Tonbändern. Ich starre auf die Tonbänder, die er fein säuberlich beschriftet hat.
»Meine Lebensversicherung«, erklärt er. »Gespräche mit Raimund Swan.«
»Was hast du damit vor?«
Wie hat er das Zeug hier zusammentragen können? Wann? Woher ...?
Mir wird schwindelig. Zu viele Fragen auf einmal.
Er zuckt mit den Schultern. »Zu ihm gehen?«
Aus einer Tasche holt er ein Dutzend billige Wegwerfhandys. Er reißt eine Verpackung auf, legt eine neue SIM-Karte ein und wählt aus dem Gedächtnis eine Handynummer.
»Eddie? Hast du's gesehen? Ja. Wir sind unterwegs. Plan B. Ich melde mich.«
Er legt auf, holt die Karte wieder aus dem Handy und steckt beides ein.
Ich starre ungläubig auf die vielen Sachen, die er heimlich gebunkert hat. Allein das Bargeld!
»Wie viel ist das?«, frage ich.
Er zuckt mit den Schultern. »Hoffentlich genug. Ich habe das Haus in Brooklyn verkauft.«
Schade um das wunderschöne Haus, denke ich. *Das habe ich sehr gemocht, und irgendwie wohl immer gehofft, wir könnten noch mal dorthin zurückkehren.*
»Was hast du für einen Plan?«, frage ich.
»Okay, der Plan.« Er hört auf, in den Taschen zu wühlen und richtet sich auf. In der einen Hand hält er eine Schachtel

mit Patronen, in der anderen eine kleine, schlanke Waffe. Er lädt das Magazin, während er spricht.

»Der Plan sieht vor, dass wir uns mit Eddie treffen. Es gibt drei oder vier verschiedene Fluchtwege, aber letzten Endes laufen sie alle auf ein Ziel hinaus.«

»Argentinien«, flüstere ich.

»Genau, Argentinien.« Er grinst. Ich erinnere mich noch genau, wie wir das erste Mal über Argentinien gesprochen haben. Es war in meiner Wohnung in L.A., an einem jener seltenen Morgen, wenn er über Nacht blieb und wir gemeinsam frühstückten.

»Ich habe alles vorbereitet. Wir müssen uns nur noch mit Eddie treffen. Pack deine Sachen, und in achtundvierzig Stunden sind wir in Sicherheit.«

Es klingt zu schön, um wahr zu sein. Ich hole eine Reisetasche aus dem Schrank und beginne, unsere Sachen zu packen. Achtundvierzig Stunden – das schaffen wir! Ich bin überzeugt, dass wir überleben werden.

»Nimm nur das nötigste mit. Und hier, die ist für dich.« Jax gibt mir die kleine Waffe. Ich halte sie kurz in der Hand, dann entsichere ich sie. Die Pistole ist wie für mich gemacht.

Er hat inzwischen seine Pistole ebenfalls geladen und steckt sie hinten in den Bund seiner Jeans. Ich folge seinem Beispiel, werfe noch ein paar Dinge in die Tasche und schließe den Reißverschluss.

»Wir brauchen ein anderes Auto«, sage ich.

»Wir nehmen fürs Erste dein Auto.«

»Okay.«

Er hat unsere Flucht so akribisch geplant, dass ich ihn nicht extra darauf hinweisen muss, dass vermutlich unsere beiden Wagen spätestens morgen auf allen Fahndungslisten stehen werden.

Wir verlassen das Haus, schließen aber nicht ab und lassen das Licht im Wohnzimmer brennen. Den Schlüssel legt Jax unter die Fußmatte. Dann laden wir alles in den Kofferraum meines Wagens. Er setzt sich hinters Steuer.

»Eins möchte ich dir noch sagen, bevor wir verschwinden.«

Jax hat den Motor bereits gestartet, und die Heizung bläst

warme Luft ins Wageninnere. Ich lege die Hand auf seinen Arm.

»Du brauchst nichts zu sagen«, widerspricht er.

»Doch.« Ich atme tief durch. »Als ich das letzte Mal ... Als ich geflohen bin, aus L.A. ... Jax, ich war damals schwanger. Ich habe es erst gemerkt, als ich schon unterwegs war. Als ich nicht mehr zurück konnte. Ich ... ich hab mich auf dieses Kind gefreut, weil ich dachte, dass mir so wenigstens etwas von dir bleibt ...«

Seine Hände halten das Lenkrad so fest umklammert, dass die Knöchel weiß hervortreten. Der Scheibenwischer schiebt schwerfällig die Schneemassen von der Windschutzscheibe, doch er starrt einfach nur ins Leere.

»Ich habe es verloren«, sage ich lahm. »Es ... ist einfach so passiert.«

Plötzlich sind wir beide ganz still. Ich spüre nichts; ich habe alles gesagt, was mir das Herz niederdrückte. Ich wünsche mir, Jax könnte jetzt meine Hand nehmen und irgendwas Tröstendes sagen. Doch er starrt weiter geradeaus, er sagt keinen Ton. Ich rutsche auf dem Beifahrersitz herum und versuche, irgendwie seine Stimmung zu erspüren. Was empfindet er? Hass? Wut? Trauer?

Empfindet er überhaupt etwas? Oder ist diese Fehlgeburt für ihn so unwirklich, dass er sie rasch beiseite schieben kann?

Er löst die Handbremse, lenkt den Wagen rückwärts aus der Einfahrt und fährt viel zu schnell die abschüssige, schmale Zufahrt zu unserem Haus runter. Ich klammere mich an dem Haltegriff fest. Das Schneegestöber wird immer heftiger, man kann keine zehn Meter weit gucken. Aber Jax rast weiter, und als ich ihn von der Seite ansehe, ist seine Miene wie versteinert.

Wut. Ich sehe sie, ich spüre sie. Wie eine Mauer, die er rings um sich hochgezogen hat.

Vermutlich habe ich es nicht anders verdient. Ich hatte ein Geheimnis vor ihm. Und ich offenbare es ihm erst in einer Situation, in der keine Zeit war, um darüber zu reden. Oder innezuhalten und zu trauern.

Vielleicht will er mich auch gar nicht mehr bei sich haben,

weil ich sein Kind verloren habe. Weil ich es ihm verschwiegen habe und erst jetzt damit um die Ecke komme. Immerhin kann er mich unmöglich jetzt zurücklassen. Wir sind gemeinsam auf der Flucht. Und ausgerechnet in diesem Moment will ich mein Gewissen erleichtern.

Als der Wagen durch ein Schlagloch holpert, stoße ich mir schmerzhaft den Ellbogen an der Tür. Aber ich beiße die Zähne zusammen und sage nichts. Jax rast weiter.

Vielleicht haben wir uns einfach alles gesagt.

»Hast du einen Traum?«

Ich spürte ihn in der Dunkelheit lächeln. »Ich lebe meinen Traum«, flüsterte er.

»Blödmann.« Ich versetzte ihm spielerisch einen kleinen Stoß in die Rippen.

Wir lagen im Bett. Erschöpft vom Sex, trunken vor Glück, weil er bei mir war. Irgendwo im Haus surrte die große Klimaanlage, draußen heulten Polizeisirenen. Seit Wochen herrschte eine Hitzewelle, die ganze Stadt ächzte darunter. Aber in meinem Apartment war es so kühl, dass ich die Decke bis an die Nasenspitze zog und trotzdem fröstelte. Ich liebte das Gefühl von getrocknetem Schweiß auf kühler Haut. Gleich würden wir heiß duschen und danach etwas kochen. Es war einer dieser Abende, an denen wir einfach nur ein Paar waren. An denen es nichts gab, das uns außerhalb dieser vier Wände beunruhigen sollte.

»Ich habe mehr als einen Traum. Aber der eine große Traum ... Ich wollte mal auswandern. Nach Argentinien.«

Ich riss überrascht die Augen auf. »Argentinien! Warum ausgerechnet dorthin?«

Er lachte und richtete sich etwas auf. Das Laken rutschte nach unten und entblößte seinen muskulösen, gebräunten Oberkörper. Ich bekam schon wieder Lust auf ihn und kuschelte mich an ihn. Meine Hand begab sich auf Wanderschaft.

»Daran ist mein großer Bruder schuld.«

»Du hast einen großen Bruder?« Er erzählte selten von seiner Familie, und ich fragte ihn auch nicht. Meine Familie

war schon schlimm genug. Wenn er über seine nicht sprechen wollte, so dachte ich, war sie vielleicht genauso indiskutabel.
»Ja, stell dir vor. Ich habe auch einen Vater, eine Mutter, zwei große Schwestern und einen Haufen Cousins und Cousinen.« Er streichelte mein Haar, und ich schloss wohlig schnurrend die Augen. »Irgendwann will ich mal einen ganzen Stall voll Kinder.«
»Argentinien«, erinnerte ich ihn. Kinder waren für mich gerade kein Thema.
»Ja, Argentinien. Ich war sechs oder sieben, als mein großer Bruder Thomas mir erzählt hat, wie die Gauchos leben. Dass sie den ganzen Tag draußen sind, Rinder treiben und abends ein riesiges Grillfest veranstalten, bei dem jeder so viel Fleisch essen kann wie er mag.« Jax lachte. »Für mich das Paradies! Ich war immer draußen, und Fleisch aß ich für mein Leben gern. Meine Mutter ist zu der Zeit an mir förmlich verzweifelt, weil ich kein Obst, kein Gemüse, nicht mal Brot mochte. Fleisch, Fleisch, Fleisch. Ich glaubte, ich sei ein kleiner Gaucho. Eine Zeitlang habe ich sogar versucht, ihnen einzureden, dass ich nicht ihr Kind war, sondern dass sie mich adoptiert hatten.«
»Du meine Güte.« Ich kicherte.
»Meine Mutter fand das nicht so witzig, glaube ich. Sie war sogar ziemlich verletzt, aber mit einem Sechsjährigen konnte man ja über solche Dinge noch nicht diskutieren. Sie schenkte mir aber einen Reiseführer über Argentinien, den sie bei einem Bücherbasar gefunden hatte. Mit dem habe ich mir das Lesen beigebracht. Und als mein Vater verschwand, glaubte ich lange Zeit, er wäre in Argentinien untergetaucht. Es hat lange gedauert, bis ich akzeptiert habe, dass er tot war.«
»Woran starb er?«, fragte ich.
»Er stand auf der falschen Seite. Er war Polizist und geriet bei einer Drogenrazzia in die Schusslinie. Das war's dann. Meine Mom stand danach mit vier Kindern alleine da, und die Pension war nicht gerade üppig.«
»Das tut mir leid.«
Ich spürte, wie Jax das Thema unbehaglich war.
»Jedenfalls habe ich mir danach geschworen, nicht zu

werden wie er. Ich glaube, das ist mir auch gelungen.«
Er klang seltsam gedämpft. Ich verstand ihn. Es war ein weiter Weg vom Sohn eines Polizisten zum ersten Mann in einem großen Drogenkartell.
»Argentinien blieb mein Traum. Ich habe schon als kleiner Junge angefangen zu sparen. Jeden Cent habe ich in ein Sparschwein gesteckt. Als ich mit sechzehn von zu Hause weglief, habe ich mich Black Swan angeschlossen. Ich stieg schnell auf, weil ich wusste, wie der Hase läuft. Ein bisschen war es so, als hätte sich das Wissen und die Erfahrung meines Dads auf mich übertragen. Nur dass ich all das eben benutzte, um andere Menschen zu manipulieren und mich nach oben zu pushen.«
»Und dein Traum von Argentinien?«
Er schwieg einen Moment, und ich dachte schon, dass ich keine Antwort mehr bekommen würde. Doch dann sagte er: »Argentinien soll kein Traum bleiben. Wenn das alles hinter uns liegt – dann lass uns dorthin fahren. Vielleicht für immer. Mich hält hier nichts.«
Ich richtete mich auf. »Wir können vielleicht nie zurück«, gab ich zu bedenken.
»Ja und? Meinst du denn, ich möchte irgendwo sein, wo du nicht bist?«
So deutlich hatte er das noch nie gesagt. Ich beugte mich vor, umschloss sein Gesicht mit beiden Händen und küsste ihn. Er hielt meine Hände fest, und aus dem zärtlichen Kuss wurde ein leidenschaftlicher – und sehr bald viel mehr.
Danach schliefen wir dicht aneinandergeschmiegt ein. Und ich träumte das erste Mal von Argentinien ...

Nach zehn Minuten biegt Jax auf den Highway ein und gibt Gas. Erst auf dieser geräumten Straße entspannt er sich etwas. Doch er schweigt mich immer noch an.
»Jax?«
Er wirft mir einen knappen Seitenblick zu.
»Es tut mir leid«, versuche ich es. »Dass ich dir nicht früher davon erzählt habe.«
»Nicht jetzt.«

»Aber ...«

Er steigt voll auf die Bremse, und ich werde nach vorne geschleudert und kann mich gerade noch mit der Hand am Armaturenbrett abstützen. Der Wagen schlingert auf den Seitenstreifen und kommt zum Stehen.

»Bitte, Lea.« Er hält mit beiden Händen das Lenkrad umklammert und sieht mich nicht an. »Ich kann mir nicht Gedanken über unsere Flucht *und* unser Kind machen. Wir müssen zuerst Eddie treffen. Danach können wir darüber reden. Vorher nicht.«

Ich nicke. »Okay«, flüstere ich. Er hat ja recht. Es war unfair und egoistisch von mir, ausgerechnet in der Situation damit anzufangen, als wir fliehen wollten.

»In der Tasche hinter meinem Sitz ist noch ein Wegwerfhandy. Schick Eddie eine SMS.«

Ich beuge mich nach hinten. Meine Finger sind eiskalt, obwohl die Autoheizung volle Pulle bollert. Ich werfe die dicke Strickmütze auf den Rücksitz und angle die Verpackung mit dem Handy aus der Sporttasche, die Jax dort deponiert hat.

Er nennt mir aus dem Gedächtnis Eddies Telefonnummer, während er blinkt und wieder auf den völlig leeren Highway fährt. Ich tippe die Nummer ein und warte auf die Nachricht.

»Schreib ihm, dass wir Plan 3 nehmen.«

»Erzählst du mir, was Plan 3 ist?«, frage ich, während ich tippe.

»Wir treffen uns mit ihm in einem bestimmten Motel in der Nähe von Boston. Er besorgt die Flugtickets und organisiert alles, was für eine Flucht nötig ist.«

»Okay.« Ich schicke die SMS ab. Keine Minute später piept das Handy. »Er schreibt Code Black.«

Jax flucht.

»Was heißt Code Black?«

»Das heißt, dass er uns nicht helfen wird. Er wird nicht kommen. Keine Flugtickets, nichts.«

Wir fahren weiter.

»Wir haben die gefälschten Pässe«, sage ich.

»Ja, schon.« Er trifft eine Entscheidung. »Wir wechseln das Auto und suchen uns einen Ort zum Schlafen. Morgen sehen wir weiter. Ich muss nachdenken.«

»Okay ...« Mit dem Handy in der Hand sitze ich einfach neben ihm, während er fährt. Er hat einen Plan? Mir bleibt wohl nichts anderes übrig, als diesem Plan zu vertrauen. Wie auch immer er aussehen mag.

Eine Stunde später finden wir ein Motel am Highway. Wie viele Motels ich im Laufe der letzten zwei Jahre schon gesehen habe, wenn ich unterwegs war, kann ich gar nicht mehr so genau sagen. Auch hier gibt es gegenüber einen Supermarkt, es gibt eine Tankstelle und einen Diner.

Wir mieten ein Zimmer für die Nacht, das erstaunlich hübsch und sauber ist. Wir tragen unsere Reisetaschen rein, und ich richte uns ein, während Jax rüber zum Supermarkt läuft. Als er wiederkommt, liege ich angezogen auf einem der beiden Betten. Mir ist kalt.

Er stellt drei Plastiktüten auf den kleinen Schreibtisch und packt aus: Coladosen räumt er in den Kühlschrank, dazu hat er ein paar eingeschweißte Sandwichs und eine Packung Haarfärbemittel.

»Ist es wieder soweit?«, versuche ich mich an einem Scherz und richte mich auf.

»Ja, leider. Also, wenn das für dich okay ist ...«

Meine Haare sind gerade erst wieder etwas nachgewachsen.

»Eine Perücke hätte es nicht getan?«

»Hatten sie leider nicht.«

»Das wäre doch mal eine Marktlücke. Supermärkte neben Motels, in denen Leute auf der Flucht absteigen, können Perücken und Schnurrbärte zum Ankleben verkaufen.«

Jax grinst. Er hebt die Packung hoch. »Ist schwarz okay?«

»Allemal besser als karottenrot.«

»Das dachte ich mir auch. Hast du Hunger?«

Ich nicke, obwohl mein Magen wie zugeschnürt ist. Jax gibt mir ein Sandwich mit Roastbeef und Remoulade und eine Dose Diätcola. Ich setze mich auf und klopfe einladend neben mir auf die Matratze.

Wir schalten beim Essen den Fernseher durch. Jax tut so, als würde ihn das Programm nerven, aber ich vermute, dass er wissen will, ob irgendwo über uns berichtet wird. Wir bleiben bei einem lokalen Nachrichtensender hängen, der aber auch nichts über uns bringt.

Er sitzt dicht neben mir, sein Bein berührt meins. Ich lehne den Kopf an seine Schulter, und er streichelt meine Wange.

»Hey«, sagt er.

»Hey.« Meine Stimme klingt rau. »Willst du jetzt reden? Oder willst du erst den neuen Plan ...«

Er kaut, spült den Bissen mit einem Schluck Coke runter und stellt die Dose auf den Nachttisch, bevor er antwortet.

»Wir haben zwei Möglichkeiten«, sagt er.

»Okay ...«

»Das Problem ist, wofür Code Black steht. Code Black heißt nämlich, dass Eddie *White* nicht länger für mich arbeitet. Das FBI hat ihn oder Black Swan. Er hat Familie, das macht ihn erpressbar. Ich habe ihm immer gesagt, wenn es zu brenzlig wird, kann er aus der Sache raus. Aber jetzt brauchen wir einen Plan B. Das Problem sind vor allem unsere Pässe.«

»Warum?«

»Wenn das FBI mit drinhängt und wenn er auspackt, weil er keine andere Möglichkeit sieht, seine eigene Haut zu retten, wissen sie auch, wer wir mit den neuen Pässen sind. Wir können keine Flüge buchen, ohne dass irgendwo beim FBI alle Alarmglocken losschrillen und sie sofort ihre Leute an den Flughäfen postieren.«

»Aber ihr habt doch für so einen Fall sicher vorgesorgt?«

Er schüttelt den Kopf. »Leider nicht. Dafür blieb keine Zeit, bevor wir in den Zeugenschutz gegangen sind.«

»Und was machen wir jetzt?«

»Wie gesagt: Wir haben zwei Möglichkeiten. Mir gefällt keine, darum sollst du entscheiden. Das ist nur fair, immerhin wurdest du von mir in die Sache reingezogen.«

Ich erinnere ihn nicht daran, dass er im Grunde dasselbe macht wie ich vor einem Jahr. Und dass damals ihm dasselbe hätte passieren können wie jetzt mir. Nur mit dem Unterschied, dass ich keine Vorkehrungen hätte treffen können.

»Erstens: Wir ziehen den Schwanz ein und rufen Zuko an. Dann bringt das FBI uns in ein Safe House und wir können nur

hoffen, dass es so sicher ist, wie wir uns das erhoffen.«
Das gefällt mir nicht. Zu viele Unwägbarkeiten.
»Zweitens: wir bitten deinen Bruder um Hilfe.«
»Nein.«
»Bitte hör mir erst zu, Lea.«
»Nein!« Ich springe vom Bett auf. »Du kannst nicht allen Ernstes glauben, dass er eine Alternative ist! Was haben wir denn, womit er ...«
Und da fällt es mir ein.
Wir haben etwas, das er will. Etwas, das ihm die Macht über Raimund Swan gibt.
»Deine Tonbänder.«
»Meine Tonbänder«, bestätigt Jax. »Sie sind in mehr als einer Hinsicht unsere Lebensversicherung.«
»Aber ...«
»Ich kann dich zu nichts zwingen. Es gibt auch noch eine dritte Möglichkeit. Wir können darauf hoffen, dass Eddie nicht alles ans FBI verraten hat und wir mit den gefälschten Pässen außer Landes kommen. Dann würden wir einfach morgen Früh zum Flughafen fahren, zwei Tickets kaufen und, keine Ahnung, erstmal nach Kolumbien oder Panama fliegen und von dort weiter nach Argentinien.«
»Aber du sagst selbst, dass es zu gefährlich ist. Dass Code Black für Eddies Verrat steht.«
»Das ist richtig.«
Ich kaue auf der Unterlippe rum. »Was ist für dich wahrscheinlicher?«, frage ich. »Hat er uns ans FBI oder an Black Swan verraten?«
Jax pustete die Backen auf. »Eddie hasst Black Swan mindestens so sehr wie du und ich. Er hat in den letzten achtzehn Monaten alles getan, um sie zu Fall zu bringen. Dazu gehörte auch, dass er mir geholfen hat. Und er hilft mir auch jetzt noch, indem er uns warnt. Aber jeder Mensch hat Grenzen. Andererseits ist unsere Flucht so rasch erfolgt, dass Black Swan noch gar keine Verbindung zu ihm hergestellt haben kann, wenn sie ihn nicht vorher schon im Visier hatten.«
»Du glaubst also, er kooperiert mit dem FBI. Oder tut so, während er versucht, uns zu warnen.«

»Das vermute ich, ja.«
Damit ist Möglichkeit drei aus dem Rennen. Und Nummer eins auch, denn ich kann mir nicht vorstellen, mich noch einmal aufs FBI zu verlassen. Bei denen scheint ja ein richtiger Saustall zu sein, wenn eine Woche vor Prozessauftakt die Kronzeugen enttarnt werden ...

»Ich muss nachdenken«, sage ich, schnappe mir die Packung mit dem Haarfärbemittel und geh ins Bad. Die Tür lasse ich angelehnt. Der Fernseher läuft weiter, und ich höre, wie Jax hin und her tigert.

Ich lese mir die Packungsanleitung durch. Dann dusche ich, wasche die Haare und beginne, sie schwarz zu färben.

Die zweite Möglichkeit widerstrebt mir am meisten von allen. Ich will keinen Deal mit Dean machen, selbst wenn das unsere beste Chance ist. Ein Pakt mit dem Teufel, sollte ich wohl lieber sagen. Ich habe in den letzten sechs Monaten nichts von Juno gehört. Regelmäßig surfe ich auf lokalen Nachrichtenseiten aus Los Angeles und suche nach neuen Beweisen für die Abscheulichkeit meines Bruders. Aber da ist nichts. Keine Nutten in Müllcontainern, kaum mehr Drogenkriminalität. Man könnte meinen, er habe sich aus dem Geschäft zurückgezogen.

Oder er kontrolliert die Stadt inzwischen so effektiv, dass er auch das LAPD in der Tasche hat. Das kann ich nicht ausschließen. Die Bullen in der Stadt der Engel waren immer schon korrupt.

Dean könnte uns vermutlich nicht nur in kürzester Zeit neue Papiere beschaffen, sondern er hat auch Verbindungen nach Mexiko. Wir könnten dort die Grenze überqueren und von mexikanischem Boden aus nach Argentinien fliegen. Es klingt fast zu schön, um wahr zu sein.

Der Haken ist: Alles hat seinen Preis. Auch Deans Hilfe. Und ich glaube nicht, dass er sich mit Jax' Tonbändern allein zufriedengeben wird.

Während die Farbe einwirkt, sitze ich auf dem Rand der Badewanne. Ich denke an Juno und ihren kleinen, süßen Sohn. Inzwischen ist er ein Dreivierteljahr alt.

Wenn wir uns auf Dean einlassen, könnte ich die beiden

noch mal sehen. Vielleicht, denke ich, wenn ich ganz viel Glück habe, ergibt sich auch ein letztes Treffen mit meinem Vater und Charlotte. Aber vermutlich erkennt er mich schon gar nicht mehr. Es ist anderthalb Jahre her, seit ich zuletzt bei ihm war, und inzwischen wird seine Demenz noch weiter fortgeschritten sein.

So wenig mir also diese Möglichkeit behagt, sie bietet auch eine Chance. Ich könnte Juno fragen, ob sie mitkommen will. Und was spricht dagegen, sie und Gabriel mitzunehmen?

»Alles okay da drin?« Jax klopft an die Badezimmertür.

»Nein.« Ich weiß, wie jämmerlich ich klinge, aber im Moment kann ich nicht stark sein.

Er kommt rein, und während ich wieder auf dem Badewannenrand Platz nehme, steht er mit dem Rücken gegen die Tür gelehnt. Es ist sehr eng, aber er bleibt auf Abstand. Als wüsste er, dass ich gerade nicht so viel Nähe vertrage.

»Und?«, fragt er leise.

»Was denkst du?«

Er zuckt mit den Schultern. »Wenn ich wählen sollte, würde ich deinen Bruder fragen. Es geht nicht darum, was uns am besten gefällt, sondern darum, wie wir sicher außer Landes gelangen.«

»Er wird mehr wollen.«

»Das fürchte ich auch. Wir müssen wissen, was genau er will, bevor du bei ihm anrufst.«

»Ich ...?«

»Ja, du.« Er nickt ernst. »Mit mir wird er nicht sprechen. Aber er glaubt, dass du etwas hast, das er gern haben möchte.«

»Sein Geständnis.«

Das ich allerdings längst Juno übergeben habe. Nur eine Kopie liegt noch bei meinem Anwalt, und er hat Anweisung, sie im Falle meines Ablebens nicht mehr gegen Dean zu verwenden. Das kann er meinetwegen gerne haben. Aber er wird auch das Originaltonband wollen, und das kann ich ihm nicht geben.

Das sage ich Jax. Er sieht mich ernst an, sagt aber nichts. Ich hätte erwartet, dass er flucht und schreit, dass er tobt und mich beschimpft. Doch er denkt nur einen Moment nach und nickt dann, als wäre auch das kein unüberwindliches Hindernis. Er zieht ein Handy aus der Hosentasche, wählt aus dem Gedächtnis eine Nummer und hält es mir hin.

»Dean?«, forme ich mit den Lippen, da höre ich schon die Stimme meines Bruders aus dem Lautsprecher.

Ich nehme das Handy ans Ohr und drehe mich von Jax weg. Er verlässt das Bad.

»Hi, ich bin's. Lea.«

Einen Moment bleibt es still. Dann höre ich meinen Bruder fluchen. Ich halte das Handy vom Ohr weg, während er mich wüst beschimpft.

»Du Schlampe. Wagst es, mich nach so langer Zeit anzurufen? Was glaubst du, wer du bist? Glaubst du, ich weiß nicht, was du machst? Wie du meine Frau gegen mich aufbringst? Verschwinde, du dreckiges Stück Scheiße. Du hast es nicht verdient, Teil unserer Familie zu sein.«

Als er eine Pause macht, nehme ich all meinen Mut zusammen.

»Ich brauche dich, Dean. Bitte, hilf mir.«

Danach ist er still. Ich atme durch und fange an zu sprechen.

12. Kapitel

Etwa zehn Minuten später komme ich aus dem Badezimmer. Ich lege das Handy auf den Tisch, starre an Jax vorbei zum Fernseher, wo gerade der Wetterbericht vor weiteren Schneefällen warnt.

»In drei Tagen in L.A.«, sage ich nur.

»Dann hilft er uns?«

Ich zucke mit den Schultern, denn das weiß ich nicht, ehrlich gesagt. Gut möglich, dass Dean mir nur Lügen aufgetischt hat, so wie ich ihm meine Lügen serviert habe. Mit dem letzten Satz hat er mir einen empfindlichen Schlag versetzt. »Du wirst Juno nicht sehen.« Danach hat er aufgelegt.

Er weiß, dass es mir nicht nur um unsere Rettung geht, sondern auch um Juno. Er weiß es ganz genau und hat es gegen mich verwendet.

Ich falle aufs Bett. Die gefärbten Haare habe ich in ein Handtuch gewickelt, bis ich die Farbreste auswaschen kann.

»Was hat er noch gesagt?«

Ich schüttle den Kopf, wende mich von Jax ab und rolle mich zu einem kleinen Menschenbündel zusammen. »Nichts«, lüge ich. Was bringt es schon, wenn ich Jax erzähle, wie übel mein Bruder mich beschimpft hat? Wie er mir gedroht hat, dass der kleinste Fehler reicht, damit er sich an Juno rächt?

Er hat uns in der Hand. Vor allem mich, denn ich würde niemals etwas tun, das Chrissas kleine Schwester in Gefahr bringt. So gut kennt Dean mich inzwischen.

»Komm, ich helfe dir mit den Haaren.« Jax hilft mir auf. Ich lasse mich von ihm ins Bad führen, wo er mir über der Wanne die überschüssige Farbe auswäscht. »Schneiden?«, fragt er, und ich nicke ergeben. Warum nicht ... Meine Haare sind im Moment wirklich mein geringstes Problem.

Ich mag, wie seine Hand durch mein Haar fährt. Er drückt das überschüssige Wasser heraus und ich setze mich wieder auf den Badewannenrand. Als er beginnt zu schneiden, spüre ich seine Finger im Nacken, wie sie eine Strähne nach der nächsten aufnehmen, ehe er sie abschneidet. Fast ehrfürchtig.

Sein Atem streift meinen Hals, und ich spüre ein Kribbeln, das irgendwo in meinem Unterleib erwacht.

Verrückt. Kaum sind wir in größter Gefahr, will ich mit ihm Sex haben. Wilden, hemmungslosen Sex bis an die Schmerzgrenze, als könnte ich mich dann besser spüren. Als bräuchte ich ihn, um mich lebendig zu fühlen und das alles durchzustehen.

Ich weiß inzwischen, wie zerstörerisch unsere Beziehung ist, wenn ich diese Art von Nähe zulasse. Doch das ändert nichts daran, dass ich es genauso will. Sex mit Jax war immer schon eine Gratwanderung, ein Ritt auf der Rasierklinge, getrieben von dem Wunsch, mich zu spüren.

Geht es auch anders?

Ich halte die Luft an, als er beginnt, meinen Nacken zu küssen. Es *fühlt* sich auf jeden Fall anders an.

»Jax ...«

Sofort hört er auf. »Schon gut«, murmelt er und schnippelt weiter an meinen Haaren.

Ich bin enttäuscht. Wir haben eine schwierige Zeit hinter uns, und auch jetzt ist nicht alles eitel Sonnenschein. Es wird noch eine ganze Weile dauern, bis wir wieder irgendwo sind, wo ich das Gefühl habe, wirklich *sicher* zu sein. Wo ich mich vollends fallen lassen kann.

Ich drehe mich halb zu ihm um und nehme seine Hand. Behutsam entwinde ich ihm die Nagelschere, mit der er meine Haare schneidet, und lege sie auf den Wannenrand. Dann küsse ich seine Handfläche. »Es ist nicht wegen dir«, flüstere ich. »Es ist nur die Angst.«

»Du verlierst kein zweites Mal ein Baby. Diesmal bin ich da und passe auf dich auf.«

In diesem Moment spüre ich, wie sich etwas in mir löst. Nicht wie es bricht, sondern wie es einfach ganz langsam davongeschwemmt wird. Wie es sich erst lockert, wie dann einzelne Teile dieser Verkrustung abbrechen und dann ... einfach fort.

Er macht mich wieder heil.

Ein Kuss reicht nicht, auch nicht eine einzelne, zärtliche Berührung. Aber alles, was in mir in den letzten Monaten und

Jahren kaputtging, alles, was ich unter einem dicken Panzer aus Zuversicht, Härte und Kampf verborgen hielt, tritt in diesem Moment offen zutage. Ich merke erst, dass ich weine, als Jax mich auf den Arm nimmt und ins Schlafzimmer trägt. Dort setzt er sich auf die Bettkante, ich sitze auf seinem Schoß und er wiegt mich wie ein kleines Kind.

»Hey«, flüstert er, »hey ...« Und immer wieder summt er leise, er summt eine Melodie, die ich nicht zuordnen kann, die jedoch mein Herz berührt und mich ganz weich werden lässt.

Ich gestatte ihm, mich in dieser verletzlichen Situation zu sehen. Mich zu trösten.

Zugleich erlaube ich mir, schwach zu sein. Ich bin nicht die toughe Frau, die den Verlust ihrer Familie, ihres Weltbilds, ihres Kinds und ihrer Liebe einfach so wegsteckt. Die weiter funktioniert, weil sie glaubt, wenn man nur lange genug funktioniert, wird irgendwann alles gut. Meine Stärke hat mich unendlich viel Kraft gekostet, und in dieser Nacht in einem Motelzimmer an der Interstate 95, in der ich endlich all die Bastionen niederreiße, die mich von Jax ferngehalten haben, verstehe ich, was es heißt, zu leben.

Denn erst jetzt fühle ich mich wieder *lebendig*. Als hätte ich in einem Dornröschenschlaf gelegen, aus dem er mich sanft wachgeküsst hat.

»Es tut mir leid«, flüstere ich an seinem Hals.

»Das braucht es nicht«, versichert er mir. Und ich glaube ihm, weil alles andere keinen Sinn ergibt. Ich kann ihm vertrauen. Wem, wenn nicht ihm?

Erst nachdem meine Tränen versiegt sind, lässt er mich von seinem Schoß rutschen. Ich sitze neben ihm auf der Bettkante, heule und lache und weiß gar nicht, wohin mit mir vor lauter Lebendigkeit.

»Du hast mir die Haare nicht fertig geschnitten.«

Er hebt eine etwas längere Strähne hoch. »Dann kümmern wir uns erst um deine Haare und dann um den Rest, okay?«

Ich schniefe und nicke. Im Badezimmer nehme ich wieder auf dem Wannenrand Platz, während Jax sich auf den Boden kniet und die restlichen Haare kürzt. Zehn Minuten später habe ich einen modischen, kinnlangen Bob, etwas fransig, aber ganz

okay. Ich erkenne mich selbst kaum wieder, als ich in den Spiegel schaue. Während ich meine Haare föne, rasiert Jax seinen Schädel kahl. Ich muss mich abwenden. Seine wunderschönen Haare, einfach weg! Aber ich weiß, dass es so besser ist. Haare können nachwachsen. Gefühle offenbar auch. Oder sie waren nie verschwunden. Wir legen uns danach ins Bett, kuscheln uns aneinander und löschen das Licht. Ein paar Minuten liegen wir im Dunkeln, ohne dass einer von uns etwas sagt. Schließlich fängt Jax an.
»Ich habe Familie in New Orleans.«
Ich halte die Luft an. Natürlich hat er Familie. Jeder hat Familie. Er hat mir schon einmal von ihnen erzählt, aber damals hatte ich nichts davon hören wollen. Von seinem Dad bei der Polizei, von seiner Mom, die ihn und seine Geschwister allein großzog.
»Mein Vater starb im Kugelhagel, und meine Mutter hat uns allein großgezogen. Als ich auf die schiefe Bahn geriet, hat sie mich gewarnt. Sie hat mir gedroht, dass sie mich nicht mehr kennt, wenn ich eines Tages im Knast sitze. Dass es soweit kommt, stand für sie außer Frage. Aber ich habe weitergemacht. Immer weiter. Ich habe schlimme Dinge getan. Raub, Totschlag, einmal ein Mord. Heute tröstet es mich nicht, dass er's verdient hat, weil er ein Scheißkerl war, der Frauen misshandelte und sich auf ihre Kosten bereichert hat. Mein Motiv galt damals nicht den Frauen, sondern seiner Macht, die drohte, Black Swan zu unterwandern. Ich habe damals aus den falschen Gründen getötet.«
»Ich habe auch getötet«, wende ich ein.
»Das ist etwas anderes«, erklärt Jax ernst. »Du hast dich gewehrt. Du hattest jedes Recht, Marcus zu töten. Hätte ich schon vorher die Wahrheit gekannt ...«
Er verstummt. Ich weiß, was er sagen will, und wieder ist da dieses Gefühl von Unzulänglichkeit. Wenn ich nicht mal ihm damals vertrauen konnte – welchen Wert hatte unsere Liebe dann?
Hättest du die Wahrheit gekannt – hättest du dann an meiner Seite gestanden? Unverbrüchlich? Du hättest dich

damit gegen Swan aufgelehnt, vielleicht auch gegen das FBI. Wir wären schon viel länger auf uns allein gestellt auf der Flucht. Vielleicht wäre einer von uns dabei umgekommen. Oder wir wären beide tot ...

Niemand kann im Nachhinein sagen, was die Vergangenheit gebracht hätte, wenn sie nur anders verlaufen wäre. Es ist müßig, sich darüber jetzt den Kopf zu zerbrechen.

»Hätte ich gewusst, dass du schwanger warst, hätte ich dich nicht so schnell aufgegeben.«

»Du hast mich nicht aufgegeben ...«

Seine Arme drücken mich fester an seine Brust. »Doch«, widerspricht er. Seine Stimme klingt seltsam. Als ich versuche, mich zu ihm umzudrehen, hält er mich fest, hindert mich daran, in seine Augen zu blicken. »Für mich warst du damals Familie, und als du verschwunden bist, dachte ich, du wärst wie meine Mutter und hättest dich von mir abgewendet, weil du gesehen hast, wer ich *wirklich* bin. Dass in mir das Monster schlummert, das ich dir nie zeigen wollte.«

Seine Hand streichelt meine Hüfte, meinen Bauch. Ich seufze und kuschle mich noch mehr an ihn. Langsam verstehe ich, was er macht. Er bittet mich um Verzeihung. Aber nicht nur das – er versucht auch, die abgerissene Verbindung zwischen uns wiederherzustellen. Das Fremde, das uns die letzten Wochen und Monate gelähmt hat, versucht er, mit Worten zu vertreiben. Wie ein Vater, der so lange mit der Taschenlampe unter das Bett leuchtet, bis das Kind überzeugt ist, dass dort keine Monster mehr lauern.

Er will nicht nur, dass ich ihm vertraue. Ich soll nie wieder an ihm, an uns zweifeln müssen.

»Du bist kein Monster.«

»Ich war aber eins. Und ich will nie wieder zu dem werden, der ich damals war.«

Ich halte seine Hand fest, ziehe sie nach vorne und schiebe sie unter das übergroße T-Shirt. Seine Finger fahren über meinen nackten Bauch, und ich spüre das erregte Zittern, das ich so sehr vermisst habe. Vor Freude möchte ich gerade einfach nur losheulen.

»Ich will nie wieder töten«, fügt er hinzu.

»Das musst du nicht«, murmle ich.
»Doch«, erwidert er ernst. »Weil ich dich beschützen muss. Wenn jemand dich umbringt ...« Er atmet tief durch. Seine Hand streichelt weiter meinen Bauch. »Wenn jemand dir etwas antut, das könnte ich nicht ertragen.«
Danach schweigen wir lange. Es gibt nur ihn und mich, seine Hand auf meiner nackten Haut, die ganz behutsam ist. Sich nicht zu weit vorwagt. Als wüsste er, dass ich ihn heute Nacht abweisen müsste. Ich wünsche mir zugleich, dass er sich davon nicht beeindrucken lassen würde. Ich will ihn spüren, so ganz und gar. Und zugleich ahne ich, dass es richtig ist, wenn wir uns nicht wieder wie die Tiere aufeinander stürzen. Das hat uns schon einmal in Schwierigkeiten gebracht. Mehr als einmal.

Dieses Mal will ich es richtig machen. Mich nicht von der Liebe zerstören lassen, ihn nicht in der Leidenschaft verbrennen.

»Ich müsste denjenigen töten. Auf qualvolle Art töten. Das verstehst du sicher ...«

Ich schlucke. Wir denken beide an dieselbe Person. Denn wer könnte uns jetzt noch gefährlich werden? Das FBI? Die bringen in der Regel niemanden um. Black Swan? Raimund Swan sitzt seit fünf Monaten in Untersuchungshaft, nachdem seine Kaution abgelehnt wurde. Wie weit reicht schon der Arm eines alten Mannes, dessen Imperium vermutlich direkt nach seiner Festnahme zu einem köstlichen Festmahl für all jene wurde, die in der zweiten Reihe auf sein Ende lauerten? Niemand von denen hat ein gesteigertes Interesse daran, Swan bei seiner Rache zu unterstützen.

Bleibt nur mein Bruder Dean.

»Wir können es auch ohne ihn versuchen«, schlage ich vor.

Jax küsst meine Schläfe. »Das können wir nicht, und das wissen wir beide ganz genau.«

Wir treiben ein gefährliches Spiel, und der Preis ist unser beider Leben. Jeder Schritt könnte der letzte sein; wir sind uns dessen bewusst und können trotzdem nicht zurück.

In drei Tagen das ganze Land im Auto durchqueren kann

durchaus sportlich sein. Wir stehen früh am Morgen auf, frühstücken rasch, steigen ins Auto und fahren los. Mittags machen wir eine kurze Pause, bei der wir tanken und unsere Vorräte auffüllen. Danach fahren wir bis spät abends, suchen uns ein abgelegenes Motel und fallen völlig erschöpft ins Bett. Wir schlafen sofort ein und wachen mit dem Weckerklingeln um kurz vor sechs wieder auf.

Aber am dritten Tag schaffen wir es nach Los Angeles – am späten Nachmittag erreichen wir meine Heimatstadt. Jax sucht ein kleines Motel im Valley aus, in dem wir uns ein Zimmer nehmen. Wir tragen unsere Sachen rein, er schließt alle Vorhänge und gibt mir das Handy. »Ruf ihn an«, sagt er.

Meine Hände zittern, als ich die Nummer wähle, die Jax mir nennt.

Nach dem dritten Klingeln höre ich die Stimme meines Bruders.

»Hallo Lea.«

Er klingt so selbstsicher und zufrieden, dass es mir einen Moment den Atem raubt. »Wir sind da«, bringe ich schließlich über die Lippen.

»Das ist gut. Die Pläne haben sich geändert. Wir treffen uns erst morgen.«

Es klickt in der Leitung. Er hat aufgelegt.

Ich lasse das Handy sinken.

»Er sagt, wir können uns erst morgen treffen«, sage ich und gebe Jax das Handy zurück. Er nimmt es, und weil ich stumm und wie erstarrt auf dem Bett sitze, setzt er sich neben mich und legt einfach nur den Arm um meine Schultern. Minutenlang sitzen wir einfach so da, und ich warte, dass die Panik abebbt, die in mir hochklettert, die sich an mich klammert.

»Ich kann nicht einfach hier sitzen und nichts tun«, sage ich leise. »Können wir ...«

Jax lässt mich los. »Klar. Was willst du machen?«

»Ich will zu Vic.« Ich atme tief durch. Mein älterer Bruder Vic wohnt eine Autostunde von L.A. entfernt auf einem Gestüt, wo sich Pflegepersonal um ihn kümmert, seit er vor Jahren nicht mehr aus dem Koma aufgewacht ist. Inzwischen lebt er dort in einem Zustand zwischen Wachen und Schlaf, und niemand weiß, wie viel er von seiner Umgebung mitbekommt.

»Okay«, sagt Jax. »Ich bringe dich hin.«

»Ich kann das auch allein.«

Er steht auf und nimmt den Autoschlüssel vom Tisch. »Klar kannst du das. Aber ich lasse dich nicht mehr allein, bis wir sicher in Argentinien gelandet sind.«

Ich möchte lachen und weinen zugleich, so sehr rührt mich seine Fürsorge. Und ich lasse es geschehen.

Die ganze Zeit bin ich immer vor ihm weggelaufen. Und vielleicht denke ich, dass jetzt der richtige Moment wäre, wieder zu verschwinden. Aber er ist da. Er passt auf mich auf.

Es fühlt sich gut an. Und weil es sich so gut anfühlt, muss es richtig sein.

Ich atme tief durch und stehe auf. »Also dann.«

Als wir eine Stunde später vor dem Wohnhaus der Farm halten, ist alles ruhig. Beängstigend still. Ich steige aus und warte nicht auf Jax. Hinter mir ruft er, doch ich eile auf das Gebäude zu und springe die zwei Stufen zur umlaufenden Veranda hoch.

»Hallo? Ist hier jemand?« Ich klopfe an die Tür, die in die Küche führt. Dahinter taucht das Gesicht einer jungen Pflegerin auf. Sie sieht mich fragend an.

»Hi, ich bin Lea. Victors Schwester. Ich wollte ihn besuchen.«

»Oh, hallo! Ich bin Ana, die Neue.« Sie öffnet die Fliegengittertür und lässt mich herein. Jax folgt mir.

»Das ist aber eine Überraschung. Schön, dass Sie es doch geschafft haben. Ihr Bruder meinte, Sie wären leider verhindert ...«

»Mein Bruder?« Ich bin verwirrt. Spricht sie von Vic oder von Dean? Und verhindert, um was genau nicht zu tun ...?

»Kommen Sie. Die anderen sitzen schon alle im Wohnzimmer beisammen. Das Essen ist gleich fertig.«

Ich folge ihr durch die Küche und den angrenzenden Flur in das große Wohnzimmer, das hell erleuchtet ist. Völlig verdattert bleibe ich stehen.

Mir bietet sich das Bild eines Familienidylls, das ich wohl zuletzt erwartet hätte.

Alle haben sich versammelt. Vic in seinem Ruhesessel, mein Vater mit Charlotte an seiner Seite (sie wieder sehr adrett, er in einem lässigen, hellen Sommeranzug mit offenem Hemdkragen und Schal um den Hals), Juno mit Klein-Gabriel auf dem Arm und mein Bruder Dean.

»Das ist ja eine Überraschung.«

Dean steht auf und kommt auf mich zu. Er schließt mich in die Arme, und bevor ich irgendwas sagen kann, flüstert er: »Benimm dich.«

Ich schlucke. Er gibt mir links, rechts, links Luftküsschen, dann reicht er Jax die Hand, der lässig einschlägt.

Was ist hier los? Fragend blicke ich Dean an.

»Fast hättet ihr Vics Geburtstag verpasst.« Er lächelt, doch ich sehe, wie hinter seinem Lächeln all die Grausamkeit lauert, vor der ich mich fürchte.

Ich habe Vics Geburtstag tatsächlich vergessen. Einen Moment lang habe ich ein schlechtes Gewissen, doch dann bin ich einfach nur froh, weil ich hier bin. »Wir sind erst vor einer guten Stunde angekommen«, zwitschere ich fröhlich. »Und natürlich darf ich den Geburtstag meines Lieblingsbruders nicht verpassen!«

»Ana, decken Sie bitte für meine Schwester und ihren Freund mit.«

»Natürlich, Mr. Tevez.« Ana macht hastig einen Knicks und verschwindet.

Ich trete zu Vic. Er dreht den Kopf leicht in meine Richtung, und ich umarme ihn behutsam. Sein Atem riecht frisch, seine Augen sind halb geöffnet, und als ich ihm »happy birthday, Vic« zuflüstere, gibt er einen Laut von sich, der so ziemlich alles heißen kann.

Danke, dass du da bist.
Verschwinde, du dumme Kuh.
Ich habe dich vermisst.
Dean ist gefährlich.

Ich drücke seine Hand, und zu meiner Überraschung erwidert er den Druck. Verwirrt sehe ich ihn an, doch seine

Miene bleibt so ungerührt wie eh und je.

Geht es ihm etwa besser? Hat sein Zustand sich verändert? Als nächstes begrüße ich meinen Vater. Er steht dafür auf und schließt mich in die Arme.

»Sei nicht sauer«, flüstert er.

Ich halte ihn auf Armeslänge von mir weg. »Du siehst gut aus, Dad.«

»Sei nicht böse«, wiederholt er, fast schon verzweifelt.

»Warum sollte ich dir böse sein?«

Er tastet nach Charlottes Hand. »Weil wir heiraten werden. Ich hätte ja auf dich gewartet, Gabby, aber ...«

Ich verstehe.

Für meinen Vater bin ich Gabby. Gabrielle, meine verstorbene Mutter. Und er glaubt, ich wäre nur hier aufgetaucht, um ihm eine Szene zu machen, weil er mit Charlotte sein spätes Glück gefunden hat. Ich streichle seine Wange, die etwas stoppelig ist. Er sieht gut aus, und er scheint sich in seiner dementen Welt eingefunden zu haben. Wie kann ich ihm da böse sein?

»Du brauchtest nicht auf mich warten«, sage ich. »Charlotte ist eine tolle Frau.«

Er wischt sich verstohlen eine Träne aus dem Augenwinkel.

»Danke«, flüstert er.

Charlotte fällt mir um den Hals. Sie drückt mich lange an sich. Nur am Rande bekomme ich mit, wie Jax sich meinem Vater als »Gabbys Neuer« vorstellt, und mein Vater ihn sofort in ein Gespräch verwickelt.

»Es tut gut, dich zu sehen. Das war ein Schock, als Juno mir erzählt hat, dass du noch lebst ...«

»Geht es euch gut?«, frage ich.

»Ja, soweit.« Sie nickt eifrig. »Das mit der Hochzeit ist eine fixe Idee von deinem Dad, er denkt, es sei das Beste ...«

Ich zucke mit den Schultern. »Warum nicht? Wenn es ihn und dich glücklich macht?«

Sie lächelt zaghaft. »Dein Bruder will einen Ehevertrag.«

»Das klingt ganz nach Dean.«

»Aber das ist mir egal. Ich mag deinen Dad. Er ist ein feiner Kerl, wenn er ...«

Wenn er bei Verstand ist, will sie sagen. Ich streichle tröstend ihre Schulter.

»Mach dir keine Vorwürfe«, sage ich leise. »Die Umstände sind nun mal, wie sie sind.«

»Danke«, flüstert sie. »Danke, dass du so viel Verständnis hast. Es ist ...« Sie verstummt. »Nicht leicht.«

Ich spüre, dass sie mehr sagen will, doch sie wirft einen bangen Blick in Deans Richtung, der sich zu Jax und meinem Vater gesellt hat. Die drei führen ein Männergespräch, scheint mir – viel Schulterklopfen, lautes Lachen, anzügliches Grinsen. Ich vermute, dass ich gar nicht wissen will, worüber sie sich gerade das Maul zerreißen.

»Dein Bruder kümmert sich um uns«, sagt Charlotte leise. »Aber ...«

»Ich weiß«, murmele ich.

Deans Art, sich zu kümmern, ist schwer zu ertragen. Unter anderen Umständen würde man sagen, er ist eben der Sohn, der zu früh Familienoberhaupt werden musste. Der alles kontrollieren will. Aber die Umstände sind, wie sie jetzt eben sind, und sie sind nicht anders, sondern einfach nur schrecklich.

Er hält meine ganze Familie als Geiseln. Die Männer können sich nicht wehren, und die Frauen wollen nicht. Charlotte ist ihm viel zu dankbar, weil er sie damals aus der Gosse geholt hat, um aufzumucken. Selbst wenn sie weiß, dass es falsch ist, kann ich verstehen, wie sie handelt. Sie sehnt sich nach Sicherheit.

Und Juno? Ich wende mich ihr zu. Juno steht auf und setzt Gabriel auf die Hüfte. Er steckt die Hand in den Ausschnitt ihrer Bluse, die sie sanft, aber bestimmt wieder vom Stoff löst.

»Hi.« Meine Stimme klingt rau.

»Hallo Lea.« Sie bleibt auf Distanz. Keine Umarmung, kein Küsschen hier und da. Als ich Gabriel die Wange streicheln will, dreht sie sich ein bisschen weg, und meine Hand läuft ins Leere. Ich akzeptiere ihre Ablehnung schweren Herzens, denn ich sehe, wie sie permanent darauf achtet, wie Dean auf ihre Bewegungen reagiert.

Sie ist völlig verängstigt.

»Darf ich ihn mal halten?«, frage ich leise.

Sie zögert. Doch dann gibt sie mir ihren kleinen Sohn, der sich sofort an mich kuschelt, als hätte er noch nie etwas anderes getan. Ich streichle sein Köpfchen und versuche, mich nicht von den unzähligen Gedanken und Gefühlen übermannen zu lassen, die auf mich einstürmen.

Mein Kind wäre jetzt auch so alt wie deins.

Bevor ich noch etwas sagen kann, ruft Ana zum Abendessen, und Juno schiebt Vics Ruhesessel Richtung Esszimmer, ohne sich noch mal nach uns umzudrehen. Ich trage Gabriel hinter ihr her. Charlotte hakt sich bei meinem Dad unter, und das Schlusslicht dieser friedlichen, einträchtig feiernden Familie bilden Jax und Dean.

Im Esszimmer ist feierlich gedeckt, und Ana trägt die Suppe auf, bringt Getränke und setzt sich zu Vic auf einen Hocker, um ihn zu füttern. Erstaunt beobachte ich, wie mein Bruder den Mund aufsperrt und sie ihm Löffel für Löffel die Suppe einflößt.

Vor anderthalb Jahren wurde er noch über eine Sonde ernährt.

Vielleicht hat sich nicht alles zum Schlechten entwickelt, seit ich fortging.

Dean bestreitet das Gespräch, und er tut das auf eine muntere, beinahe übermütige Art. Charlotte greift seine Gesprächsthemen auf, mein Dad ist sowieso mit allem einverstanden, und Juno ist mit Gabriel beschäftigt, der auch so gern Suppe möchte und keinen Brei aus dem Glas.

Ich fühle mich wie ein Fremdkörper. Als gehörten wir nicht hierher. Und als Jax auch noch anfängt, mit Dean über die besten Weine aus dem Napa Valley zu diskutieren und sich von Charlotte erzählen lässt, was für eine hervorragende Oper sie letzten Monat gesehen hat, möchte ich schreien. Weglaufen. Auf den Tisch springen und jeden Einzelnen fragen, was sie hier eigentlich tun? Wem wollen sie eine heile Familie vorspielen? Meinetwegen müssen sie das nicht tun. Ich weiß schließlich, wie es unter der Oberfläche brodelt.

Aber ich schweige, löffle meine Suppe und greife auch beim Hauptgericht herzhaft zu. Ana und ihre Kolleginnen kümmern sich gut um uns. Und schließlich geht es um Vics Geburtstag, oder? Ich will ihm den nicht verderben, indem ich die falschen Fragen stelle.

Später vielleicht.

Nach dem Essen steht Juno auf. Gabriel ist quengelig, und sie möchte ihn hinlegen, damit er vor der Rückfahrt in die Stadt schon ein wenig schlafen kann.

Ich springe auf. »Warte, ich komm mit«, sage ich spontan.

»Das ist nicht nötig«, wehrt sie ab.

»Doch, doch, das ist eine tolle Idee«, sagt Dean, bevor mir irgendein guter Grund einfällt, warum ich unbedingt mitgehen soll.

Juno verdreht nur die Augen. Sie hebt Gabriel aus seinem Stühlchen und geht voran.

Wir gehen die Treppe hoch. Im Obergeschoss sind die meisten Zimmer unbewohnt, da Vics Schlafzimmer im Erdgeschoss liegt. Aber offenbar wurden hier in der Zwischenzeit ein paar Gästezimmer eingerichtet.

»Seid ihr oft hier?«, frage ich und folge Juno in eines der Zimmer. Erstaunt bleibe ich in der Tür stehen – es ist ein komplett eingerichtetes Babyzimmer mit pastellfarben tapezierten Wänden, einer Wickelkommode, einem Babybett und Spielzeug im Regal.

»Machst du bitte die Tür zu?« Junos Stimme ist immer noch sehr kühl. Ich schließe die Tür und setze mich in den Schaukelstuhl neben dem Gitterbett.

Juno legt Gabriel auf der Wickelkommode ab und beginnt, ihn auszuziehen.

Als sie anfängt zu sprechen, klingt es erst, als wollte sie ihren Sohn beruhigen, der fröhlich strampelt. Aber dann höre ich hin, und die Sätze, die sie mit diesem mütterlichen Singsang sagt, schnüren mir die Brust zusammen.

»Das ist deine Tante Lea. Die kennst du noch gar nicht, stimmt's? Tante Lea ist eine mutige Frau. Sie wollte deinen Dad ans FBI verraten, aber dann hat sie mir das Tonband überlassen, mit dem ich ihn selbst ans Messer liefern könnte ... Ja, genau! Und deine Mom ist so feige, sie hat das Tonband weggeworfen, weil sie Angst hatte, dein Dad könnte es finden.

Aber jetzt braucht deine Mom etwas, um sich gegen ihn zu wehren, weil er ihr droht. Deine Mom hat Angst, kleiner Gabriel ...«

Ich stehe auf und nehme einen Teddybär aus dem Regal. Damit trete ich an die Wickelkommode und halte ihn Gabriel hin, der fröhlich danach greift.

Sie redet weiter. »Vielleicht war ich dumm. Ich weiß nämlich inzwischen Dinge über deinen Dad, die ich niemandem erzählen kann. Nicht mal deiner Tante.«

Sie beugt sich über Gabriel. Ihr Flüstern ist jetzt kaum mehr zu verstehen, doch mich erreicht jedes ihrer Worte.

Ich erschaudere, als ich begreife, was sie mir da gerade anvertraut. Plötzlich ergibt manches, das ich nie verstand, auf absurde, schmerzhafte Weise Sinn.

»Dein Bruder ist länger ein Mörder, als wir alle wahrhaben wollen. Er hat nicht mit den Nutten in Las Vegas angefangen oder mit den Drogenkurieren, die er für deinen Vater getötet hat, weil sie versuchten, was abzuzweigen.

Er hat damit anfangen, als ... Deine Mutter. Deine Mutter war sein erstes Opfer.

Es fing ganz harmlos an. Zumindest hat Dean es mir so erzählt. Als dein Vater Vic an die Drogengeschäfte heranführte, war er neunzehn, und Dean war sechzehn.

Dean hat Victor von Anfang an geneidet, was er lernte. Dass euer Dad ihn immer mitnahm, wenn er abends noch mal wegfuhr. Dass Vic eine Pistole und Schießunterricht bekam. Für Dean hatte euer Dad auch Pläne – er sollte zum College gehen, danach Anwalt werden und nach außen die Interessen des Familienunternehmens vertreten.

Wahrscheinlich war das sein erster Fehler. Denn Dean war für die Juristerei nicht geschaffen, wohingegen Vic sich sehr dafür hätte begeistern können. Dean wäre für das operative Geschäft der Richtige gewesen. Unter Anleitung deines Vaters hätte man vielleicht das Schlimmste verhindern können ...

Deine Mutter hat euch drei immer geliebt. Jeden einzelnen auf seine Art. Aber in jenem Jahr, als Vic begann, von deinem Dad zu lernen und Dean seinen Highschoolabschluss machen sollte, passierte etwas mit ihr. Sie bekam Angst. Nicht wegen Vic, denn sie und dein Vater waren sich einig, dass er ins Familienunternehmen einsteigen sollte. Dean bereitete ihr Sorge.

Er veränderte sich. Es war ein schleichender Prozess, doch seine Wut richtete sich gegen fast jeden – nur nicht gegen dich, weshalb du vermutlich nichts von alledem mitbekommen hast. Du warst vermutlich noch zu klein, dich hat er nicht beachtet.

Er wollte dasselbe wie Vic – dieselbe Ausbildung, dieselbe Chance. Er wollte von eurem Vater ebenbürtig behandelt werden. Und als dieser sich weigerte, hat er seine Wut gegen eure Mutter gerichtet.

Es war nicht die Wut eines Teenagers, der gegen die Eltern aufbegehrt, wegläuft und vielleicht irgendwann zur Vernunft kommt. Es war der kalte Zorn eines Monsters, das schon immer in ihm geschlummert hat. Keiner konnte ahnen, was er war, niemand hätte damit rechnen können. Umso schlimmer war es für deinen Dad, als er erkannte, wer Dean war.

Wozu er fähig war.

Deine Mom hat für jeden von euch alles getan. Sie war der Mittelpunkt der Familie, und ihr alle habt sie abgöttisch geliebt. Das hat sogar Dean irgendwann erzählt, es waren exakt seine Worte. Er hat sich damit gebrüstet, verstehst du? Es war kurz nach Gabriels Geburt. Ich hätte es dir schon vor einem halben Jahr im Teehaus erzählen müssen, aber damals dachte ich, er hätte mich angelogen, um mir Angst einzujagen.

Inzwischen weiß ich, wie grausam er ist.

Er hat deine Mom in den Selbstmord getrieben.

»Ich habe sie abgöttisch geliebt. Aber als mein Dad mir nicht das gab, was mir rechtmäßig zustand, habe ich sie umgebracht.«

Das waren Deans Worte.

Zuerst hat er ihr die Pillen weggenommen. Wusstest du, dass sie depressiv war? Zum Glück gab es damals schon gute Medikamente, und eines hat ihr wirklich geholfen. Dean hat es ausgetauscht. Erst nur ein paar einzelne Tabletten, aber irgendwann das ganze Fläschchen. Deiner Mutter ging es immer schlechter, und es ging so schnell, dass sie nicht mal in der Lage war, ihren Arzt um Rat zu fragen. Es kümmerte sie gar nicht, was mit ihr geschah. Und als sie so rapide in ihrer Traurigkeit versank, ließ Dean seine geladene Pistole zu Hause auf seinem Schreibtisch liegen.

Ich weiß nicht, ob er wollte, dass sie sich umbringt. Ob er deinem Vater zeigen wollte, wie viel Macht er über deine Mutter besaß, indem er ihr erst das Antidepressivum nahm und ihr dann vor Augen führte, dass sie bei seiner Erziehung so kläglich gescheitert war. Er hat sich ihr als das Monster gezeigt, das er im Grunde erst wurde, indem er sie in den Tod trieb.

Sein Plan ging auf.

Sie war allein zu Hause. Dean ist mit dir zum Spielplatz gegangen und ließ die Waffe offen herumliegen. Sie fand sie, als sie sein Zimmer aufräumen wollte. Auch das hat er gewusst. Er hat es so geplant.

Ich weiß nicht, wer deine Mutter so fand. Ob es Vic war oder dein Vater. Beide hielten es für eine Verkettung bedauerlicher Umstände. Dass die Medikamente nicht mehr wirkten, dass sie alleine zu Hause war und die Waffe fand. Aber Dean war an ihrem Tod Schuld. Begriffen haben sie das erst viel später.

Ich glaube, sie haben die genauen Umstände vor dir abgeschirmt, weil sie nicht wollten, dass du etwas mitbekommst. Es tut mir leid, dass ich dir jetzt etwas erzähle, das du vielleicht nicht hören möchtest, weil es sich nicht mit dem deckt, was du über den Tod deiner Mutter weißt. Aber Dean hat sie auf dem Gewissen. Genauso hat er Vic auf dem Gewissen, fürchte ich. Dafür gibt es keine Beweise, kein Geständnis, nichts ... Aber ich weiß es. Manche Dinge braucht man nicht auszusprechen.

Ich weiß auch, dass dir diese Wahrheit nichts bringt. Aber ich musste es mir einfach von der Seele reden. Der Einzige, mit dem ich darüber sprechen kann, ist dein Vater. Er hat so lichte Momente, in denen er mit sich hadert. Ich weiß, dass ich mir das nur einbilde, denn eigentlich ist er dann ganz tief in seiner Demenz versunken. Sonst würde er nie ein Wort darüber verlieren.

Es tut mir leid, dass ich zu dir so feindselig war. Ich bereue es, dass ich ihn geheiratet habe, Lea. Er hat mich in der Hand. Wenn ich nur irgendwas tun könnte ... Aber ich bin gefangen. Jeden Tag fürchte ich um mein Leben und das von Gabriel ...

Ich kann dich nicht mal bitten, mir zu helfen. Du wolltest mir zweimal helfen, und beide Male konnte ich nichts damit anfangen. Ich war so blind, blind, blind ...

13. Kapitel

Es ist dunkel im Zimmer. Ich sitze immer noch im Schaukelstuhl, während Juno inzwischen Gabriel gewickelt und in seinen Schlafanzug gesteckt hat. Ihre Stimme war nur ein Flüstern, das jede Ecke des Zimmers erfüllte. Sie legt den Kleinen ins Bett und deckt ihn zu. Ich höre, wie sie ein Schlaflied summt.
Ich war so blind, blind, blind ...
Sie ist nicht die Einzige.
Ich habe bisher über den Tod meiner Mutter nicht viel nachgedacht. Ich weiß noch, wie Dean und ich damals vom Spielplatz zurückkamen. Er hatte mir am Eiswagen ein großes Eis mit Sahne gekauft, er hatte stundenlang mit mir auf der Schaukel gesessen und sich meine albernen Kleinmädchengeschichten angehört. Als wir am frühen Abend heimkamen, standen vor dem Haus ein Rettungswagen, ein Leichenwagen und drei Streifenwagen. Dean hatte meine Hand fester gepackt, wir blieben auf der anderen Straßenseite stehen und warteten. Er wollte nicht, dass ich ins Haus ging.
Er wusste, was darin auf uns wartete. Und er ersparte mir diesen Anblick.
Nach einer Weile kam Vic nach draußen. Er nahm uns beiseite und erzählte uns ernst, dass ein Unglück geschehen und unsere Mom leider tot sei. Erklärt hat er uns nichts, aber ich weiß noch, dass ich sie sehen wollte und von Vic daran gehindert werden musste, ins Haus zu laufen.
Wusste er damals schon, dass Dean an ihrem Suizid eine Mitschuld trug?
Wahrscheinlich würde ich das nie erfahren.
»Es tut mir leid«, höre ich mich flüstern.
Juno verstummt. Sie streichelt Gabriel die dunklen Locken aus der Stirn. Der Kleine ist bereits eingeschlafen, und ich beneide ihn um seine Unschuld.
»Das muss es nicht. Ich habe dir damals sehr deutlich zu verstehen gegeben, dass ich weiß, worauf ich mich mit Dean einlasse. Und jetzt muss ich damit leben. Auch damit, dass er

aus Gabriel eines Tages ein Monster macht, wie er eines ist. Ich kann ihm nur so viel Mutterliebe geben, dass es einen Unterschied macht. Dass er vielleicht nicht ...«
Sie schweigt.
»Ich war schwanger«, sage ich leise. »Als ich vor anderthalb Jahren verschwunden bin.«
»Das ...« Juno seufzt. »Aber ihr seid nur zu zweit ...«
»Ich hab's verloren.«
Sie nickt im Dunkeln. »Willst du noch ein Kind?«, fragt sie.
»Irgendwann vielleicht ...« Ich zucke mit den Schultern. Im Moment kann ich es mir überhaupt nicht vorstellen, noch mal schwanger zu werden.
»Gabriel wird Einzelkind bleiben. Jedenfalls, solange ich es in der Hand habe. Ich werde kein zweites Kind diesem ... diesem ...«
Sie spricht nicht weiter. Ich stehe auf und bin mit zwei Schritten bei ihr. Juno fällt mir schluchzend um den Hals »Oh, Lea! Warum war ich nur so dumm?«
Bevor ich antworten kann, hören wir draußen das Knarzen der Treppe. Hastig macht sie sich von mir los, stößt mich förmlich von sich weg und wischt hastig über ihr Gesicht, das wieder zu einer Maske erstarrt ist.
»Schläft unser kleiner Mann?« Dean steckt den Kopf herein. Er lächelt, als er seinen Sohn im Bett liegen sieht, und mir fährt durch den Kopf, dass er kein Monster sein kann. Ein Vater, der sein Kind so zärtlich ansieht, bringt keine Menschen um.
»Tief und fest«, sagt Juno. In ihrer Stimme ist ein Lächeln. Sie tritt zu Dean, kuschelt sich an ihn, und er küsst sie auf die Wange. Es ist nach Junos Geständnis so ein ekliges Familienidyll, dass ich kotzen möchte.
Stattdessen dränge ich mich an den beiden vorbei. »Entschuldigt mich bitte«, sage ich. Hastig laufe ich die Treppe hinunter und stürze ins Wohnzimmer, wo Jax mit meinem Dad und Charlotte beisammensitzt. Vic wird vermutlich von Ana schon ins Bett gebracht.
Jax sieht auf, als ich reinkomme, und er spürt sofort, dass etwas nicht stimmt. Er sagt leise etwas zu Charlotte, sie nickt

und lächelt.
»Lass uns fahren«, sage ich, als er zu mir in den Flur tritt.
»Himmel, was ist passiert?« Jax umfasst meine Oberarme und sieht mich ernst an.
Erst jetzt merke ich, dass ich heule. »Nichts, alles, ich ...«
Ich war so blind, blind, blind ... Dean hat meine Mom auf dem Gewissen. Er hat Chrissa ermordet. Er wird dasselbe mit Juno tun. Und mit uns, wenn wir ihm vertrauen ...
Doch ich schüttle den Kopf, versuche den Gedanken zu vertreiben. Dean will etwas von uns. Er kann uns nicht töten. Außerdem ist Jax da. Er hat versprochen, mich zu beschützen. Und irgendwann, denke ich, irgendwann muss man aufhören, immer nur wegzulaufen ...
»Lass uns einfach bald heimfahren«, sage ich.
»Okay. Ich verabschiede mich kurz von deinem Dad und Charlotte. Und ich muss noch etwas mit Dean besprechen ...«
»Er ist oben bei Juno.«
»Dann gehe ich dort zuerst hin. Kannst du die fünf Minuten abwarten?«
Ich nicke und gehe solange ins Wohnzimmer.
»Alles in Ordnung?«, erkundigt Charlotte sich besorgt. Sie steht auf und kommt zu mir, während mein Vater genüsslich seinen abendlichen Likör schlürft. Früher habe ich ihn wegen seiner kleinen Laster – Likör, Zigarre und dergleichen mehr – gern aufgezogen. Habe ihn gewarnt, dass nichts davon sein Leben verlängern wird. Heute sehe ich ihn an und bedaure, dass ich ihm seine kleinen Freuden madig gemacht habe.
»Es ist nichts«, behaupte ich. »Jax und Dean besprechen noch schnell etwas, danach fahren wir ins Motel. Ich bin ziemlich müde.«
Das ist noch nicht mal gelogen.
»Dann setz dich so lange noch zu uns.« Sie legt den Arm um mich, und ich lasse mich von ihr führen. Ich setze mich zu Dad, der zufrieden schmatzt.
»Ah, da sind ja meine beiden Frauen.« Er strahlt mich an. »Ich bin froh, dass du uns deinen Segen gibst, Gabby.«
Ich beuge mich vor und lege die Hand auf seinen Unterarm.

»Natürlich. Wenn du glücklich bist, bin ich es auch.«

Ich habe einen dicken Kloß im Hals. Über seinen Kopf hinweg sehe ich Charlotte an, die ihm noch einen Likör geholt hat. Sie lächelt, und ich sehe so viel in ihrem Lächeln, das eben nicht nur eitel Sonnenschein ist, dass ich mich abwenden muss.

Der Schmerz in ihren Augen ... Ich weiß, was sie empfindet. Und das macht es mir komischerweise ein bisschen leichter. Zu wissen, dass auch Charlotte in manchen Situationen überfordert ist. Sie macht etwas Großartiges für meinen Dad. Sie versüßt ihm die letzten Jahre, indem sie ihm eine heile Welt vorgaukelt. Aber vielleicht ist es tatsächlich eine heile Welt für ihn, weil er eben nur das sieht, was er sehen will.

Ob die beiden wirklich heiraten werden?, frage ich mich. Doch die Situation erlaubt mir nicht, diese Frage an Charlotte zu richten.

»Ich wollte mich bei dir entschuldigen.«

Mein Dad wendet sich mir zu. Ich setze mich aufrechter hin.

»Das ist nicht nötig«, erkläre ich.

»Doch«, beharrt er. »Nicht wegen Charlie und mir – das haben wir ja schon geklärt, oder?«

Ich nicke geduldig.

»Nein. Für das, was damals mit dir passiert ist.«

»Lass gut sein, Liebster.« Charlotte setzt sich zu ihm und legt die Hand auf seinen Oberschenkel. Unwillig schiebt er sie weg.

»Wenn ich aber doch mein Gewissen erleichtern will!«

Er haut mit der Faust auf den Oberschenkel. Charlotte zieht die Hand zurück.

»Dann tu das«, sage ich ganz ruhig und werfe ihr einen Blick zu. *Ist schon okay. Ich halte das aus.*

»Ich habe dir Vorwürfe gemacht, weil du die Jungs verzärtelt hast. Aber es sind gute Jungs geworden. Dean vor allem. Ich habe mich in ihm getäuscht, Gabby. Er ist kein Monster. Er ist nicht Schuld an dem, was mit dir passiert ist.«

Hätte er mir das vor einer Stunde gesagt, hätte ich keines seiner Worte verstanden. Aber dies scheint ein Abend der

Wahrheit zu sein. Ein unverhofftes Geschenk, wenn man so will, das Ende einer Familie.

»Ich habe ihm nie die Schuld daran gegeben«, sage ich leise.

»Aber ich.«

Er trinkt Likör, wir schweigen. Charlotte sieht mich an, und ich erwidere ihren Blick.

Ich weiß, was er mir sagen will. Ich weiß Bescheid.

Das scheint sie zu erleichtern, denn sie streichelt Dads Rücken, als müsste sie ihn trösten.

Jax kommt zurück ins Zimmer. »Wir können los«, sagt er.

»Alles geklärt?«

Er nickt.

Ich stehe auf und umarme Dad zum Abschied. »Lebwohl«, flüstere ich ihm zu. Meine Stimme versagt. Ich hätte noch so viel mehr sagen können, aber er erwidert meine Umarmung, hält mich lange fest, und ich spüre, wie er an meinem Haar schnuppert. »Lebwohl, Lea«, flüstert er.

Ich löse mich behutsam von ihm. Seine alten, müden Augen, wässrig grau und erschöpft, mustern mich voller Weisheit. Ich bin einen kurzen Moment verwirrt. Ist er gerade wieder klar bei Verstand? Könnte ich jetzt mit ihm reden wie früher?

Doch der Moment ist genauso schnell vorbei wie er gekommen ist, und Dad dreht sich um, geht mit unsicheren Schritten zurück zum Sofa und lässt sich in die Polster fallen. Er beachtet uns gar nicht mehr, sondern nimmt die Zigarre aus dem Aschenbecher, zündet den Stumpen an und pafft vor sich hin. Als bestünde seine Welt nur aus dieser Zigarre und dem Likörglas, das er hochhebt und mit einem unwilligen Knurren abstellt, weil es wieder leer ist.

»Ich werde mich um ihn kümmern«, sagt Charlotte. »Kann ich euch irgendwo erreichen, falls ...?« Sie spricht nicht weiter.

Jax legt den Arm um meine Taille und zieht mich an sich. »Wenn wir uns eingerichtet haben, schicke ich dir eine Nachricht«, verspricht er.

Erst als wir im Auto sitzen und er losfährt, kann ich mich aus der Erstarrung lösen.

»Wann geht es los?«
»Morgen Abend. Bis dahin sollen wir uns ruhig verhalten.« Jax blickt konzentriert auf die Straße.
»Okay. Wie sieht der Plan aus?«
Er wirft mir einen knappen Seitenblick zu. »Welcher Plan?«
»Der ganze Plan. Wann, wo, wie ...«
»Dazu hat dein Bruder sich leider nicht geäußert. Er hat mir nur versichert, dass alles bereit sein wird. Und dass wir ihm das letzte Tonband bringen sollen.« Jax runzelt die Stirn. »Mir behagt das überhaupt nicht ...«
»Mir auch nicht. Aber wir haben uns für diesen Weg entschieden. Also sollten wir ihn auch gehen.«
Ich würde mich wohler fühlen, wenn ich wüsste, was genau Dean für uns geplant hat. So bleibt uns nur, die nächsten knapp vierundzwanzig Stunden abzuwarten.
Ich weiß schon jetzt, dass ich es hassen werde.

Zurück im Motelzimmer werfe ich mich erschöpft aufs Bett. Der ganze Tag hat mich völlig ausgelaugt. Die lange Fahrt und dann noch der Abend bei meiner Familie ...
Schon einmal habe ich mich von allen verabschiedet. Ist es dieses Mal wirklich ein Abschied für immer?
Jax wirft mir das Handy zu. »Ruf deinen Anwalt an. Er muss dir das Tonband bringen.«
Ich erledige den Anruf. Mein Anwalt klingt überrascht, macht auf mich aber nicht den Eindruck, als würde er sich wegen meines spätabendlichen Anrufs irgendwelche Sorgen machen. Ich wäre ja als Anwältin anders, wenn mir jemand seine Lebensversicherung in Form eines Tapes anvertraut und dieses anderthalb Jahre später wie aus heiterem Himmel zurückhaben möchte.
Aber wer weiß, was ich da für einen windigen Gesellen erwischt habe. Wer weiß, ob das nicht sein Tagesgeschäft ist ...
»Bist du müde?« Jax reicht mir eine Diätcola.
Ich schüttle den Kopf. Er setzt sich zu mir, und ich lehne den Kopf an seine Schulter. Heute Nacht kann ich bestimmt nicht schlafen ...
»Du bist wunderschön«, höre ich ihn flüstern.

»Jax...«

Ich will ihn. Aber in meinem Kopf ist immer noch ein wildes Durcheinander, das ich nicht sortiert bekomme.

»Ich weiß. Aber ich will dich so gerne küssen. Hier«, er küsst mich auf die Schulter. »Hier ...« Ein zweiter Kuss, diesmal aufs Schlüsselbein. Ich erschaudere unter dieser Berührung. Es ist ... nein, nicht zu viel. Fast zu schön, um es nicht in vollen Zügen zu genießen.

Und warum auch nicht?

Jax nimmt mir die Coladose aus der Hand, als ich nach hinten sinke, damit ich die Tagesdecke nicht versaue. Ich packe seinen Hemdkragen und ziehe ihn zu mir herunter. Wir küssen uns; es ist einer dieser Küsse, die niemals aufhören sollen, die so intensiv sind, dass man sich darin völlig verliert.

»Bist du sicher?«, fragt Jax atemlos. Meine Hände nesteln bereits an seiner Hose, mit fahrigen Fingern zerre ich das Hemd aus dem Bund.

»Absolut.«

Nie war ich mir so sicher.

Es geht nicht um meine Familie. Oder um einen Schmerz, den ich mit Sex zu übertünchen versuche. In diesem Moment, dieser Sekunde – da geht es nur um Jax und um mich. Um unsere Liebe, unseren Überlebenswillen. Darum, dass wir zusammengehören, wie wir vom ersten Moment an zusammengehörten.

»Dann bin ich es auch.« Er küsst mich, und seine Hände fahren beinahe andächtig über meine Flanken. Ich liege unter ihm, und während ich an seinem Hemd zerre, bis die Knöpfe abspringen, schlinge ich die Beine um seine Hüften. Ich will ihn spüren. Aber nicht, damit ich durch den Sex *mich* spüre. *Meine* Lebendigkeit.

Ich bin gewachsen. Früher war ich stark, doch ich lief immer weg. Und wenn man es genau nimmt, bin ich auch vor Jax weggelaufen. Immer wieder. Immer schneller. Bis ich erkannt habe, dass alles weglaufen und jeder Schmerz nur dazu dient, mich von dem abzulenken, was ich mir nicht eingestehen wollte.

Er ist nicht der Feind. Er ist der Mann, den ich liebe. Der

Mann, der mich liebt. Er ist derjenige, der mich rettet, den ich ebenso rette. Wir brauchen einander, doch nicht auf diese selbstzerstörerische, brutale Art, von der ich geglaubt habe, dass sie die große Liebe ausmacht.

Eine große Liebe ist im Grunde vor allem das: groß. Sie gibt Halt, ohne etwas zu verlangen.

Obwohl wir beide so heiß aufeinander sind, lassen wir uns Zeit. Wir küssen uns, wir streicheln uns. Erkunden den Körper des Anderen, als wäre er noch nicht kartiertes Gebiet, auf das wir als Forscher zum ersten Mal vorstoßen. Doch zugleich erinnert sich mein Körper daran, was ihn erwartet. Ich weiß, was kommen wird, und diese Vorfreude, gepaart mit der Erregung, lässt mich unkontrolliert zittern.

Wir ziehen einander aus. Die Kleidungsstücke fliegen in die Zimmerecken, bis wir nackt nebeneinander liegen. Jax zieht die Bettdecke über unsere Körper, und ich schmiege mich an ihn. Einen Moment lang erlaube ich mir, dieses Gefühl der Nähe zu genießen. Noch sind unsere Körper nicht miteinander verschmolzen, noch haben wir nicht in den Rhythmus unserer Leidenschaft gefunden. Es ist ein unendlich intimer Moment, den ich auskosten möchte – und zugleich kann ich es kaum abwarten, dass er in mich eindringt. Ich will ihn spüren. *Spüren.*

»Ich will dich«, flüstert er.

Ich öffne für ihn die Beine, und dann ist er über mir, seine Arme halten meinen Oberkörper. Er gleitet mühelos in mich hinein, und ich komme ihm schon bei diesem ersten Stoß so weit entgegen, wie es geht. Ich will alles. Ihn spüren, mich spüren.

Er hält mich in den Armen, und seine Stöße sind sanft und voller Zärtlichkeit. Auch als ich meine Hände auf seinen Hintern lege, um ihm besser entgegenzukommen, beschleunigt er das Tempo nicht. Er fickt mich mit Bedacht, und das ist so gut, dass ich fast sofort komme.

»Oh Gott«, flüstere ich danach. Er lacht leise, streift mir eine Strähne aus der Stirn und küsst mich.

»Der hilft dir jetzt auch nicht.« Sein Blick ruht auf mir, voller Andacht. Ich weiche seinem Blick nicht aus. Das hier ist besser als ein Orgasmus. Inniger. Und als er wieder anfängt, sich in mir zu bewegen, komme ich ihm nicht entgegen, sondern lasse es einfach geschehen. Weil es gut ist. Weil es richtig ist.

Beim zweiten Mal kommt er mit mir, und ich schluchze auf. Er küsst meine Tränen von den Wangen, bevor er sich neben mich legt und mich wieder in seine Arme zieht.

»War's so schlimm?«, flüstert er.

Ich gebe ihm einen Klaps auf den Unterarm, und er drückt mich fester an sich und vergräbt das Gesicht in meinem Nacken.

»Es war wunderbar«, flüstere ich.

»Dann ist es ja gut ...«

Er schläft ein. Ich spüre das daran, wie sein Atem immer ruhiger wird. Doch ich liege wach, weil ich nicht aufhören kann, mir Gedanken um alles Mögliche zu machen. Was ich selber schrecklich finde, aber wohl nicht ändern kann ...

»Bitte, lieber Gott«, flüstere ich. »Nimm ihn mir nicht weg. Lass uns einfach überleben, okay?«

Ich bin nicht gläubig. Bin es nie gewesen, obwohl ich in einer katholischen Familie aufwuchs. Doch meine Mutter legte nie viel Wert auf eine christliche Erziehung. Wenn Gebete helfen, weiß ich nicht, wie man sie spricht. Ich hoffe einfach, dass Gott mir auch dann zuhört, wenn ich mich in dieser Nacht an ihn wende und ihn bitte, Jax überleben zu lassen.

Denn ohne ihn will ich nie mehr sein.

14. Kapitel

Am nächsten Morgen bin ich wie gerädert. Ich habe zwar ein paar Stunden geschlafen, doch immer wieder bin ich aufgeschreckt. Meine Hand suchte nach Jax, und wenn ich ihn fand, atmete ich auf.
Morgens um sieben stehen wir auf und machen uns für den Tag fertig. Um zehn ist der Termin beim Anwalt, und ich bin nervös. Heute gilt's. Nach dem heutigen Tag lassen wir dieses Leben endgültig hinter uns.
Oder wir sterben bei dem Versuch.
Beides scheint möglich zu sein. Ich traue Dean nicht, und vermutlich geht es ihm so ähnlich.
Nur Jax hat zu meiner Überraschung gute Laune. Er lädt mich zum Frühstück im Diner auf der anderen Straßenseite ein, und während ich die Bananenpancakes unter Ahornsirup ertränke und mehr Zucker in den Kaffee löffle, als gesund für mich ist, bestellt er sich ein Frühstück mit Bratkartoffeln, Eiern und Speck. Den Kaffee trinkt er schwarz.
Zurück im Motel packen wir unsere Sachen. Nach dem Termin beim Anwalt will ich noch mal zurück hierher, doch Jax hat mich überredet, dass wir die Zeit lieber anderswo verbringen. Er schlägt den Santa Monica Pier vor, und ich stimme widerstrebend zu. Es ist vielleicht nicht schlecht, wenn wir unter Leuten sind; dort werde ich mich sicherer fühlen.
Als ich meine Reisetasche nehme und das Hotelzimmer verlassen will, hält er mich zurück.
»Da ist noch eine Sache«, sagt er.
»Ja?«
Jetzt ist es soweit. Jetzt erklärt er mir, dass ich das alles allein machen muss, weil er sich lieber wieder mit dem FBI verbündet. Es wäre auch zu schön gewesen ...
»Hier. Ich möchte, dass du die trägst.«
Er drückt mir meine Pistole in die Hand.
Ich starre erst die Pistole an, dann ihn.
»Wofür?«, frage ich. »Glaubst du etwa ...«
Glaubt er, Dean wird uns erschießen? Und wenn mein

Bruder das plant – meint Jax allen Ernstes, *dass es uns rettet, wenn wir bewaffnet sind?* Im Zweifel hat Dean mehr Leute auf seiner Seite. Und vermutlich könnte er sich ohnehin mit Gewalt holen, was er will – und uns danach töten lassen.

Die Vorstellung, dass er in der Lage wäre, mich zu töten, bekomme ich nicht in meinen Kopf rein. Dieser Gedanke ist zu groß, zu mächtig.

»Ich glaube«, sagt Jax und biegt meine Finger um die Pistole, »dass es besser ist, wenn wir auf alles vorbereitet sind. Auch auf das Schlimmste.«

»Du meinst, dass er nicht Wort hält.«

Jax wiegt den Kopf. »Sagen wir's so: Ich fürchte, es gibt bei dieser ganzen Sache zu viele Unwägbarkeiten.«

»Okay.« Ich gebe nach, obwohl mir vermutlich im entscheidenden Augenblick die Zeit fehlen wird, um zu reagieren. Ich schiebe die Pistole hinten in den Bund meiner Jeans und ziehe darüber eine übergroße Strickjacke an. Dass ich die Pistole nur in meiner Handtasche verstaue, passiert mir kein zweites Mal. Das hätte mich bei Marcus beinahe das Leben gekostet.

Ich bin bereit. Zumindest glaube ich das.

Der Anwalt residiert in einem riesigen Bürokomplex Downtown, in dem Hunderte Büros unterschiedlicher Größe auf über fünfzig Etagen untergebracht sind. Er scheint gut im Geschäft zu sein, denn sonst könnte er sich wohl kaum diese riesige Fläche im 49. Stock leisten.

Bevor ich den Empfangsbereich betrete, taste ich nach der Pistole – sie ist noch da – und krame in der Tasche nach dem Geld, das ich schweren Herzens von unserem schnell schwindenden Vorrat abgezweigt habe, um seine Dienste zu bezahlen.

Die junge Empfangsdame, auf deren Schild Miss Chambers steht, hat mich schon erwartet. »Ich bringe Sie zu Mr. Golden«, sagt sie, kaum dass ich vor dem langgestreckten Tresen auftauche. Sie steht auf, zieht ihren Rock glatt und geht voran.

Ich beneide sie. Muss das schön sein, ein geregeltes Leben

zu haben – ein regelmäßiges Einkommen, Arbeitszeiten von neun bis fünf, danach eine Stunde pendeln bis in einen der Vororte, wo sie mit ihrem Freund und einer Katze in einer kleinen Wohnung lebt und von einem besseren Leben träumt.

Sie führt mich zu einem großzügigen Eckbüro und klopft an. Ich schaue mich verstohlen um. In diesem Teil der Kanzlei gibt es nicht mal Sekretärinnen, die vor den Büros der Partner sitzen, wie man es von anderen Kanzleien kennt. Diskretion wird hier wirklich großgeschrieben.

»Mr. Golden? Miss Tevez ist da.«

Sie macht mir Platz. Ich trete ein und gehe auf Mr. Golden zu. Er steht vom Schreibtisch auf, umrundet ihn und schüttelt meine Hand.

Ich mustere ihn. Wir kennen uns von früheren Gelegenheiten, doch ich will wissen, ob er den Augenkontakt hält. Oder ob er mir irgendwie ausweicht, weil er – aus welchen Gründen auch immer – ein schlechtes Gewissen hat.

Wahrscheinlich bin ich inzwischen völlig paranoid. Aber ich wurde in den letzten Jahren so oft verraten und betrogen, dass ich nicht bereit bin, ein noch so kleines Risiko einzugehen.

Jax wartet unten in der Tiefgarage, und jetzt ärgere ich mich, weil ich ihn nicht mitgenommen habe. Dieser Termin ist zu wichtig, um ihn allein zu bestreiten ...

»Kommen Sie herein, Miss Tevez.« Steve Golden macht eine einladende Armbewegung, und ich folge ihm in das Büro. Hier setzt sich die teure Einrichtung fort; an der Wand hinter seinem Schreibtisch hängt ein riesiges Gemälde.

Ich bleibe stehen und starre es an.

»Oh, daran habe ich gar nicht gedacht.« Er setzt sich an den Schreibtisch und schwingt im Stuhl herum. »Das ist von Ihnen, nicht wahr? Bei der Vernissage habe ich es gesehen und musste es sofort kaufen. Malen Sie noch, Miss Tevez? Falls nicht, hätte ich vermutlich eines der wenigen Bilder der Künstlerin und darf damit rechnen, dass es irgendwann im Wert steigen wird.«

Ich nähere mich langsam. Die Brooklyn Bridge bei Nacht, die blutrote Untermalung, die Spritzer, die darüber unregelmäßig verteilt sind und wie Blut aussehen ... Ich schlucke. Es *ist* Blut, aber das werde ich ihm sicher nicht verraten.

»Ich male nicht mehr«, sage ich.

»Zu schade. Sie könnten mit Ihrer Kunst ein Vermögen verdienen. Setzen Sie sich.«

Ich sinke auf einen der beiden Besucherstühle und stelle die Handtasche neben meinen Füßen auf den Boden. Wäre mein Bild nicht, würde ich mich völlig deplatziert fühlen in diesem Büro. Ich trage Jeans, T-Shirt und die große Strickjacke, damit man die Pistole in meinem Hosenbund nicht so sieht. Steve Golden trägt einen maßgeschneiderten dunkelblauen Anzug, Krawatte und Einstecktuch sind perfekt aufeinander abgestimmt. Wie alt ist er? Anfang vierzig? Er sieht ein paar Jahre jünger aus. Seine Haut ist dezent gebräunt, der Haarschnitt vermutlich so teuer wie die braunen Schuhe. Oder nein, die sind ein italienisches Modell, auch maßangefertigt. Ich erkenne sowas. Ich komme aus seiner Welt.

»Sie haben um diesen Termin gebeten, weil Sie das Tonband abholen wollen.«

»Ja.« Ich wende ihm meine volle Aufmerksamkeit zu. »Haben Sie es hier?«

»Selbstverständlich.« Er steht auf und tritt zum Bild. Dahinter verbirgt sich – die Klischees setzen sich fort – ein Tresor, den er öffnet, während ich demonstrativ aus dem riesigen Panoramafenster auf die morgendliche Stadt schaue, die sich im Dunst am Horizont verliert.

Mr. Golden legt einen braunen Polsterumschlag auf den Tisch und räuspert sich.

»Darf ich fragen, warum Sie ihre Lebensversicherung jetzt abholen?«

Ich lächle ihn treuherzig an und angle nach dem Umschlag.

»Nein.«

»Okay, dann müssen wir nur noch das Finanzielle regeln.«

Ich überprüfe, ob in dem Umschlag auch das richtige Tonband ist, bevor ich aus meiner Tasche drei Geldbündel hole und nebeneinander auf den Schreibtisch lege. Ich schiebe ihm das Geld zu.

»Vielen Dank. Brauchen Sie eine Quittung?«

Ich winke ab. Um was damit zu tun? Sie bei der argentinischen Steuerbehörde anzugeben? Guten Tag, ich habe einige tausend Dollar dafür ausgegeben, bei einem Anwalt ein Tonband zu deponieren, damit mein Bruder mich nicht ermordet – das kann ich doch steuerlich geltend machen, oder?

Ich nehme den Umschlag und stehe auf. Mr. Golden erhebt sich ebenfalls. Zum Abschied gibt er mir die Hand. »Falls Sie meine Dienste irgendwann noch mal brauchen, können Sie sich jederzeit melden«, sagt er.

»Danke. Das wird nicht nötig sein.«

Denn heute Abend bin ich entweder tot oder in Mexiko.

Ich nehme den Fahrstuhl in die Tiefgarage. Jax hat unweit des Ausgangs geparkt, und als ich aus dem Fahrstuhl komme, startet er den Motor und rollt zu mir. Ich steige ein und küsse ihn auf die Wange.

»Erledigt?«, fragt er.

Ich halte den Polsterumschlag hoch. »Ich bin bereit«, behaupte ich.

»Dann los.«

Wir fahren ans Meer. Unser letzter Tag in L.A.

Unser letzter Tag auf dieser Welt? Ich hoffe es nicht, aber ich halte alles für möglich. Ein bisschen fühlt es sich im Moment an, als würden wir an diesem Abend aufs Schafott geführt.

Als es langsam kühler wird und die Abendsonne den Santa Monica Pier in ihr goldenes Licht taucht, klingelt Jax' Handy.

Ich blicke ihn überrascht an.

Es ist mir tatsächlich gelungen, für ein paar Stunden zu vergessen, in was für einer gefährlichen Lage wir uns befinden.

Anders als in Vermont herrscht in Kalifornien herrlichstes Sommerwetter. Das habe ich am Leben hier immer geliebt – dass es nie richtig kalt wurde.

»Wirst du das hier vermissen?«, frage ich Jax, als er zurückkommt. Er steckt das Handy ein und setzt sich wieder zu mir in den Sand.

»Du meinst L.A.?«

Ich nicke.

Er zuckt nur mit den Schultern. »Alles unwichtig, solange ich bei dir sein kann.«

Ich seufze.

»Das war Dean«, sagt er nach kurzem Schweigen. »Wir treffen uns in einer Stunde.«

»Okay ...« Mir wird schlecht. Jetzt ist es also soweit. Wie ein Lamm, das zur Schlachtbank geführt wird, werde ich von der Angst gepackt. Es kann noch so viel schiefgehen ...

»Hey.« Jax legt den Arm um mich. »Wir haben darüber gesprochen, oder?«

»Ja.« Ein Nachmittag am Strand, an dem man nichts anderes tut als auf den Abend zu warten, bietet viel Zeit für Gespräche. Wir haben diese Zeit genutzt.

»Dann weißt du, was du zu tun hast.«

Ich schlucke. »Ich weiß nicht, ob ich das kann«, flüstere ich.

»Du musst. Wenn es hart auf hart kommt, ist es deine einzige Chance.«

»Okay ...« Ich nicke tapfer. Aber so fühle ich mich gar nicht. Was Jax von mir verlangt, ist unmenschlich. Niemand sollte darüber nachdenken müssen, ob er lieber seine eigene Haut rettet oder den Menschen, den er liebt.

Denn nichts anderes verlangt er von mir.

Jax bemerkt natürlich, dass ich nicht voll hinter dem stehe, was wir besprochen haben. Oder besser gesagt: Was er mir befohlen hat.

»Hör mal ... Wenn du es nicht tust, werden wir beide sterben. Und es ist ja nur für den Fall, wenn dein Bruder sich nicht an die Vereinbarung hält, die wir getroffen haben.«

»Glaubst du denn, dass er dazu fähig ist?«, frage ich. »Also dass er sich nicht an die Vereinbarung hält?«

»Ich traue deinem Bruder alles zu. Ich wäre vermutlich nicht anders, wenn jemand Beweise gegen mich hätte und ich mich auf so einen Handel einlassen würde ...«

Ich fröstele. Das ist nicht der richtige Moment, um mit Jax darüber zu diskutieren, ob und wie er sich von meinem Bruder unterscheidet. Für mich macht es einen gewaltigen

Unterschied. Er ist kein Monster. Er tötet nicht aus Vergnügen, sondern nur, wenn es notwendig ist. Wenn sein Leben in Gefahr ist – oder früher, wenn sein Job es erforderte und die Männer, die er tötete, es verdient hatten.
Aber wer hat so einen Tod schon verdient? Wer darf über den Anderen richten?
Ich schiebe diese Frage ganz weit weg, denn darauf weiß ich keine Antwort ...

»Zum Flughafen?«
Überrascht sehe ich Jax an. Wir sitzen im Auto, und er hat mir gerade gesagt, wo wir hinfahren.
»Er sagt, dort wartet ein Privatflugzeug auf uns, ja.«
»Wow. Und dann?«
»Wir geben ihm das Tonband, erledigen noch einen letzten Auftrag für ihn und werden dann über die Grenze nach Mexiko geflogen.«
Vor allem der Zusatz »erledigen einen letzten Auftrag für ihn« gefällt mir nicht. Das sage ich Jax.
»So waren seine Worte. Entweder wir spielen mit oder der Deal ist hinfällig.«
Ich beiße mir auf die Unterlippe. »Das war so nicht geplant«, wende ich ein.
»Ich weiß. Aber wir müssen nach seinen Regeln spielen. Dieses eine Mal bleibt uns wohl nichts Anderes übrig.«
Ich will protestieren, doch Jax starrt so finster auf die Straße, dass ich lieber den Mund halte. Seine Anspannung ist greifbar, und auch ich bin zunehmend nervös.
Wir erreichen den kleinen Santa Monica Airport, der nur wenige Kilometer vom Santa Monica Pier entfernt liegt, nach einer knappen Viertelstunde. Jax parkt vor dem Gebäude, und wir steigen aus. Ich hole unsere Reisetasche aus dem Kofferraum. Darin ist das Geld, das uns geblieben ist. Nachdem ich Mr. Golden bezahlt habe, ist es leider beunruhigend wenig.
Vielleicht sollte ich mir das nächste Mal die Gebührenordnung eines Anwalts aushändigen lassen, bevor ich anderthalb Jahre so viel wertvollen Platz in seinem Tresor

beanspruche.

Wir betreten das Gebäude. Jax zückt sein Handy und wählt Deans Nummer. »Wir sind da. Wo sollen wir hinkommen? – Okay.«

Er legt auf und führt mich an den Kontrollen vorbei und zu einem Schalter, an dem man uns schon erwartet. Meine Schritte werden langsamer; ich habe Angst, dass die Sicherheitskontrolle bei der Pistole in meinem Hosenbund sofort Alarm schlägt.

Aber der Beamte sieht uns eher gelangweilt entgegen und winkt uns durch.

Offenbar gelten für Privatflüge ganz andere Regeln als für Linienflüge. Ich versuche, mich zu entspannen.

Wir treten in die goldene Abendsonne hinaus. Jax setzt eine Sonnenbrille auf, während ich etwas verwirrt blinzele. Er steuert eine Lagerhalle am Ende des Rollfelds an. Daneben wartet bereits ein Learjet.

Unser Flugzeug in die Freiheit. Mein Herz hämmert in der Brust, und ich stolpere hinter Jax her, der selbstbewusst auf die beiden Typen zugeht, die in schwarzen T-Shirts und schwarzen Jeans mit verschränkten Armen vor dem Rolltor in die Lagerhalle stehen.

»Ganz ruhig.« Jax nimmt meine Hand und drückt sie. »Alles wird gut.«

Ich würde ihm nur zu gerne glauben ...

Als wir uns nähern, tritt einer der Bodyguards beiseite und öffnet das Tor. Wir treten in das kühle Dämmerlicht der Lagerhalle.

»Hallo Lea.«

Ich fahre herum. Dean steht direkt hinter dem Tor. Er löst sich aus dem Schatten und kommt langsam auf uns zu. In der rechten Hand hält er eine Sporttasche.

»Jax ...«

Die beiden Männer nicken einander zu. Ich habe das Gefühl, dass mir die Beine gleich versagen, so nervös bin ich. Aber ich straffe die Schultern und recke trotzig das Kinn. Er wird es nicht schaffen, mich aus dem Konzept zu bringen.

»Was willst du von uns?«, frage ich herausfordernd.

Er stellt die Tasche auf dem Boden ab. Als er sich aufrichtet, grinst er spöttisch. »Kratzbürstig wie immer, hm? Hast du das Tonband?«

Ich nicke. »Was willst du?«, wiederhole ich.

»Ich will nur das Tonband. Und dass ihr noch einen kleinen Auftrag für mich erledigt.« Sein Fuß stupst die Sporttasche an. »Das hier müsst ihr mit nach Mexiko nehmen. Einer meiner Leute wird euch begleiten. Nicht dass ihr denkt, ihr könnt das Geld nehmen und damit verschwinden.«

»Nein.«

Er lacht auf. »Nein?«

»Ich mache keinen Finger krumm für deine schmutzigen Geschäfte.«

»Hm, das ist natürlich ein Problem ...«

Ich schnaube. »Welchen Teil von nein verstehst du denn nicht?«

»Lea ...« Jax legt die Hand auf meine Schulter, doch ich mache mich unwillig von ihm los. Aus der Gesäßtasche ziehe ich den Umschlag mit dem Tonband.

»Du bekommst das Tonband. Und wir den Flug in die Freiheit. Das war der Deal.«

»Die Bedingungen des Deals haben sich geändert.«

Dean gibt hinter unserem Rücken jemandem ein Zeichen. Ich fahre herum, doch nicht schnell genug – der Gorilla hat Jax gepackt und ihm die Arme auf den Rücken gedreht. Alles geht so schnell, dass ich nicht weiß, wie mir geschieht. Ich drehe mich um die eigene Achse. Dean nimmt die Tasche hoch und schlendert gemütlich zu Jax und seinem Bodyguard. Er wirft die Tasche auf den Boden, nickt dem Bodyguard zu und zieht unter seiner Jeansjacke eine Waffe hervor.

»Nein!«, rufe ich. Einen Moment glaube ich, er wird Jax an Ort und Stelle erschießen – einfach weil er's kann. Zugleich reagiert mein Körper instinktiv, und ehe ich weiß, wie mir geschieht, halte ich meine Pistole in der Hand und richte sie auf Dean.

Er steht neben Jax, bedroht den Mann mit seiner Waffe, für den ich sterben würde, wenn es sein muss ...

Niemand darf über den anderen richten. Dean nicht über

mich, und genauso wenig darf ich mich jetzt über ihn erheben und entscheiden, dass sein Leben nicht so viel wert ist wie meines oder das von Jax.

Trotzdem stehen wir voreinander, jeder mit einer Pistole in der Hand. Ich halte meine auf Dean gerichtet, während er seine gegen Jax' Wange drückt, der in einer beschwichtigenden Geste beide Hände gehoben hat.

»Sieh mal an, das nenne ich eine Pattsituation.« Dean grinst. Er scheint sich ziemlich wohl zu fühlen in seiner Haut.

Mir ist alles andere als wohl. Mir ist so kotzschlecht, dass ich nur mühsam die Galle runterschlucken kann, die mir wie Säure in der Kehle brennt. Verdammt, ich kann das nicht. Ich kann nicht auf Dean schießen.

Und ich kann nicht tun, was ich Jax heute Nachmittag versprochen habe.

»Wenn es hart auf hart kommt, entscheide dich fürs Leben. Gut möglich, dass wir in eine Situation geraten, in der du nur einen von uns retten kannst – dich oder mich. Dein Bruder wird versuchen, mich außer Gefecht zu setzen, und dann bist du auf dich allein gestellt. Schau nicht zurück. Versuche nicht, mich zu retten. Das Wichtigste ist, dass du überlebst ...«

Das waren seine Worte. Sie dröhnen noch jetzt wie Glockenschläge in meinen Ohren. Ich habe nur deshalb zugestimmt, weil ich dachte, dass wir nicht in so eine Situation geraten würden. Weil ich mich auf Jax verlassen habe. Aber das habe ich nun davon – er ist Dean ausgeliefert. Und wenn ich nicht bald eine Entscheidung treffe ...

Ich umfasse meine Pistole fester. Entsichere sie. Ziele damit auf Dean, der mich nur spöttisch angrinst.

»Im Ernst, Lea? Willst du's drauf ankommen lassen, ob du deinen Bruder oder deinen Liebhaber triffst?«

»Nein.« Meine Stimme zittert. »Mir ist egal, was mit Jax passiert.«

Er lacht. »Ich glaube dir kein Wort, Schwesterchen.«

»Ich will nur das Geld.«

»Das Drogengeld? Interessant. Das ist eine Menge Kohle, also ...

»Das Geld«, wiederhole ich. »Sonst schieße ich dir ins

Knie.« Ich senke den Lauf ein wenig. Verdammt, warum habe ich damals nicht häufiger bei Julius Schießunterricht genommen? Warum bin ich seitdem nicht mindestens einmal pro Woche auf dem Schießstand gewesen, damit ich mein Können verfeinere? Ich hätte auf ihn hören sollen ...

»Willst du wirklich das Risiko eingehen?«

»Lea!« Das ist Jax. Ich blinzele ihn verwirrt an. »Mach es!«, ruft er. »Bitte, Lea, tu es für uns ...«

Ich bin durcheinander. Was denn? Soll ich Dean umbringen? Oder soll ich weglaufen?

Ein kurzer Moment der Panik. Das genügt, damit Dean seine Chance wittert. Er stößt Jax beiseite, richtet die Pistole auf mich und drückt ab ...

Der Schuss peitscht durch die Lagerhalle. Instinktiv werfe ich mich zu Boden. Ich glaube zu spüren, wie die Kugel an mir vorbei saust, aber vermutlich bilde ich mir das nur ein. Und auch dass ich mich hinwerfe, wird nichts daran ändern, ob er mich nun getroffen hätte oder nicht. Ich habe einfach unverschämtes Glück. Oder Dean wollte mich gar nicht treffen.

Meine Hände ruhen schützend über meinem Kopf. Der Schuss dröhnt in meinen Ohren, und ich höre Jax' Stimme wie durch einen Nebel. »Lea! Lea, tu doch was!«

Ich hebe den Kopf. Die Situation hat sich geändert, und ich fürchte, nicht zu unserem Vorteil.

Dean steht mit der Pistole in der Rechten und der Sporttasche in der Linken vor Jax, der immer noch die Hände erhoben hat. Der Lauf zeigt auf Jax' Brust, und ich weiß, dass eine falsche Bewegung von ihm oder mir jetzt genügt, dass mein Bruder abdrückt. Die Distanz ist so gering, dass er Jax gar nicht verfehlen kann ...

Ich halte immer noch meine Waffe in der Rechten. Ganz langsam nehme ich die Hand vom Hinterkopf und strecke den Arm aus. Dean hat keinen Blick für mich; vermutlich denkt er, dass ich tot bin.

»Nur wir zwei, Bennett.«

»Das hast du doch von Anfang an so gewollt, Tevez.«

Mein Bruder zuckt mit den Schultern. »Dass meine Schwester mit reingeraten ist, war natürlich nicht vorgesehen.

Geschickter Schachzug von dir.«

»Das war kein Schachzug.« Jax atmet tief durch. »Ich habe mich in sie verliebt.«

»Natürlich. Das kannst du meinem Vater erzählen, vielleicht glaubt er's dir.«

Ich wage kaum zu atmen. Bloß nicht zu schnell bewegen, nicht auf mich aufmerksam machen ... Obwohl ich die Waffe habe, bin ich völlig ungeschützt, wenn ich versuche, mich aufzurichten. Ich weiß nicht, ob Jax merkt, wie ich langsam ein Knie unter meinen Körper ziehe. Er spricht einfach weiter auf Dean ein.

»Deine Schwester ist ein wunderbarer Mensch. War«, verbessert er sich, und dabei sieht er so gequält aus, dass ich an mich halten muss, um nicht aufzuspringen und zu ihm zu rennen. Ich will ihn umarmen und küssen, will ihm versichern, dass es mir gut geht ...

»Sie war immer die Unschuldige. Das mochte ich an ihr, dass sie keine Ahnung hatte, was eigentlich los ist.«

Ich spüre den Schmerz, als ich versuche, das zweite Knie unter meinen Körper zu ziehen und mich langsam aufzurichten. Die linke Schulter. Es ist ein Pochen und Pulsieren, als würde alles Blut aus meinem Körper strömen. Ich schaue nach unten. Das T-Shirt ist von meinem Blut völlig durchnässt, und ich hab das Gefühl, als würde mit jedem Atemzug ein halber Liter Blut aus der Schusswunde strömen.

Ich fange an zu zittern.

Das ist der Schock. Du merkst den Schmerz jetzt erst, weil du unter Schock stehst. Aber du schaffst das. Du kannst Dean erschießen und mit Jax weglaufen ...

Ich rede mir Mut zu. Viel tun kann ich ohnehin nicht. Ich habe nur diese eine Chance.

»Du meinst, ich habe ihr die Unschuld geraubt?« Jax lacht rau. »Ich glaube, den Job hast du schon vorher ganz gut erfüllt. Als ich sie kennengelernt habe, war Lea ein wildes, verschüchtertes Tier.«

»Und du hast sie gezähmt?« Mein Bruder grinst spöttisch.

»Du hast sie zu dem gemacht, was sie jetzt ist. Du hast sie gezwungen, sich auf diesen Kampf einzulassen.«

Das Blut rauscht in meinen Ohren. Wie kann das sein, wenn es beständig aus mir herausfließt? Ich habe einen metallischen, ekligen Geschmack im Mund. Als ich die Hand hebe, zittert sie unkontrolliert, aber mein linker Arm baumelt zugleich völlig nutzlos an meiner Seite. Ich muss also versuchen, mit nur einer Hand zu zielen.

»Du meinst, meine Schwester hat deinen Freund ermordet, weil sie nicht länger Opfer sein wollte?«

Ich muss es tun. Sofort. Wenn nicht ...

»Jedenfalls hat es sicher dazu beigetragen. Und Marcus wollte sie ermorden, ja. Aber sie hat sich gewehrt. Deshalb musste er sterben.«

Ich richte mich ganz langsam auf. Dean bemerkt aus dem Augenwinkel die Bewegung, doch bevor er die Pistole auf mich richten und abdrücken kann, habe ich meine Waffe gehoben und ziele auf ihn. Ich drücke den Abzug. Der Rückstoß fährt durch meinen Körper und wirft mich fast von den Knien.

Dean taumelt. Überrascht, fast ein bisschen überwältigt starrt er mich an. Auf seinem Hemd erblüht ein roter Fleck, direkt dort, wo sein Herz schlägt.

Oder auch nicht ...

Ich weiß, dass er diese Verletzung nicht überleben wird, und das schenkt mir eine merkwürdige Befriedigung. Ich richte die Waffe weiter auf ihn, kämpfe mich irgendwie auf die Füße, ohne zu wissen, wie es mir gelingt. Ich taumle auf ihn zu. Jax ist bei mir, ich spüre, wie er mir die Pistole aus der Hand nimmt und auf Dean richtet. Ich sehe nicht hin, als er ein zweites Mal abdrückt. Als er meinen Bruder tötet.

Ich stolpere vorwärts, zu der Sporttasche. Bücke mich danach, nehme sie mit der rechten Hand hoch, stürze fast, weil das Gewicht zu viel für mich ist. Wieder ist Jax an meiner Seite, er wirft sich die Sporttasche über die Schulter.

»Kannst du laufen?«, fragt er.

Ich nicke, obwohl ich mich überhaupt nicht danach fühle.

Er drückt mir die Pistole in die Hand, und bevor ich protestieren kann, läuft er zurück zu Dean und entwindet seinen kalten, toten Fingern seine Waffe.

Juno wird mich umbringen, wenn sie das hier erfährt. Sie wird toben, schreien, sie wird ...
Mir wird schwarz vor Augen. Jax reißt mich am rechten Arm mit. Wir stürmen aus der Lagerhalle, er richtet seine Pistole auf die beiden Gorillas, die Dean vor dem Tor geparkt hat, schreit sie an, ich verstehe kein Wort von dem, was er sagt, aber die beiden Männer legen sofort die Waffen nieder und machen uns Platz. Wir laufen quer über das Rollfeld auf den Privatjet zu, und ich höre, wie jemand hinter uns etwas ruft, doch Jax treibt mich an, und ich stolpere mit ihm die letzten hundert Meter, ohne zu wissen, wie ich das überhaupt schaffe.

Dann haben wir die Gangway erreicht. Er sprintet die Treppe hoch, verschwindet im Innern, und keine drei Sekunden später ist er wieder draußen, diesmal ohne Pistole und Tasche. Sein Arm stützt mich, meine Beine geben nach, und er trägt mich ins Flugzeug. Als wir oben sind, ziehe ich den Kopf ein und blicke zurück.

Die beiden Bodyguards von Dean sind in der Lagerhalle verschwunden.

»Los, los, los!«, ruft Jax dem Piloten zu. Die Flugbegleiterin starrt mich schockiert an. Jax lässt mich behutsam auf einen der hellen Ledersitze gleiten.

»Haben wir ein Erste-Hilfe-Set an Bord?«, will er von ihr wissen.

»Ja, ja ...« Sie kann nur stottern und zeigt auf die Bordküche. Jax verschwindet vorne, während sie immer noch da steht. Der Co-Pilot und der Steward holen die Gangway ein, die Tür wird verriegelt. Ich höre aus weiter Ferne, wie der Pilot die Starterlaubnis einholt.

Ich verstehe das alles nicht. Warum gehorchen die Leute Jax?

Mir wird schwummrig, und ich schließe für einen Moment die Augen. Ein brennender Schmerz holt mich zurück. Jax kniet vor mir und hat das T-Shirt zerschnitten. Gerade behandelt er die Wunde mit etwas Antiseptischem.

»Ein glatter Durchschuss«, höre ich ihn murmeln. Als er merkt, dass ich die Augen geöffnet habe, streichelt er sanft meine Wange. Selbst diese Berührung schmerzt, und ich höre ein Wimmern. *Mein* Wimmern.

Wir heben ab. Die Stewardess bringt ein Glas Wasser und zwei Schmerztabletten. »Mehr haben wir leider nicht«, sagt sie.

»Es muss reichen. Wir können nicht landen, bis wir in Mexiko sind.« Jax gibt mir die Tabletten, ich schlucke gehorsam und sinke wieder in den Ledersitz. Er hat meine Schulter notdürftig verbunden, und es dauert nicht lange, bis der Schmerz langsam verklingt. Diese Tabletten müssen ganz schön stark sein, wenn sie mich dermaßen außer Gefecht setzen können ...

»Du bist in Sicherheit«, höre ich Jax flüstern, und ich lächle.

In Sicherheit. Das habe ich mir immer gewünscht.

Der Learjet hebt ab. Und dann wird es dunkel um mich. Das Letzte, was ich spüre, sind Jax' Arme, die mich auf seinen Schoß ziehen. Danach ist nur noch wattige, wohltuende Schwärze rings um mich.

Epilog

Ich höre das Rauschen des Meeres, bevor ich aufwache. Meine Hand tastet auf der anderen Bettseite nach Jax. Er ist nicht da. Ich richte mich auf, blinzle müde und versuche, mich zu orientieren.

Obwohl wir seit über drei Monaten hier sind, kann ich mich noch immer nicht daran gewöhnen. An die Sicherheit. An das Meer, das hinter den Dünen tobt. An die großen, hellen Räume unseres Hauses direkt am Strand.

Unser Traum ist wahr geworden. Wir leben ihn. Argentinien ist unsere neue Heimat geworden.

Ich stehe auf und fröstele in der kühlen Morgenluft. Rasch werfe ich mir ein weißes Hemd über, das über dem Bettpfosten am Fußende hängt. Barfuß tapse ich ins Badezimmer und rufe nach Jax.

Keine Antwort.

Nachdem ich gepinkelt habe, putze ich die Zähne, wasche mein Gesicht und bürste die Haare. Sie sind schon etwas nachgewachsen, und ich bilde mir ein, dass sie dichter geworden sind. Aber vielleicht ist das nur Einbildung.

Ich gehe nach unten. Das Haus haben wir mit dem Drogengeld gekauft, das wir Dean abgenommen haben. Keiner von uns beiden hatte deshalb ein schlechtes Gewissen. Er hat es blutig erkauft, und ebenso blutig hat er dafür bezahlt.

In der Küche, dem Wohnzimmer und dem Esszimmer finde ich Jax ebenso wenig wie in den beiden kleinen Schlafzimmern, die das Erdgeschoss komplettieren. Meine Füße spüren die kühlen Hartholzdielen, und meine Haut atmet die Seeluft, die durch die offenen Fenster ins Haus strömt. Auf der Veranda steht ein leerer Kaffeebecher auf der Balustrade. Der Bohlenweg hinunter zum Strand liegt verlassen da.

Vermutlich ist er wie jeden Morgen joggen gegangen.

Ich mache mich auf den Weg zum Strand. Wenn er zurückkommt, will ich ihn schon von Weitem sehen, wie er mit nacktem Oberkörper und barfuß, nur bekleidet mit der Sporthose, durch die Brandung rennt. Ich liebe das Spiel seiner

Muskeln. Schon mehr als einmal habe ich ihn da unten abgefangen, ihm den salzigen Schweiß von den Lippen geküsst und mich in der Brandung mit ihm geliebt, während die Wellen immer und immer wieder über uns hinwegstrichen.

Der Morgen ist kühl. März, denke ich, der erste Monat im Herbst. Noch immer sind die argentinischen Jahreszeiten für mich ein Rätsel, aber ich werde mich gewiss bald daran gewöhnen.

Ich blinzle in die aufgehende Sonne über dem Wasser. In der Ferne entdecke ich einen kleinen Punkt, der sich rasch nähert, und ich lächle, denn selbst wenn er noch einige hundert Meter entfernt ist, weiß ich, dass es Jax ist.

Er wird schneller, und es dauert nicht lange, bis er heran ist. Ich laufe ihm einige Schritte entgegen, stolpere fast und falle in seine Arme.

»Pass auf!«, ruft er und lacht.

Ich lache auch. Es ist so herrlich, von ihm gehalten zu werden. Ich fühle mich lebendig, ich atme die Meerluft, ich trinke die Gegenwart des Mannes, den ich liebe.

Er hat mich gerettet und ich ihn.

Jax wirbelt mich herum und setzt mich dann behutsam wieder ab, als wäre ich zerbrechlich. Im Ernst: Manchmal fühle ich mich so. Aber ich sage nichts, sondern kuschle mich einfach an ihn. Sein Herzschlag brandet schnell gegen mein Ohr, ich rieche seinen Schweiß und werde auf ihn geil.

»Komm«, flüstere ich und ziehe ihn an der Hand zurück zum Haus. Heute will ich es nicht vom Meer umspült mit ihm tun, sondern im Bett. In der Dusche.

In jedem einzelnen Raum unseres Zuhauses.

Es ist nicht so, als hätten wir uns in den letzten Wochen zurückgehalten. Ein bisschen fühlte sich diese Zeit an wie Flitterwochen, und wir haben sie sehr genossen. Wir sind hier angekommen, und was die Zukunft bringen wird, wissen wir beide noch nicht. Aber das ist auch gar nicht wichtig. Wir haben genug Geld übrig, um uns zumindest die nächsten ein, zwei Jahre keine Gedanken darüber machen zu müssen, was wir brauchen und wollen.

Danach, das haben wir beschlossen, sehen wir weiter.

Irgendwas wird sich schon ergeben, denke ich.

Wir laufen zurück ins Haus, die Treppe hinauf und ins Schlafzimmer. Jax will mich aufs Bett ziehen, doch ich lache ihn aus. »Du stinkst nach Schweiß und Meer.«

»Dann musst du mich abwaschen.«

Seine schokoladenbraunen Augen blitzen vergnügt.

»Das kannst du schön selber machen.« Ich treibe ihn vor mir her ins Badezimmer und knöpfe das Hemd auf. Wir ziehen uns hastig aus, dann drehen wir die Dusche auf und stellen uns unter den prickelnd heißen Strahl. Zuerst wasche ich Jax – ich seife seine Brust ein, seinen Bauch, meine Hände gleiten tiefer, und spielerisch schlägt er meine Finger weg, als ich seinen harten Schwanz berühre.

»Halt dich an mir fest«, flüstert er.

Ich lege die Hände auf seine Schultern und den Kopf in den Nacken. Das Wasser prasselt auf meine Stirn, ich schließe die Augen und gebe mich seinen Berührungen hin.

Seine Hände fahren über meine vollen Brüste und die Nippel, die nicht mehr rosig sind, sondern dunkler, fast braun. Er wiegt die Brüste in den Händen, als könnte er nicht glauben, dass sie so an Gewicht zugelegt haben in den letzten Wochen. Seine Daumen streifen die Nippel, die sofort hart werden. Ich seufze wohlig, denn alles an mir ist empfindlicher.

Seine Hände wandern hinab zum Bauch. Er seift mich dort besonders sorgfältig ein. Beinahe andächtig streicheln seine Hände die kleine Wölbung, die man bisher kaum erahnen kann. »Keine Angst«, flüstert er. »Alles wird gut.«

Ich seufze.

Jeden Morgen und jeden Abend streichelt Jax meinen Bauch und flüstert unserem Baby zu, dass es keine Angst zu haben braucht. Dass es bei uns bleiben kann, weil wir es immer beschützen werden.

Ich muss jedes Mal schlucken, wenn er das macht. Und manchmal verdrücke ich auch ein Tränchen, weil ich so glücklich bin und die Hormone mir wirklich ständig einen Streich spielen.

Heute morgen lässt er sich besonders viel Zeit. Er kniet sich in die Dusche, sein Gesicht ist jetzt auf der Höhe meines

Bauchs. Er legt beide Hände auf die winzige Wölbung und flüstert: »Du hast eine große Hürde geschafft, kleines Baby. Jetzt kann dir nicht mehr viel passieren.«

Da muss ich wirklich losheulen. Denn es stimmt: seit heute sind die ersten drei Monate rum, jene zittrige Zeit, vor der ich mich besonders gefürchtet habe, seit ich vor knapp acht Wochen eines Morgens aufwachte und *wusste*, dass ich schwanger bin. Dafür brauchte ich keinen Test; ich gehöre offenbar zu den Frauen, die diese Veränderung im eigenen Körper spüren. Und anders als bei der ersten Schwangerschaft, als ich einfach keine Zeit hatte, in mich hineinzuhorchen, wusste ich sofort, was dieses seltsame Ziehen im Unterleib hieß. Dieses Gefühl, nicht allein in meinem Körper zu sein.

An dem Morgen erzählte ich Jax davon. Ich konnte es nicht einfach für mich behalten; von Anfang an wollte ich, dass er sich mit mir freute.

Seitdem passte er noch besser auf mich auf. Ich durfte nicht mal mehr schwer heben – jeder Wäschekorb, den ich tragen wollte, wurde mir aus der Hand gerissen. Anfangs fand ich es rührend, zwischendurch auch etwas anstrengend – aber nie habe ich ihn daran gehindert, denn ich wollte dieses Baby genauso sehr wie er.

Wir leben nun in einem fremden Land, und die Sprache fällt vor allem Jax noch schwer. Ich bin als Tochter einer Latinofamilie aufgewachsen, die allerdings schon seit mehreren Generationen in den USA heimisch war und beherrsche immerhin ein bisschen rudimentäres Spanisch. Trotzdem war der erste Besuch beim Arzt für mich schwierig. Zum Glück spricht meine Ärztin Englisch. Nächste Woche habe ich den nächsten Termin bei ihr.

»Meinst du, wir erfahren dann schon, was es wird?« Jax küsst meinen Bauch. Seine Hände wandern nach unten. Schwer heben darf ich nicht – aber Sex, so hat uns die Ärztin versichert, macht dem Baby überhaupt nichts aus. Eine Tatsache, die wir in den letzten Wochen weidlich ausgenutzt haben.

»Dafür ist es vielleicht noch etwas zu früh.« Ich lache atemlos, als seine Finger meine Klit berühren und sanft in meine Spalte eintauchen. Meine Hände umklammern seine Schultern.

»Ich glaube, es wird ein Mädchen. Eine kleine Tochter.«

Er befriedigt mich mit den Fingern. Ich taste nach der Duschwand und stütze mich dort ab, weil ich fürchte, dass meine Beine jeden Moment unter mir nachgeben. Jax vergräbt sein Gesicht an meiner Scham. Seine Zunge beginnt, meine Klit zu umkreisen, er umwirbt sie, lockt sie ... Ich kann mich nur noch irgendwo festhalten und seufze leise, weil es so intensiv ist. Und ich spüre bereits, wie mein Höhepunkt langsam zu mir kommt; einer Flutwelle gleich steigt er langsam in mir auf.

Dieser Orgasmus ist anders.

Ich empfinde ihn intensiver. Zugleich ist er nicht so alles verzehrend wie es beim Sex immer war, als wir einander noch nicht so gut kannten.

Nachdem der Orgasmus verebbt ist, hebt Jax mich hoch. Er trägt mich ins Schlafzimmer, legt mich aufs Bett. Dort lieben wir uns, bedächtig. Nein, beinahe andächtig. Als könnten wir nicht glauben, dass wir überlebt haben. Als wäre das alles ein großes Wunder für uns.

Danach schlafe ich in seinen Armen ein. Als ich aufwache, stehen wir auf und beginnen den Tag ein zweites Mal. Ich bereite uns ein üppiges Frühstück zu, das wir auf der Veranda einnehmen. Der Herbst liegt in der Luft. Die Wolken jagen am Himmel entlang, und ich kuschle mich in eine dicke Strickjacke, weil der Wind kühl und feucht geworden ist über Nacht.

»Was möchtest du heute machen?«, fragt Jax.

»Das Kinderzimmer tapezieren«, entscheide ich.

Er hat schon vor zwei Wochen die Tapeten und das Zubehör gekauft. Ich habe daraufhin mit ihm geschimpft, weil ich immer noch vor Augen habe, wie ich in Vegas das kleine Kinderzimmer schon komplett eingerichtet hatte, bevor ich das Kind verlor.

Aber wir müssen keine Angst mehr haben. Die ersten drei Monate sind vorbei. Wir sind auf der sicheren Seite. Wir dürfen uns auf unser Kind freuen.

»Musst du wieder nach Buenos Aires?«, frage ich ihn beiläufig.
Er schüttelt den Kopf. »Erstmal nicht mehr.«
Ich frage nicht, was er dort tut. Wenn ich ihn fragen würde, bekäme ich eine ehrliche Antwort, das weiß ich. So viel Offenheit haben wir inzwischen gelernt. Aber möchte ich wissen, mit wem er sich trifft? Was er plant?
Ich habe Angst vor der Antwort. Was ist, wenn er sich wieder in etwas verstricken lässt? Könnte ich es ertragen, wenn er wieder in einer kriminellen Organisation einsteigt?
Der Tag heute gehört nur uns. Das kleine Zimmer neben unserem Schlafzimmer soll fürs Erste das Kinderzimmer werden. Ich möchte zwar, dass unser Baby die erste Zeit bei uns im Schlafzimmer bleibt, aber die anderen Möbel (die Jax auch schon bestellt hat, obwohl ich protestiert habe!) können wir hier schon aufbauen.

Wir haben die letzten Wochen für *uns* genutzt. Wir haben einander kennengelernt, haben vieles über den Anderen erfahren, das man wohl erst im Zusammenleben erfährt und begreift. Wir reden viel. Abends sitzen wir meist auf der Veranda, hören dem Rauschen und Flüstern des Meeres zu und schmieden Pläne für die Zukunft.
An diesem Abend hat Jax gegrillt. Er ist noch kein so großer Asador wie die Argentinier, die ja gefühlt täglich ein riesiges Grillfest feiern, bei dem sie für jeden Gast ein Kilo Fleisch rechnen. Aber das Fleisch ist knusprig und saftig, und dazu habe ich Folienkartoffeln und Salat gemacht. Er trinkt zwei Bier, während ich Diätcola aus der Dose trinke.
Er lehnt sich nach dem Essen entspannt zurück.
»Du hast nicht gefragt, was ich in Buenos Aires mache«, sagt er.
»Ich dachte, du wirst es mir schon erzählen, wenn es für uns wichtig ist.«
»Ich mache eine Aussage.«
Ich atme tief durch. Etwas in der Art habe ich vielleicht gehofft, aber es von ihm zu hören, ist eine Erleichterung.
Er wird nie wieder was mit Black Swan zu tun haben. Oder

mit dem Tevez-Kartell.
»Sie zeichnen meine Aussage auf. Der Prozess läuft in New York, aber sie haben es irgendwie geschafft, dass meine Aussage auf Video zugelassen wurde.«

»Warum tust du das?«

Jax kneift die Augen zusammen und trinkt einen Schluck Bier, bevor er antwortet. Der Wind hat aufgefrischt, und ich fröstele. Ich beuge mich vor und zünde das Windlicht an, das zwischen uns auf dem Tisch steht.

»Weil es das Richtige ist«, erklärt er. »Ich bekomme dafür nichts. Das FBI hat nichts damit zu tun. Ich habe mich bei der Staatsanwaltschaft in New York gemeldet und ihnen meine Aussage abngeboten. Und du brauchst keine Angst haben«, fährt er hastig fort, als wollte er sofort all meine Einwände vom Tisch fegen. »Black Swans Arm reicht nicht so weit. Das FBI war gründlich. Sie haben das Kartell zerschlagen, und welche Schlange auch immer danach ihren Kopf aus dem Drogensumpf reckt und sich an die Spitze eines neuen Kartells setzt, wird kein Interesse haben, den Mann zur Strecke zu bringen, der für dieses Machtvakuum gesorgt hat.«

Natürlich hat er damit Recht, und das weiß ich. Trotzdem habe ich ein mulmiges Gefühl, und das sage ich ihm auch.

»Danach ist es vorbei. Danach gibt es nur noch uns.«

Er steht auf, umrundet den Tisch und umarmt mich. »Ich werde nichts tun, das unser Leben hier gefährdet«, verspricht er.

Ich glaube ihm und lasse mich von seinen Armen wiegen. Ich will einfach glauben, dass jetzt alles gut wird ...

Das Telefon klingelt mitten in der Nacht. Wir haben einen Festnetzanschluss, und die Nummer haben nur wenige Menschen. Diejenigen, die sie haben, rufen nicht mitten in der Nacht an ...

Ich höre, wie Jax aufsteht und nach unten geht. Seine müde Stimme aus dem Wohnzimmer, als er den Anruf entgegen nimmt. Dann seine Schritte auf der Treppe.

Ich schließe die Augen, als könnte ich damit verhindern, dass er mich weckt.

»Lea? Es ist Charlotte.«
Charlotte. Nicht Juno. Ich rede mir ein, dass das gut ist. Dennoch zittert meine Hand, als ich den Hörer von ihm entgegen nehme.
»Charlotte?«
»Hallo Lea. Es tut mir leid, ich wollte nicht mitten in der Nacht anrufen ... Es hätte Zeit bis morgen, aber ...«
Ich setze mich auf. »Schon gut. Was ist passiert?«
Sie atmet tief durch. »Heute Abend ist dein Dad gestorben.«
Ich schließe die Augen. *Schon gut,* denke ich. *Irgendwann musste es so kommen.*
»Lea?«
»Ja.« Meine Stimme ist nur ein raues Flüstern.
»Lea, was wird denn jetzt aus mir?«
Ich gebe Jax das Telefon zurück. Er spricht mit Charlotte, während ich mich im Bett einrolle und versuche, mich auf das Rauschen der Wellen zu konzentrieren.

Es war nur eine Frage der Zeit, bis mein Vater stirbt. Das wusste ich schon, als wir uns verabschiedeten, doch bis jetzt habe ich diesen Gedanken verdrängt. Ich möchte Charlotte so vieles sagen. Wie dankbar ich ihr bin, dass sie sich in den letzten Jahren gekümmert hat. Dass sie sich keine Sorgen machen muss, weil wir für sie sorgen werden.

Aber ich weiß, dass Jax ihr dasselbe sagen wird. Er wird Charlotte beruhigen. Sie wird nicht mittellos dastehen, nur weil mein Dad tot ist.

Ich möchte gar nicht darüber nachdenken, wie kompliziert mit seinem Tod alles wird. Was passiert mit den Wäschereien und den anderen Unternehmen, mit denen er früher das Geld wusch? Muss ich mir darum Gedanken machen?

Jax kommt zurück ins Schlafzimmer. Er schlüpft zu mir unter die Decke.

»Müssen wir nach L.A.?«, frage ich.

»Auf keinen Fall.« Er küsst meinen Nacken, und ich lasse mich von seiner Umarmung trösten. Weinen kann ich nicht. Noch nicht. Das wird bestimmt noch kommen. Nach dem Tod meines Vaters bleibt nur noch Vic. Mehr Familie habe ich nicht.

»Wir haben uns«, flüstert Jax, als könnte er meine Gedanken lesen. »Wir haben uns und unser Kind. Es ist wie ein Neuanfang, oder? Um Charlotte, Vic und Juno kümmere ich mich.«

Ich nicke. Die Tränen, die ich weder um Dean geweint habe noch jetzt um meinen Vater weinen werde, brennen in meinen Augen, sie sind wie ein dicker Kloß in meinem Hals. Es wird noch eine Weile dauern, bis ich begreife, dass es vorbei ist. Dass ich keine Angst mehr haben muss.

Denn für mich gilt dasselbe wie für Jax mit seiner Aussage gegen Black Swan. Sicher wird schon jemand das Vakuum in Los Angeles füllen, das nach dem Tod meines Bruders entstanden ist. Aber derjenige wird kein Interesse daran haben, die Frau ausfindig zu machen, die ihm diesen Aufstieg überhaupt erst ermöglicht hat.

»Tun wir das Richtige?«, frage ich.

Jax versteht die Frage sofort. »Wir hätten kaum mehr tun können«, erklärt er. »Und du hast schon mehr getan als man je von dir hätte verlangen können.« Er küsst mich auf den Scheitel. »Bin gleich wieder da.«

Ich nicke und lasse ihn schweren Herzens aus dem Bett. Er geht nach unten. Ich höre ihn telefonieren, doch er spricht so leise, dass ich kein Wort verstehe.

Es ist vorbei.

Mein Vater tot, mein Bruder tot, der andere Bruder nur ein Schatten seiner selbst. Niemand wird ihn belangen für die Verbrechen seines Vaters. Die Frauen bleiben zurück – Juno und Charlotte. Und ich.